文春文庫

検察側の罪人

上

雫井脩介

検察側の罪人 上

1

「さて……」

最上毅《もがみたけし》は白表紙のテキストを閉じると、新六十期の司法修習生たちを見渡した。

「今日で導入研修も終わり、いよいよ君たちも全国各地に散らばっての実務修習に入ることになる。手がけるのは生の事件であり、相手は生身の人間だ」

一カ月の導入研修をこなした修習生たちの目には、気の緩《ゆる》みを感じさせるような淀《よど》みは見られない。新六十期は司法制度改革によって始まった法科大学院を経ての新司法試験に合格した事実上の第一期である。そんな記念すべき法曹の卵らしく、夢に向かって努力し、着実に結果を出している者特有の光がそれぞれの目に宿っている。その光を眩《まぶ》しく思いながら、最上は彼らに叱咤激励の言葉を投げかける。

「君たちはその手に一本の剣を持っている。法律という剣だ。こいつは抜群に切れる真剣だ。法治国家においては最強の武器と言ってもいい。やくざの親分もその切っ先を見れば震え上がる。法曹というのは、それを武器にして生身の人間をさばいていく仕事をしている。その剣の使い方を君たちはこれまで懸命に学んできたわけだ」

十五年前の最上は、目の前に並ぶ彼らの側にいた。そのときの自分は、今の彼らのように希望に満ちた顔をしていただろうか……昔の感覚を記憶から手繰《たぐ》り寄せてみるものの、はっきりとしたものは見つからない。二十代のほとんどを試験勉強に捧げた末にようやく法曹の切符を手にして、念願叶った思いはあったはずだが、今ここに座っている修習生たちのような晴れ晴れとした顔つきをしていたという自覚は記憶の中になかった。

「しかし」最上は目を細めて言葉を継ぐ。「最初は君たちも焦《あせ》るかもしれない。何せ君たちの剣は、まだ道場剣だ。ここでやった起訴状なり不起訴裁定書なりの起案も、言ってみれば、竹刀《しない》での練習試合だ。それで誰かが怪我をするわけではない。ところが今度は、生身の相手に真剣での勝負となる。なかなかそんなところで型通りの剣さばきなどはできないもんだ」

最上は口もとを緩め、修習生たちに微笑を向けた。

「だがまあ、最初はそれでいいと思う。実務とは生ものだということが分かればいい。事件が百あれば、百通りの対応が求められる……それが分かれば十分だ。やがて慣れれば、自分が取るべき太刀《たち》筋も見えてくる。そこに渾身の一刀を振るって、悪人の面をたたき割る。そういうこともできるようになる。それこそが検事の醍醐味《だいごみ》だと思ってもらっていい」

最上は言葉を切ると、唇を結び、数多《あまた》の被疑者を割ってきた歳月のうちに自然と身についた威圧感を、ほんの少しだけ風味づけのように表に出して再び口を開いた。

「油断はするな。君たちが頼りにするその剣も決して万能とは思わないほうがいい。極悪の怪物を相手にすれば、途方に暮れるときもあるだろう。しかし、恐れていては何も始まらない。剣を持っている者は勇者でなければならない。戦わなければならない。十年後、二十年後の日本がどうなっているか……安心して暮らせる平和な社会なのか、犯罪に巻きこまれることを日々心配しなければならない不穏な社会なのか。検事の、法曹の仕事の成果は、そういう未来の社会の姿として形になる。それを肝に銘じ、勇気と覚悟を持った法曹になるべく、これからの実務修習に励んでほしい。以上だ」

最上が講義の終了を告げると、教室は自然と湧《わ》き上がった拍手に包まれた。最上は口もとに軽く笑みを刻み、小さくうなずいてそれに応えた。

「先生、お世話になりました」

席を立つ修習生たちの間から、一人の若い男が快活そうな笑みを見せながら進み出てきた。沖野《おきの》啓一郎《けいいちろう》……目に宿る光という意味では、この男のそれは修習生を代表するような輝きを持っていた。それはもうほとんど、無邪気と言ってもいいほどのものに見えた。

「君は確か、修習地は福岡だったな」

「第一志望は東京だったんですけどね。やっぱり希望者が多いみたいで、外《はず》れてしまいました」

残念そうに言いながらも、沖野の顔に暗い影はまったく落ちていない。

「これから寒くなる時期にいいじゃないか。俺は修習は仙台だったし、初任地は札幌だった。不思議と九州には縁がない。羨《うらや》ましいぞ」

沖野はその言葉ににこやかな笑みで応《こた》え、それから真っすぐな目を最上に向けた。

「先生の先ほどの言葉、胸に染みました」彼はかすかにはにかむ素振りを見せながら、そんなことを言った。「この一カ月間の導入研修で、先生の検察の授業が一番、夢中になれました。何ていうか、検事の仕事が僕に合ってるような気までしてきて……」

それは沖野の一方的な思いこみというわけではなく、実際、最上の目にも、彼の積極的な姿勢は多くの修習生の中でも際立って見えた。

「それは何よりだ。起案を見ても、君がいい筋をしているのは分かる。起訴状なんか、そのまま裁判所に出してもおかしくない出来映えだった」

「そんな」

沖野は謙遜するように手を振り、それでも嬉しそうな顔をした。

「弁護士より検事に気持ちが移ってきたか?」

研修の初めの頃は弁護士志望と聞いていた。

「はい、今はそちらに傾いてます」沖野は正直な胸の内を明かすように言った。「狭き門かもしれませんけど、挑戦してみたい気持ちはあります」

最上が検事になった頃は、まだ任検希望者もそれほど多くはなく、狭き門というほどではなかった。

しかし、法曹人口拡大路線が進み、こうやって新司法試験の合格者も法曹の世界に飛びこむようになってきた今、弁護士の資格を得ても簡単には法律事務所への就職が決まらず、ましてやすぐに独り立ちして高収入を確保できる見通しなどは立てられなくなっている。勢い、国家公務員一種を通った官僚以上の高給も約束されている検察官が、進路先としても見直され、結果的に任検は狭き門となりつつある。

司法試験自体が厳しい競争だが、その成績に加えて研修中にも最上のような担当教官が随時能力のチェックを重ね、修習生の上位優秀層から裁判所、検察、大手法律事務所が人材を採り合っていくのが現状である。

沖野は最大手の渉外事務所から声がかかるほどの成績上位層ではないが、余計な横槍が入りそうにないのは検察庁にとって喜ぶべきことなのかもしれない。大学卒業後、すぐに法科大学院に進学し、新司法試験も一度でパスするなど、筋のよさは疑いない。若さと表裏一体とも言えるストレートな正義感を隠さないあたりも好ましく、物怖じしない積極性と相まって、たとえ検事志望でなかったとしても勧誘したくなるような若者だった。

「分かった。そういう気持ちであることは聞いておく」

担当する修習生の中から目ぼしい任検志望者をリクルートして採用担当に推薦するのも教官の仕事であり、最上はリストの筆頭に沖野の名を記すのを半ば決めていた。

「検事を目指す人間にかける言葉は、先ほど話した通りのことだ。気を引き締めて、実務修習に励めよ」

「はい。法律という剣を究《きわ》めて、世の中の悪を一刀両断にする……最上先生のおっしゃる通り、そんな検事になってみたいです」

最上は目を細めてうなずいた。その最上に、沖野はほんの少しだけ凜々《りり》しい表情を崩してみせた。

「でも、先ほどの話で一つだけ引っかかりました。法という剣は決して万能と思わないほうがいいと……でも僕は勉強するほどに、いかに法律というものが僕らの日々の営みの細部にまで神経を張り巡らしているかを思い知るんです。これはもう、人間の叡智《えいち》の結晶と言ってもいいと思います。この法律という剣で退治できない悪があるとするなら、その剣が万能じゃないとかそういうことではなくて、やはり使う者の腕に問題があると思うべきなんじゃないでしょうか?」

「ふむ……」最上は苦笑気味にうなって顎を撫《な》でた。「法律は確かに人間の叡智だが、世の中の事象をあまねくカバーし切れているかというと、どうだろうか。この世はとかく複雑で、しかも絶えず変化しているもんだ。辛口の向きが口にするように、欠陥法という言葉もある。いや、別に俺は難解な問題提起をしたいわけじゃない。たとえば、そうだな……公訴時効の問題だ」

昨年、改正刑事訴訟法が施行され、殺人などの凶悪犯罪の場合の公訴時効の期間は十五年から二十五年になった。

「俺は少なくとも、凶悪犯罪に時効はいらないと思ってる」

最上の切り捨てるような口調に、沖野は軽く顎を引くようにして目を見開いている。

「時効が存在する理由は法解釈でいろいろ挙げられたりしてるが、結局そんなものはただの慰みだ。個々の事件で判断すればいいことであって、一律に線引きする理由にはならない。人間の能力として犯罪者を捕まえられないというのなら、それは仕方がない。しかし、法律が限界を区切るのは法律の負けだ」

法という剣に、その一点、錆《さび》を見出さざるをえない……最上はそう考える。

「でも」最上の尖《とが》った舌鋒《ぜっぽう》に少し困惑したように沖野は言った。「十五年が二十五年に変わった……理想的ではないかもしれませんが、法律は時代の変化にも追いつこうとしています」

「確かに」最上は言う。「時代の求めがあれば、そのうち時効はなくなるかもしれない。けれど、改正法にしても去年の施行前に時効を迎えた事件までは救わなかった。時効が撤廃されたとしても、それまでに時効が成立した事件は、やはりそのままということになるだろう。逃げ延びたやつがどこかで、俺はいいときに人を殺したとほくそ笑むわけだ。俺はそういうのを想像すると、たまらない気持ちになる。自分が手にした剣も万能ではない……そう言いたくもなるってもんだ」

ふと、沖野の深刻めいた顔を見て、最上は語りすぎたことに気づいた。

「いや、これは別に法律論議として君に聞かせたいわけじゃない。飲み屋でするような話の一種だ」

最上はごまかすようにまとめてみせたが、沖野は首を振って畏《かしこ》まったような表情を浮かべた。

「いえ、そんなふうに聞くと、なるほどと思います。修習の身とはいえ、自分が現行法を無分別に受け入れすぎていることに気づかされましたし、どんなものに対しても懐疑や批判精神を失ってはいけないんだと、今の話を聞いて思いました」

殊勝な反応が返ってきて、最上は逆に据わりの悪い気持ちになった。

「それに」沖野は目を輝かせて続ける。「何ていうか、検事の言葉だなって思いました。現場で犯罪と闘ってきた人の生の言葉って、こういうことなんだろうなって思いました。

何か、すごく格好いいです」

「そうか」最上は小さく肩をすくめた。「こういう話が通じるとはな……よほど君が検事に向いてるってことなんだろう」

そう言うと、沖野は嬉しそうに笑った。


「最上」

教官室に向かう途中、後ろから声がかかった。振り向くと、弁護士の前川直之《まえかわなおゆき》が小走りに追いついてきた。

「ようやく一仕事終わったな。一カ月っていうのも、けっこう長いもんだ」

前川は最上が学んだ市ケ谷大学法学部の同期であり、出身地も同じ北海道ならば、寮も同じ、そして同じ法律研究会に所属して机に向かっていたという腐れ縁でつながっている男だった。

歳は大学に浪人して入ってきた前川のほうが一つ上である。反対に司法試験は彼のほうが三期早く受かった。弁護士への道を選び、今は東京の月島に小さな事務所を構えて、民事・刑事問わずに細々《こまごま》とした仕事を請け負っている。いわゆる街弁《まちべん》だ。

民事に比べて実入りに乏しい刑事の仕事を好んで引き受ける弁護士はそれほど多くはない。ある程度数をこなさなければスキルも保てないので、はなから手を出さないという者たちも珍しくない世界だ。そんな中で刑事弁護を断らないのは、人がいい証拠だとも言える。実際、前川は情に厚い男で、自分が司法試験に通ったあとも最上のことをしきりに心配してくれたし、三年後に最上が試験をパスしたときには自分のとき以上に喜んでいた。その後も、刑事被告人の弁護活動に携わるだけでなく、犯罪被害者の支援活動にも首を突っこんでいるし、母校の法律研究会の指導員にも名を連ねている。そういう活動の一環として、今回の導入研修でも、弁護士会から刑事弁護の授業を頼まれたようだった。

おかげで月島の事務所は少しも大きくならないが、本人はそれを気にする素振りもない。

「教官の仕事っていうのは、なかなか面白いよな。修習生たちを見てると、自分の昔を思い出すし、気持ちも若返ってくるよ」前川は最上と肩を並べてそんなことを言った。「俺たちにもああいう、フレッシュな時代があったってことだな」

「つい昨日のことのようにも思えるけどな」

最上はそれにうなずいてから小さく笑う。

「でも、そういう感傷に浸る一方で、頭ん中には、早く仕事に戻って事務所の家賃を稼がなきゃなんて考えもよぎるんだろ」

「よく分かってんな」前川はくしゃくしゃの笑みを作りながら、最上の肩をたたいた。

「家賃より、事務のおばちゃんの給料のほうが、頭が痛いけどな」

「それが現実だ。昨日のことのように思えても、十五年前は昨日じゃない」

「分かってるさ」前川は笑う。「けど、こうやってお前と話してると、ついつい学生気分に戻っちまうんだ」

「はたから見れば、おっさん二人が喋ってる以外の何物でもないんだけどな」

「それを言うな」

前川はからからと笑い、それを収めると、少し真面目な口調に変わった。

「そうだ、お前に話そうと思ってたんだけどな……」

そんなふうに口を開いてきた。

「北豊寮のおかみさん——理恵《りえ》さん——上野の病院に入院してるんだが、あまり具合がよくないらしい」

北豊寮というのは、最上たちが世話になった根津の学生寮だ。今ではほとんど聞かなくなったが、最上たちが学生だった頃はまだ、寮母にまかないの世話をしてもらうような学生寮や下宿といったものがちらほらと残っていた。

北豊寮はもともと北海道を地盤に活動していた会社が東京支社の社員寮として高度経済成長期前後に使っていたらしいが、最上が大学に入る頃には、北海道出身の市ヶ谷大生が格安で住まわせてもらえる学生寮に変わっていた。所有する会社の社長が市ヶ谷大の出身者で、校友会の幹部を務めていた縁などもあったようだ。最上も学生課に紹介されて、そこに決めた。

寮を管理していたのは久住《くずみ》という、北海道出身の中年夫婦と小学生の娘の一家だった。夫の久住義晴《よしはる》はかつて寮を所有する会社に勤めていたらしいが、作業中の事故で身体を痛めてリタイアし、寮の管理人に収まっていた。杖をつきながら歩く姿は痛々しいものの、人柄は気さくで、よく最上ら学生たちのやる麻雀に加わったり、将棋を指したりして一緒に遊んでいた。

最上らが「おかみさん」と呼んでいた久住理恵も世話好きで気持ちの優しい奥さんだった。遊びや勉強で時間を忘れて寮に帰るのが遅くなり、今日は食いっぱぐれたなと思っていても、顔を見つけると、嫌な顔もせず温かい夜食を作ってくれた。学生たちの東京での母親代わりを自任する彼女に、最上たちも甘え切っていた。そんな古きよき時代の温《ぬく》もりがあの寮生活にはあった。

その「おかみさん」こと理恵ががんを患い、命を危ぶまれている状態だという。歳はまだ六十そこそこのはずだが、水野比佐夫《みずのひさお》という寮生活の先輩だった男から前川が聞いた話では、もうほとんど会話もできない様子であるらしい。

「一度、見舞いに行かないか?」前川は最上にそう持ちかけてきた。「今行っとかないと、もう会えないかもしれんぞ」

しかし、最上は返事をしなかった。

最上の横顔に、前川の視線が突き刺さる。

「気が進まんか？」

前川はそう問いかけ、なおも最上の返答を待っていたが、あきらめたように嘆息した。

「気が進まないなら、俺一人で行ってくるよ」

「……悪いな」

前川は浮かない顔でうなずいた。「おやじさんの葬式のときは、単に遠くの土地にいるからだと思ってたけどな……」

二年ほど前、新潟地検にいた当時も、最上は久住義晴が他界したことを前川から聞かされたが、葬儀には駆けつけなかった。

「薄情か？」最上はぽつりとそう訊き返した。

「何言ってんだ。そんなことは思わん」前川は大きく首を振った。「人それぞれ、気持ちの表し方は違う。それだけのことだ」

必要以上に気を遣われているようにも感じられたが、最上は黙ってそれを受け入れた。

「お前は由季《ゆき》ちゃんを可愛がってたからな。由季ちゃんもお前に懐《なつ》いてた。それがああなっちまって、今でもやり切れない気持ちに変わりはないんだろう。それは当然だ」

寮生活を送っていた頃、最上は久住夫婦の一人娘・由季の勉強をよく見てやった。家庭教師代はおやつや果物をもらう程度のものだったが、それはどうでもよかった。人見知りで寮の学生たちを見てもすぐに引っこんでしまうような由季が徐々に打ち解け、問題が解けるたびに嬉しそうな笑顔を見せてくれる様が何とも可愛らしかったし、そのうち、遊び相手をせがまれるほど懐いてくれるようにもなった。最上は妹を持った気分になって、彼女の相手になるのを楽しんでいた。

北豊寮は建物自体、古びた下宿以外の何物でもなく、最上が卒業する頃には、大学新入生の入居者が集まりにくくなっていた。学生が四畳半一間で満足するような時代は終わりつつあった。

最上自身も卒業後は駒込にある六畳のアパートに引っ越し、そこでアルバイトをしながら司法試験の勉強に励んだ。北豊寮は学生が少なくなり、普通の労働者なども住むような独身寮になっていると風の便りに聞いた。たまには遊びに行って、久住夫婦に自分の元気な顔を見せたり、由季の成長した姿を見たいという思いもあったが、それ以上に、早く司法試験に受かって身を立てなければという焦りが強く、なかなか根津に足を向けることはできなかった。

そうするうち……卒業してから四年目の夏に、由季が殺されたことを知らされた。

そのときだけは通夜に駆けつけた。

しかし、行ったことを後悔する気持ちも残った。

愛娘《まなむすめ》を失った夫婦は絶望の果てにあり、対して、何年も司法試験で足踏みしていた最上は何の力にもなれない、何者でもない存在だった。


あの様子を見れば、その後の夫婦の人生がどのようなものだったかは、想像がついてしまう。

　今さらそれを確認しに行くのはつらいことだ。

　それに……。

　自分が何の力にもなれないのは、今だってそうなのだ。

　あれから十七年。

　由季の事件の時効は成立してしまっている。

「それより、どうだ……奈々子《ななこ》ちゃんは元気か？　確かもう中学生になったんだよな。けっこう難しい年頃じゃないか？」

　前川は意識的に話を変えるようにして、最上の娘の近況を尋ねてきた。

　しかし、最上の脳裏からは、由季の面影がなかなか消えようとはしなかった。

2

　検事は通常、二年から三年ごとに赴任先を異動しながらキャリアを積んでいく。

新任検事は最初、東京地検や大阪地検のような大規模庁に配属され、小さな仕事を見様見真似で覚えていく。

二、三年目は地方に回される。「新任明け」と呼ばれるが、まだ新人に毛が生えたようなものである。しかし地方は人手も少ないので、否が応でも目の前の仕事をこなしていかなければならない。被疑者を取り調べて調書の作成もすれば、裁判に立ち会って立証活動もする。そうやって急速に鍛えられていく。

四、五年目は再び大規模庁に送りこまれる。大規模庁はA庁とも呼ばれることから、この時期の検事は「A庁検事」という呼び名が付けられる。

これをすぎると「A庁明け」となり、検事としてもほぼ一人前と見なされるようになる。

二〇一二年、任官して五年目となったこの年の四月、沖野啓一郎は東京地検の刑事部に配属された。

前年、A庁検事として地方地検支部から霞ヶ関の東京地検に移ってきた沖野は、まず公判部に配属されて、東京地裁での公判立会《りっかい》を担当した。小さな地検や支部とは違い、東京地検のような大きなところでは、捜査と公判担当は部署が分かれる。

それから二年目になり、今度は公判部から刑事部に所属が移った。

東京地検の刑事部は百人近い検事が所属する大組織である。検察の花形と言えば誰もが大型経済事件などの独自捜査を扱う特捜部を思い浮かべるだろうが、沖野はそれほど特捜部への憧れを持っているわけではなかった。

もともと新聞を開いても、事件が大きい割にはつかみどころがない印象の強い経済事件より、世間を震え上がらせるような凶悪犯罪に興味が向く人間だった。加えて、地方地検支部にいたとき、全国的にも大きく報道された殺人事件の起訴から裁判員裁判の公判までに応援として加わることがあり、大事件の処理に臨場感を持って立ち会えた経験が大きかった。

その事件の裁判では、検察側は被告に無期懲役を求刑した。犯人に対する遺族の怒りは強かったが、量刑相場に鑑《かんが》みれば、それが目いっぱいのラインだった。そして主任検事や沖野ら検察側の熱のこもった立証活動が裁判員に響いたのか、判決も求刑通りの無期懲役が言い渡された。遺族側からの「警察と検察の熱意ある捜査に感謝し、判決は判決として受け入れたい」というコメントを聞き、沖野は自分の仕事が報われた気がした。それはもう、先輩検事にねぎらいの言葉をもらう以上の、胸が詰まって目頭が熱くなるような万感胸に迫る思いだった。

凶悪事件に向き合うのは、精神的にも楽なことではない。被害者や遺族たちの苦しみや悲しみの言葉を胸に刻み、犯罪者に犯した罪なりの落とし前をつけさせなければならない。立証が甘いと、虎視《こし》眈々《たんたん》と隙を狙っている弁護側にそこを突かれ、不当な酌量を与えてしまったり、軽い罪状にすげ替えられてしまったりする。その責任は重く、だからこそやりがいもあると思った。

東京地検の刑事部は、検事の人数が多いだけに、基本的な役割も決められている。沖野のような若手は手の必要な捜査への応援が中心だが、ベテランになると扱う事件の種類によって担当がある。

その一つが本部係検事だ。

殺人事件などの凶悪犯罪の発生が明らかになると、所轄の警察署に捜査本部が立ち、警視庁本部からも捜査一課などの敏腕刑事たちが出張ってきて、数十人規模の大がかりな捜査態勢が組まれる。

そのような捜査本部が立つ事件を担当するのが本部係検事である。

通常、窃盗や傷害などそれほど大きいとは言えない事件では、警察が容疑者を逮捕し、身柄を検察へ送致する段階で初めて、検事がその事件にタッチすることになるケースが多いが、捜査本部が立つような事件の場合は、検事も初動捜査段階から関わることになる。現場に足を踏み入れ、司法解剖に立ち会い、捜査会議に同席することもある。

刑事たちは足で稼いだ情報をもとに、長年の経験と勘で容疑者を絞りこんでいく。一方で検事は、その容疑者を逮捕したとして、公判で確実に有罪にできる証拠が集まっているかどうかなどを法的観点から冷静に分析し、足りない捜査や逮捕の判断についてのアドバイスを警察側に送る。事件捜査は犯人を逮捕すれば、それでめでたしめでたしというわけではない。法廷で真実を明らかにし、正当な裁きを受けさせるところまで持っていかなければ、懸命な捜査も台なしになってしまう。被害者や遺族はもとより、多くの捜査関係者の執念に報いるためにも、検事の仕事は重大であり、その重さは事件の大きさに比例すると言ってもいいのだ。

そういう意味でも沖野は、本部係検事が扱うような事件にこそ興味があったし、刑事部に配属されたなら本部係検事の仕事に関わってみたいと思っていた。

幸運というべきか縁というべきか、刑事部の本部係には、かつて沖野が司法修習生だったときにクラスの検察教官を務めていた最上毅が一員として任に就いていた。本部係は、平検事の中でも副部長クラスに近いキャリアを持った有能なベテラン検事に任されると聞く。今は最上がちょうどそのキャリアに当たっているわけだ。

公判部から刑事部に異動した沖野は、早速最上の執務室を訪ねた。昨年、東京地検に着任した際にも短い挨拶をしてはいたものの、今度は同じ刑事部であり、感慨はまた違っていた。

「ほう、なかなか検事らしい顔つきになってきたじゃないか」

沖野を迎えて検事席から立ち上がった最上は、目尻に皺《しわ》を刻みながら、そんな声をかけてきた。贅肉《ぜいにく》のない身体つきは教官時代から変わらないが、ベテラン検事としての貫緑は会うごとに増してきている。

東京地検の執務室は、沖野が勤めていた地方地検支部の執務室より一回り以上広々としている。日比谷公園が一望できる窓を背にして大きな執務机が置かれてあり、そのほか検事をサポートする立会事務官の机や、取り調べ相手用の小さな机なども並んでいる。入口側にはゆったりとした応接セットもある。最上はそのソファに沖野を促した。

「すっかりご無沙汰してしまって申し訳ありません」

「同じ庁舎にいても、なかなか会わないもんだな。でも、末入《すえいり》さんや三木《みき》くんらとは、君の話をよくしていたよ」

末入麻里《まり》と三木高弘《たかひろ》は沖野と同じA庁検事だ。去年刑事部に配属され、この四月に沖野と入れ替わりで公判部に移っていった。

「僕も彼らから最上さんの話を聞くたび、またお目にかかりたいなとは思ってたんですが、そう思ってるうちに一年が経ってしまいまして……」沖野は首をすくめて言った。

「まあ、それだけ目の前の仕事に、がむしゃらに向かってたってことだろ。君のことだから、たぶんそういうことだ」

最上の口調が不意にねぎらいの色を帯び、沖野は彼の温かい人柄が身に染みて感じられた。

「最上さんが主任をされた事件が僕に来ないかなとは思ってたんですけど……」

「ふむ」最上は沖野の苦笑いに合わせるような笑みを少しだけ口もとに覗かせた。「俺が今、ここでやってるのは本部係という仕事でな……」

「うかがってます」

最上はうなずいて続ける。「大きな事件の帳場《ちょうば》が立つと、そこを覗きに行って、捜査の指導をしたり相談に乗ったりする。そういう役目だ。ただ、起訴まで俺が面倒を見ることはそんなになくてな、たいていは犯人を挙げたあたりで副部長と相談して誰かに主任を任せることにしてるんだ。そりゃみんな、窃盗だの痴漢だのばかりじゃなく、でかい事件をやりたがる。俺が独り占めしてちゃ悪いからな。身ももたないし」

「なるほど」

「まあ、だから、去年一年は公判部との付き合いもそれほど多くはなかった」

「そうなんですね。僕は僕で、地裁で一日をすごすことも多かったですし、顔を合わせないのも無理はなかったわけですね」

「まあ、そういうことだ」

「でも、それならこの先、最上さんが担当してた本部事件が僕のほうに配点（担当として割り当てられること）される可能性もなくはないってことですね」

多少ずうずうしいのを承知で言ってみると、最上はごく当然のことであるようにうなずいた。

「もちろんだ。去年は末入さんたちにもやってもらったし、君にも期待してる。難しい事件ならともかく、普通の事件ならどんどん任せたいと思ってる」

難しい事件というのは否認事件のことだ。被疑者本人の自供は、法廷においても一番の証拠となる。それが得られない事件は、その分、ほかの証拠を積み上げなければならず、法廷戦術の上でも一気に難度が上がる。

「否認事件でも構いませんよ。これまでだって、最上さんから教えられた、法という剣を持って渾身の一刀を振るう精神で取り調べに臨んできましたし、それで何人もの相手を割ってきました。それなりの力はついてると思います」

何も実力以上に自分を売りこもうと思って言ったわけではなかった。ただ、捜査検事の腕は取り調べの成果で測られるのが相場であるし、何人かの否認相手を取り調べで自供させたのも事実である。罪悪感を押し隠しながら二十日間もの取り調べに耐え切れる人間はそうそういるものではない。根気を持って相対すれば、たいてい崩れていくものだ。

沖野の気負った言葉を聞いて、ソファの背もたれに身体を預けた最上はニヤリとしてみせた。

「相変わらずの威勢だな。けっこうなことだ。まあ、じきにお手並みを拝見させてもらうよ」

「望むところです。楽しみにしています」

沖野はそう言って、最上に笑みを返した。

「最上さんはいい人だよねえ。私の中では理想の検事ってイメージかも」

沖野の向かいに座る末入麻里が、ビールグラスを胸に抱くようにして持ちながら、小さな吐息混じりにそんなことを言った。その頰はアルコールでほんのり赤く染まっている。

「ああ、これは惚れちゃってるね」沖野の横に座る三木高弘が茶々を入れた。

「そういう意味じゃなくて、検事としてよ」

生真面目な麻里が焦り気味に言い返している。

東京地検に配属されたA庁検事の同期会である。去年一度開いてからはご無沙汰になっていたが、部署の異動を機会に、また集まろうということになった。

「いや、分かるよ」

沖野が代わりにフォローしておいた。清楚《せいそ》な顔立ちで同期生ながら女性としても意識したくなる麻里が、ほかの男に対して憧れとも乙女心ともつかない気持ちを持っているという話は、聞いていて複雑な思いにとらわれなくもないのだが、その相手が最上であるところに、沖野は納得の糸口を得てしまう。

「まあ、最上さんの面倒見のよさは確かだし、そこに異論はないけどね」三木もそう言って、肩をすくめた。

「いい人といい検事は違うぞ」公安部配属の栗本政彦《くりもとまさひこ》が、ほろ酔い口調で麻里に絡んできた。「いい検事にいい人なんていないからな」

「そんなことないわよ」

「いい検事の定義によるな」三木が言う。

「おう、じゃあ、いい検事とは何かだ」栗本が居酒屋の個室に集った面々を見回し、端から指した。「はい、そっちから」

「そりゃ、割って割って割りまくる人だろ」

「身もふたもねえな。はい、次」

「割らなくても有罪にできる人だな」

「おう、そりゃハードル高いな。はい、次」

「執務室に高級ワインをそろえてる人だ」

ふざけた答えも出てきて、みんなが笑う。

「じゃあ、君」

振られて、麻里が真面目に答える。

「正義を信じてる人」

「おい聞いたか。正義だとよ、正義。普通の人間じゃ、さらっとは口にできない言葉だぞ」

「そうよ」麻里は茶化すような反応にも動じず、言い足した。「でも、信じてるなら口にできる」

「じゃあ、その正義っていうのは何なんだよ？　残念ながらそんなものはないぞ。あるとすれば、それは偽善者の幻想だ」栗本が偽悪的にそんなことを言った。

「そんなことないわよ」

「はい、次」栗本が構わず沖野に回す。

「正義だね」沖野が挑発するように答える。

「おいおい、ここにも偽善者がいたよ」栗本がうんざりしたような声を上げてみせる。

「正義とは何か、なんていう疑問の答えは簡単だ。法の遂行だよ」沖野は指を突き立て、芝居じみた口調で続けた。「最上検事はかつてこう言った。法という剣でもって悪人を一刀両断にする。それこそが検事だと」

「法にそんな切れ味はねえよ」と栗本。「いいとこ刺股《さすまた》だ」

「栗本検事はこう言った」三木が沖野の真似をして声を張る。「法という刺股で悪人を抵抗できないように押さえつけ、どうだ参ったかと勝ち誇る。それこそが検事だと」

「その通り」栗本は笑いながら手をたたいた。「検事ができることなんてその程度。あんまりうぬぼれちゃいけないってもんよ」

「自虐《じぎゃく》か？」沖野は突っかかる。「その程度なんて思って、何で検事やってんだ？　それで仕事は面白いか？」

「面白いね」栗本が冷ややかな笑みを見せて言う。「剣を持ってるなんて思ってたら、息が詰まってしょうがねえ。刺股でつんつん悪者をいじめてるから面白いんじゃねえか」

「それが栗本の言う、いい検事か？」

「そうとも。いい検事とは、サディストであることだ」栗本は言った。「決して、いい人ではない。正義なんてもんを信じなくてもいい。法を犯した人間の弱味に付けこんで、つんつんいじめてやる。犯罪者が、もう勘弁してくれ、こんなことなら悪いことなんてやるんじゃなかったって思うくらいにな。それを好んでやれるのがいい検事だ」

「話にならんな」沖野は首を振る。「仕事は個人的な趣味嗜好でどうこうするもんじゃない」

「正義だって個人的な主義思想……似たようなもんだろ」

「正義は個人的な問題じゃない。社会に広く共有されるべきものだ」

「個人的な理想を社会にまで押しつけるなんておこがましいね。正義なんてものは、現実には成り立たないんだよ。沖野が犯罪者を一人しょっぴいた瞬間、逆に正義は崩れる。

なぜなら、同じようなことをやって、たまたま見つからずにしょっぴかれないやつがいるからだ。そこに不平等が生じて、世の中には不満がくすぶる。そんなのは警察官や検事の数を倍にしたところで解決できるもんじゃない。それが法の下の現実だ。検事を四年もやってりゃ分かることだ」

「屁理屈《へりくつ》を言うな。犯罪者をしょっぴいたら正義が崩れるなんていうのは、そんなものは屁理屈だ」

沖野は吐き捨てるように言ってビールをあおる。ほかの者たちは、苦笑混じりに聞いているだけだが、沖野は吹っかけられると一言言いたくなるたちなのだ。栗本みたいに変に斜に構えた人間と議論すると、自然、ぶつからざるをえない。

居酒屋を出ても、栗本とは言い合いが続いた。

「沖野、お前は検事に向いてねえ。正義の味方を気取りたいなら、さっさと辞めて街弁にでもなれ」

「栗本こそ、検事なんて辞めて、悪徳弁護士になったほうがいいな。お似合いだ」

新橋の駅前で罵《のの》り合って、官舎の方向が違う栗本たちと別れた。

気づくと沖野の隣には麻里が立っていて、自然に目が合った彼女と微苦笑を交わし合った。

「まったく、どうしたらあんなに性格がひねくれるんだか」沖野は鼻から息を抜いて言う。

「沖野くんが真っすぐすぎるのかも」

「何だよ、君まで……」

文句を言いかけたものの、麻里が首を振ったために、沖野はその先を呑みこんだ。

「でも、それでいいと思う。私、沖野くんはいい検事になるような気がする」

ストレートに褒められ、沖野はどんな顔をしたらいいのか分からなくなった。

「去年から比べても、顔つきが何となく変わってきた気もするしね。一生懸命仕事に向かってると、そうなるんだなって思った」

そう言われて、沖野は頭をかく。

「いや、実は最上さんにも、検事らしくなってきたな、なんて言われたんだよ」

「じゃあ、間違いないね」麻里はそう言って微笑んだ。「私もそう言われるようにがんばんなきゃ」

自分が進もうとしている道は間違っていない……麻里にそう認めてもらった気がして、沖野の頭からは、栗本との舌戦の苦々しさもどこかへ消え去っていった。

最上からの仕事が下りてきたのは、それから一週間ほどがすぎてからだった。

朝、九時半頃に登庁すると、沖野と一緒に仕事をする立会事務官の橘沙穂《たちばなさほ》がお茶をいれてくれる。

立会事務官は調書の作成など事務方として検事の片腕になってくれる存在であるが、沙穂は手堅い仕事ぶりに加え、細やかな気遣いもできる事務官だった。口数は少なく、薄化粧に眼鏡をかけて席に着いている姿は清楚を通り越して地味とすら言ってもいいものなのだが、どこか筋の通った強さを持ち合わせているようにも見受けられる女性だった。沖野に敬意を持って仕事に臨んでいることは、一週間も机を並べていれば分かる。沖野より三つほど若い彼女にあれこれ世話を焼いてもらっていると、事務官というより秘書をもらった気分にならないこともない。

この日、沙穂がいれたお茶を飲みながら、担当している事件の資料を読んでいると、机の電話が鳴った。沙穂が取り、用件を聞いて沖野に伝えてくれる。

「最上検事が顔を出してほしいそうです」

「すぐ行きますって言っといて」

応えて、沖野は席を立った。

たっての呼び出しであるからには……という予感はあったが、最上の執務室に行ってみると、やはり仕事の話だった。

「ちょっと聴取の応援を頼みたいんだが」

「お待ちしてました」

「手持ちの仕事は大丈夫か？」

「ご心配なく」

新任検事の頃とは違い、十件、二十件くらいの仕事をやり繰りする要領は身についている。

「参考人の聴取なんだが、警察がいくら喋ってくれないのが一人いる」

「参考人とは……？」

「目撃証人だ」

「証人が割れないんですか？」

被疑者なら否認も珍しくないが、証人に供述を拒まれるというのは、捜査側にとって格好のつく話ではない。

「俺も別事件で相手をしたことがある男だが、口の堅さは尋常じゃない」

「へえ」

最上でも手を焼いたというところに、沖野は興味をそそられた。

「諏訪部《すわべ》というやつだけどな……美術品や宝飾品から拳銃まで、闇社会の取引に関わってる、いわゆるブローカーだ」

説明する最上の口に、笑みが覗いていた。試されているなと沖野は感じた。自信過剰に売りこんでみせた若手検事に対し、手ごわい相手を持ってきて、さてどれくらいできるのか見てやろうという腹積もりのわけだ。

「分かりました。お任せください」

沖野は涼しい顔を作って引き受けた。

殺人あるいは傷害致死での起訴が検討されている事件らしい。女性関係のトラブルで、北島が嫉妬に駆られ、一方の男である被害者に暴行を働いた事件だ。

主犯の北島孝三《きたじまこうぞう》は捕まって自供も進んでいる。

共犯者も存在し、その共犯者・中崎真一《なかざきしんいち》もまた、個人的に金銭を巡るトラブルで被害者に恨みを持っていたという。

しかし、その中崎を取り調べてみると、彼は暴行に加わったことを否定した上、主犯の北島とも直接会ったことはないなどと言っている。携帯電話に北島との通話記録が残っているが、それも北島から一方的に被害者への恨みを聞かされ、犯行への協力を求められたものの断ったやり取りだと言い張っている。

ところが主犯である北島の自供に沿って、中崎と犯行の計画を練ったという六本木のバーに事情を確かめたところ、やはり、北島と中崎が同じテーブルで話をしている姿を記憶していたバーテンダーがいたのだった。

ただ、その証言も実際に聴取してみると曖昧《あいまい》になり、北島と会っていたのが中崎本人だったと断定できる調書はまだ取れていない。警察はこれについて、中崎のバックに不良グループの存在があるため、バーテンダーがそれを恐怖に感じ、供述に踏み切れないのではないかと読んでいる。

その一方で、バーテンダーを根気よくつついているうちに、同時刻にそのバーにいた常連客の一人として、諏訪部利成《としなり》の名が挙がってきた。そして、中崎と思《おぼ》しき北島の同席者は諏訪部と顔見知りであったらしく、その二人が二言三言会話を交わしていたという証言も出てきた。

そうなると、諏訪部がそこで中崎と確かに会ったと証言すれば、バーテンダーの証言も補強され、北島と中崎が会っていたという事実が立証される方向にいくだろう。諏訪部の証言をバーテンダーにぶつければ、バーテンダーも腹をくくって、より具体的な証言を出してくれることも十分考えられる。

しかし、その諏訪部の口が堅いらしい。

後ろ暗い仕事に手を染めている者の習性なのだろう。

それでも、被疑者本人ではないのだから、言葉を尽くして協力を頼めば、嫌々だろうと渋々だろうと口を開いてくれるのではないか……。

関係資料に目を通しているうちに、諏訪部が着いたらしく、沙穂に控え室まで呼びに行ってもらった。

やがて、沙穂が案内する形で、諏訪部が部屋に入ってきた。

瘦せているせいか、やたら眼光が鋭く見える男だった。昔のデザインにありがちな、大きなラペルのダブルのグレースーツに身を包んでいる。五十歳という年齢なりの見かけには違いないのだが、普通に五十年生きてきた人間ではない独特の据わりが物腰に見て取れた。目が合った瞬間から隙を見せてはいけないという本能的な警戒心を抱かせる。これまでの仕事でやくざなどの取り調べも何度かこなしてきたが、それらとも一味違う。一匹狼の風格がある。

簡単な相手ではないことは、彼が沙穂にトレンチコートを預け、取り調べ用の椅子に座るまでに確信を持って理解できた。

「話し相手はお兄ちゃんですかい」

椅子に座った諏訪部は思いがけずも洒脱《しゃだつ》な口調で、デスクに座る目の前の沖野に話しかけてきた。

「最上検事と聞いてきたんで、ちょっと懐かしい顔でも拝んでやろうかと思って来たんですがね」

「私、沖野が担当します」沖野は言った。

「ずいぶんお若い検事さんで」諏訪部は愉快そうに目を細めた。「修習生さんかね？」

最上から「検事らしくなった」との言葉は頂戴したものの、沖野はもともと丸顔の童顔で、三十代に入った年齢相応にはなかなか見られない。そんなこともあって取り調べ相手や警察関係者などからは軽んじるような態度も時折されてきたが、そのたび沖野は持ち前の勝気さを前面に出して闘ってきた。

「修習生ではありません」沖野は肘《ひじ》をついて身を乗り出し、諏訪部を見据えた。「諏訪部さん、捜査にぜひご協力いただきたいということで、私としてもできるだけ礼儀をわきまえようと考えていますが、あなたもそれに賛同していただけるとありがたいですよ」

沖野を見返した諏訪部が薄い笑みを口もとに刻んだ。「こりゃ失礼を」

「ただ、言っておきたいのは、こちらも何かを無理やり言わせようとか、喧嘩腰の思いでいるわけじゃないってことです。捜査に協力してもらえればありがたい。それだけです。分かりますね？」

しかし諏訪部は、目を伏せるようにして小さく首を振った。

「あいにく、どういうつもりで私から話を取ろうとしてるのかなんてことには、まったく興味がないんですよ。刑事さんにも言ったように、あなた方に話すようなことは何もありませんからねえ」

「でも、あなたは二月二十九日の夜十時頃、六本木のバー〔ジュピター〕で飲んでいましたね。その日に下ろして日付も入ったバランタインのボトルもある」

諏訪部は苦笑気味に顔をしかめる。「まったく、まだいくらも飲んじゃいねえのに……あんな口の軽い店じゃあ、二度と行く気がしなくなるってもんだ」

「犯罪捜査への協力です。市民としては当然の行いですよ」

「市民として当然とかそういう論理は、少なくとも私の住んでる世界じゃあ通用しませんな」諏訪部はそう言いながら、人差し指を横に振った。「私は物売りですよ。客が欲しいものを手に入れてきてそいつに売る。それで飯を食ってる。店があるわけじゃない。でも、その仕事を続けていられるのはなぜか。それは信用です。私は、物は売っても人は売らない。それをみんなが知ってるから信用するわけだ」

「人が一人死んでるんですよ。それに関係してる人間を売るとか売らないとか言ってる場合じゃないでしょう」

「人が死んでるなんてことは、知ったこっちゃない」諏訪部はそう嘯《うそぶ》く。

沖野は鼻から息を抜き、話を進めることにした。

「ちなみに中崎とはどういう関係なんです？」

「ただの顔見知りですな」

「客筋じゃないんですか？」沖野は眉をひそめる。「商売に関係ないただの顔見知りなら、証人になったところで信用も何も関係ないでしょう」

「関係ないかどうか判断するのは私ですよ」

「中崎と仲のいい客筋がいるってことですかね?」

「さあ、知りません」諏訪部は人を食ったように肩をすくめる。「はっきり言やあ、中崎がその事件の共犯で重刑に処されようがどうしようが、私にはどうでもいいことですよ。ただとにかく、証人として関わるつもりはないってだけで」

何とも厄介な相手だ。

しかし、どうにかして崩さなければいけない。

「分かりました。調書にするのは別問題として……」沖野は一歩退《ひ》くようなふりをしつつ、正面から突いてみる。「あの日にそのバーで中崎に会ってはいるんですね?」

だが、諏訪部はそれもあっさりとかわした。「さあ、知りません」

「じゃあ、質問を変えましょう。これまでに、あのバーで中崎と出くわしたことは一度もないとは言いませんね?」

「さあ、知りませんな」

「知らないことはないでしょう。あの日とは限らなくていい。一度もないなら、記憶ははっきりしてるはずじゃないかな?」

「あの日以外に、私と中崎があのバーで会ってたとして、それを訊くことには何の意味もないでしょう」

「なくはない。それに私は、あの日以外とは言ってない。あの日に限らなくていいと言ったんです。二月二十九日を含めての話をしてるんですよ」

「どちらにしろ、答える義理はないやね」

「どうして？　ただの世間話ですよ。こんなことは調書に取ったって役に立たない」沖野はペンと手帳を脇にのけて、手のひらを諏訪部に見せる。「答えない意味が分からないね」

「世間話なら、こっちのお姉ちゃんの相手をしてるほうがましですな」諏訪部はひねくれた笑みで沙穂を顎《あご》で指し、攻めこんだ気になっていた沖野を押し返した。「答えない意味が分からない以前に、私には答える意味が分からない」

「そんな、いい歳して、突っ張らなくてもいいじゃないか」沖野は砕けた口調で笑いかける。「俺もここの刑事部に配属されて、まだ一週間そこそこだよ。さあ、これからがんばろうと思ってるとこなのに、せっかくこうして縁ができた相手に世間話もしたくないなんて言われるのは寂しいな」

「そう言われてもね」諏訪部は馬鹿馬鹿しいと言わんばかりに頰をゆがめながら首を振った。「お兄ちゃんが仕事熱心なのは認めてもいいが、俺は何も言う気はないんだ。ほかにも客はいたんだから、そいつらを当たってくださいよ。簡単に答えてくれるやつも見つかるでしょうよ」

「例えば？　あんたの顔見知りはほかにいたのか？」

「何人かほかにいたってだけの話だ。詳しいことはバーテンダーに確かめればいいでしょう」

沖野は資料をめくり、バーの見取り図を紙に描いた。それを諏訪部の前に置く。

「あんたはどこに座ってたんだ？」

「知りませんね」

「知らないとはどういうことだ？　憶えてないと言いたいのか？　それとも、答えたくないってことだけなのか？」

「答える義理はないってことですよ」

「つまり、答えたくないってことか。なるほど、憶えてないと言うよりはましだな。バーテンダーによれば、あんたは来ればだいたい同じ席に座るということだ。それを憶えてないってことは通用しないからな」

「バーテンダーに聞いてるんだったら、俺に訊かなくてもいいでしょうに」

「ここだ」

沖野は身を乗り出し、ペンでカウンターの一席を指した。

「ほかの客はどこに座ってた？」

「さあね」

「ここところとここだ」カウンターの入口近くとテーブル席二つを沖野はペンで指し示

した。「バーテンダーの話に間違いはないか?」

「そう言ってんなら、そうなんでしょう」

沖野はうなずいて続ける。

「カウンターの一人はサラリーマン風。テーブルの二組はカップルだ」

言いながら、沖野は一番奥のテーブル席をペンでつついた。

「このカップルからテーブル二つ離れたこの奥の席……店の中でも一番ゆっくり話せそうないい席じゃないか。ここが空いてるのは変だな。このカップルなんか、もっと奥に行けばいい。どうして行かないんだろうか? さては一番奥のテーブルに危なそうな男たちが座ってたから、ちょっと離れて座ろうとでも思ったのかな……どう思う?」

「さあね」諏訪部は無表情で首を振る。

「このテーブルに一番近い人間はここに座ってる男……あんただ。この距離で飲んでて、ここに誰かがいたのを見てないってことはないはずだ。それが誰かはともかく、誰かがいたってことは憶えてるよな?」

「知りませんな」

「また、『知りません』か。その奥の席の一人である誰かは、一度はあんたの隣に来て、挨拶がてらあんたから下ろしたてのウイスキーをご馳走してもらった。もちろん、憶えてるよな?」

りでもある気がした。

「さあね」

難しい人間だが、憶えていないとは言わない。それが彼の特徴であり、独特のこだわりでもある気がした。

そこから何とか揺さぶれないか。

「憶えてないのか？」沖野は意外そうに訊いてみる。

諏訪部はかすかに目を細めて沖野を見返す。

「あんたがウイスキーを飲ませてやった相手こそ中崎だ。ここまで言えば、思い出しただろう？」

「さっきも言った通りですよ」低い声で諏訪部が言う。

「憶えてない？　それとも答えたくない？」

「答えたくないね」

沖野が戦える間合いまで、だいぶ彼を呼びこめた気がした。

「あの夜、あんたがウイスキーを飲ませてやった相手が中崎だったかどうか……あんたは憶えてないんじゃなく、答えたくないと言う。これを客観的に聞けば、もう認めてるってことにならないか？」

沖野は笑みを交《まじ》えて、諏訪部に問いかける。

「だって、中崎じゃないなら、中崎じゃないと言えばいいだけの話なんだからね。中崎にもそれだけ有利になる。違うか？」

「さあな」諏訪部は少しうっとうしげに言う。

「『さあな』じゃない。そういうことなんだよ。違うなら中崎はそこにいなかったと言えばいいんだ」

「『憶えてない』と言ったら？」

諏訪部は束の間、沖野を見据えたあと、沖野の出方をうかがうように訊いてきた。

「そんなことは俺に訊くことじゃない」沖野は挑発気味に笑いながら答える。「本当に憶えてないなら、そう言うしかないってだけだ。こんなことも憶えてないほど馬鹿だってことならな」

揺さぶりの手応えはあった。しかし、そう感じたのも束の間、諏訪部は声を立てずに笑い始めた。

「お兄ちゃん、なかなか面白いな。そんな世の中のことなど何も知らない学生みたいな面《つら》して、偉そうにぐいぐいこられると、相手にする気がなくても、ついつい、かちんときちまう。いいキャラしてるよ」

「褒めてるんなら、喜んでおくよ」沖野は応える。

諏訪部は爽《さわ》やかさのない笑みを浮かべたまま、ゆらゆらと動く手で沖野に指を差す。

「だが、その勢いだけで、どんなやつでも負かせると思うのは間違いってもんだ。俺は難関の試験を突破したエリート検事だ。そのへんの街を這いずって、金目のものを貪欲に探しながら生きてるような浅ましい連中くらい、この頭を使えばたやすく降参させられる……ノーノー、世の中そんな簡単なもんじゃない」

「どうした？　ダウン寸前のボクサーが、必死に効いてないぞってアピールしてるみたいだな」沖野は負けずに言い返す。「何がそんなに気に食わなかった？」

諏訪部は沖野の言葉をおかしそうに聞き、それからまた沖野を指差す。

「違うなら、そう言えばいい。憶えてないなら、そう言えばいい……確かにそうだ。だが俺は、わざわざ違うとまで言ってやるほど、中崎に義理があるわけじゃない。憶えてないと言わなきゃいけないほど、お馬鹿さんでもない」

「なら、答えは簡単じゃないか」

「だが、答える義理もない」諏訪部は顔を前に突き出し、ささやくように言った。「お兄ちゃんの口車に乗せられるほど、馬鹿でもない」

「そうか？」手詰まり感を顔に出さないようにしながら、沖野は言う。「もうほとんど認めちまってるじゃないか」

「調書が欲しいとそう思えてくるかい？　攻めこんでるつもりが、まぶたが腫《は》れ上がってるのはお兄ちゃんのほうなんだけどな。そりゃ、このまま調書が取れなきゃ大変だ、焦るよな。上司は最上検事かい？　あれはその気になれば、どんなえぐい手を使っても俺くらい崩すよ。お兄ちゃんにも期待してるだろうね。諏訪部は変わり者だが、参考人調書くらいは取れるはずだ……最上検事はそう思ってる。その期待を裏切れば、彼の失望も大きいだろうな。想像するだけでも、お兄ちゃんが可哀想になってくる」

腹立たしいほどに沖野の神経を手づかみで揺さぶってくる。動じていないふりをしているだけで身体が熱を帯びてくる。

「可哀想だから、俺から一問出してやってもいいけどな」

諏訪部が楽しげに切り出した言葉に、沖野は眉をひそめる。

「俺が出す問題の答えを当てたら、望みの調書にサインしてやってもいい。何日の何時、どこどこで誰それと会いました。そういうのをお兄ちゃんが書けば、黙ってサインしてやろうじゃないか。俺は法廷に立たされたら、何だかよく分からないままにサインさせられたと答える。バーテンダーがそう言ってるという話だし、中崎とも知らない仲じゃないから、そういうこともあったかもしれないと思った程度だと。ただ、北島という男は知らない、店で見た憶えもないと言う。お兄ちゃんはお兄ちゃんで、何か言い繕って、取り調べの正当性を主張する。まあ、それで裁判的にはOKだろ」

確かに、褒められた話ではないが、形としてはそれで通用する。あとからいくら本人が発言を撤回しようと、調書にサインがあれば、たいていの場合は、そちらが証拠として優先されるのだ。

「どんな問題だ？」

「お兄ちゃん、麻雀はやったことあるか？」

「……パソコンのゲームでなら」

「ふっ」諏訪部は鼻で笑う。「立場上、そう言わないと駄目なのかい？ それとも、世代が違うとそういうもんか。まあいい。おつむに自信のあるお兄ちゃんならお手のものだろう。ただ、条件は公平にしないとな。お兄ちゃんが当てたら、俺はサインをする。それだけじゃ不公平だ。もし当てられなかったら……そうだな……」

諏訪部は笑みをたたえた目で、事務官席に座る沙穂をちらりと見た。

「このお姉ちゃんに一日付き合ってもらうか」

「馬鹿言え」沖野は思わず声を上げた。

諏訪部は首を振る。「人を売らない俺が人を売ろうと言うんだ。それくらいの条件がなきゃ、勝負する意味がない」

「違法賭博《とばく》だ」

「何言ってんだ」諏訪部は吹き出した。「麻雀をやるわけじゃない。麻雀の問題を出すだけだ。答えには何の偶然性もない。ちゃんと見てれば答えられる。課題に対して結果を出せば、報酬を手にする。それだけの話だ」

「駄目だ」

「何が駄目なんだい？　調書はもういらないのか？」

どういう問題かも分からないのに、そんな危険な条件を呑むことなどできるわけがない。

「自信がないのかい？　お兄ちゃんの口ぶりからすれば、自分のおつむには自信がありそうだったが」

諏訪部は再び、ゆらゆらと沖野を指差した。

「ちなみに……最上検事はお兄ちゃんのような若手だった頃、ちゃんと答えを当てたけどな」

嫌らしい揺さぶり方をしてくる。冷静な判断力に抗するようにして、勝負への興味が頭をもたげてくる。

「構いませんよ」

不意に沙穂が口を開いた。

「え？」沖野は耳を疑って、沙穂をまじまじと見た。

「私は構いませんから、検事、どうぞやってください」彼女は真面目な顔をして、そう言った。

「何を言ってるんだ。馬鹿言うな」

諏訪部が愉快そうに笑う。「お姉ちゃんのほうが度胸がある。検事を替わったほうがいいな」

「その一日をどう付き合うかは、私の自由ですよね？」沙穂が諏訪部に確かめる。

「そりゃ、別に拉致《らち》して連れ回そうっていうわけじゃない。お互い納得できる時間をすごす。普通の男女と同じことだ」諏訪部は沙穂の机に手をかけ、ねっとりとした口調で言った。「行きたいとこがあれば連れてってやるし、知らない世界が見たければ見せてやる」

「検事、やりましょう」

諏訪部の薄気味悪い答えを聞いても、沙穂の気持ちは変わらないらしい。普段のおとなしい姿からは想像もつかない大胆さだ。

「この勝負に乗らない限り、この人は喋《しゃべ》らないと思います。やりましょう」沙穂は繰り返す。

「おいおい、お兄ちゃん。お姉ちゃんがここまで言ってるのに、まだ踏ん切りつかないのか？」諏訪部が野次るように言った。

「……どんな問題なんだ？」

半分、決断を留保する気持ちを残しての問いかけだったが、諏訪部は沖野が勝負を受けたと理解したようだった。

「よく見ておきな」

諏訪部は薄笑いを浮かべたまま、自分の前にある取り調べ用の机の上に指を走らせる。すでに問題とやらが始まったことを知り、沖野も覚悟を決めた。やるからには勝たなければならない。雑念を頭から追い払った。

「今からイカサマをやる」

「何だと……?」

問題がイカサマとはどういうことか分からず、思わず口を挿《はさ》みかけたが、諏訪部はそれを制するように指を振った。

「もちろん、分かりやすいようにやってやる。それがどんなイカサマかを当てる問題だ」

諏訪部は何も置かれていない机の上に四つの長方形を指し示した。

「想像力と集中力を切らさないことだ。牌《パイ》の種類ごとに色でも付けてしまえばいい。萬《マン》子《ズ》は赤、筒子《ピンズ》は青、索子《ソウズ》は緑、字牌《じはい》は黒とかな。これが萬子の箱だ。一萬から九萬まで、縦に四枚ずつ並んでる」

麻雀牌の入った箱がさもそこにあるかのように、諏訪部は、これが筒子、これが索子、これが字牌と説明していく。

「字牌は左から東南西北白發中の順だ。不要牌の八枚は抜いてある。麻雀牌は全部で百三十六枚。さあ、これを裏返して箱から出す」

諏訪部は四つの箱を順に手にし、机の上に裏返す真似をしてみせた。

そして、それを混ぜ始める。

萬子の赤、筒子の青、索子の緑、字牌の黒……諏訪部の手の動きに合わせて、沖野の頭の中ではその色々の模様が形を変えていく。

「よく見ときなよ。これを当てるかどうかでお兄ちゃんの仕事の成否が決まるぞ」

ゆっくりとではあるが、諏訪部の手は休みなく動き続ける。

じっと見ていると、脳みそまでかき回されていくような感覚だ。頭の中で必死に形成している四色のマーブル模様の世界が、徐々に崩れていこうとする。

「これくらいにしとくか」

諏訪部が手を止めて言う。沖野は自分の頭の中にある四色のマーブル模様が、どれだけ信用できるものかも、もう分からなくなってきている。

「まだこれからだ。これを積まなきゃいけない。二枚ずつ持ってくるぞ」

諏訪部は手を伸ばして牌を手前に持ってくる動作を何回も繰り返す。

「並べすぎたな。まあ、いいか。よし、積むぞ」

諏訪部はそう言い、二段に並べたうちの手前の一列を、もう一列の上に積み上げる手つきをしてみせた。

「おっと、お姉ちゃんの山はずいぶん少ないな。手が小さくて、そんだけしか積めなかったか。よし、こっちの山七つ、そっちに付けてやる。これでちょうどいい」

諏訪部はそう言いながら、右手にいる沙穂のほうに、自分の山の右側の一部を移すような動きを見せた。

こうなるともう、何がどうなっているのか分からない。

「俺が親だな。サイコロ振るぞ。十だ。お姉ちゃんの山だな」

サイコロを振るふりをした諏訪部は、それを見て、沙穂側の山から牌を取っていく。

麻雀牌は全部で百三十六。ちょうどいいということは、一人につき三十四枚、つまり十七組の山があるということだ。

沙穂の側にはもともと十の山があり、七つ諏訪部がくっつけた。つまり、諏訪部が手にした最初の配牌四枚は、もともと諏訪部自身が積んだ山の一番右にあった四枚だ。

イカサマということは分かる。

そこまでは分かるが……。

「はいよ。はいよ」

諏訪部はほかの者にも牌を配る小芝居を入れながら、自分の分を手もとに持ってくる。

都合三回、自分の作った山から計十二枚の牌を持ってきたことになる。最後の二枚は左手のいわゆる上家《カミチャ》の山から持ってきた。

そして、その一枚を捨てる真似をする。

「役満イーシャンテンだ」

諏訪部はそう言って、沖野に不敵な笑みを見せた。

イーシャンテン……つまり最後に持ってきた二枚のうち、どちらかでも使えたなら、役満をテンパったということだ。

「さて、何の役満か？」諏訪部は言う。「これが問題だ」

分かるわけがない。

集中して見ていても、限界があるというものだ。

だいたい、答えなどほとんど、諏訪部のさじ加減一つではないか。

何か答えても、諏訪部が外れだと言い張ればそれで終わってしまう。

しかし、茶番だと口に出せば、たちまち自分の無能さをさらすことになるような……

そんな真剣勝負の空気がここにあるのも確かだ。

「答えは一つ」諏訪部が沖野の煩悶《はんもん》を見透かすように言う。「別に難しくはない。もう一度言うが、最上検事はちゃんと当てたぞ」

動揺を隠すように、沖野は諏訪部をにらみつけた。

答えるしかない。

諏訪部が積んだ山の一番右は黒……字牌であるような気がした。

ほとんど気のせいでしかないそれを取っかかりにして、あとは直感で答えをひねり出す。

「大三元だ」沖野は答えた。

諏訪部が小さく眉を動かす。

そして憐《あわ》れむような笑みを浮かべながら首を振った。

「外れだ」

自信はなくても、答えた以上、正解かと期待してしまう。それがあっさりとはね返されて、沖野は脱力感を覚えた。

そのとき、不意に沙穂が横から割りこむように声を発した。

「緑……索子とかいう緑ばっかり集めてました」

諏訪部が沙穂を見る。

「お姉ちゃんも麻雀やるのか?」そうおかしそうに訊いた。

「麻雀は知りません。でも手の動きを見てたら、緑ばかり手もとに持ってきてました」

「ほう、そんなに熱心に見てくれてたか。だが、役を知らなきゃ答えにならんな」諏訪部が冷笑を浮かべて言う。

「九蓮宝燈《チューレンポートー》だろ」沙穂が諏訪部の動きをそこまで見切っていたとは信じられない思いだが、沖野としても彼女の目に懸けるしかなかった。「一色手の役満なら九蓮宝燈だ」

沙穂に代わって答えた沖野を、諏訪部がかすかに強張った顔で見た。

そして何秒かの間を置き、その強張った顔を会心の笑顔に作り替えた。

「外れだ」

諏訪部は肩を揺すって笑う。

「惜しいな、お姉ちゃん……惜しいよ。お兄ちゃんみたいに山勘で答えてない分、丸半分やってもいいくらいだ。その健闘に免じて、俺の条件は引っこめてやるよ」

彼は笑いを収めて、大きく息をついた。

「だが、一番右に積んだ發を見逃した時点で、丸はやれないな」

「緑一色《リューイーソー》……」

沖野はそうつぶやいて呆然とする。

沙穂くらい見えていれば、当たっても不思議ではなかった。九蓮宝燈と緑一色とどちらが先に頭に浮かぶかという違いだけだ。答えを探しながら、こんなの当たるわけないと考えていた分、思考が浅くなり選択肢がそろわなかった。

「馬鹿馬鹿しい！」

沖野は吐き捨てるように口にしていた。抱えこんだ敗北感を持て余し、そう言うしかなかったのだ。

「ははは、かんしゃくを起こしたって、リセットボタンはどこにもないぞ」

諏訪部は沖野のそんな様子をニヤニヤ眺めながら言った。

最上の執務室のドアをノックする。

部屋を覗くと、最上は執務席に着いて、どこかに電話しているところだった。

やがて彼は電話を終え、手帳に何かをメモしながら、「どうした?」と沖野に声をかけてきた。

「諏訪部ですが、ちょっと厄介です」沖野は恥を忍んで報告した。「心証としては、バーで中崎と会っているのは間違いないと思うんですが、はっきりとは認めませんし、調書の作成に応じるつもりもないようです」

苦い顔の一つでも向けられると思いきや、最上は淡々としていた。

「そうか……じゃあ、適当に帰しとけ」

「え?」あっさりとした反応に沖野は戸惑った。

「無理なんだろ?」

「無理というか……」沖野は口ごもる。「被疑者ならともかく、そうではないだけに、こちらもどこまで強気に押していいのか……」

「強気に押せば何とかなりそうなのか?」

そう問いかけられて、沖野は返答に窮した。

最上がそれを見て、ふっと相好《そうごう》を崩した。

「どうした、牙を抜かれたトラみたいな顔してるぞ」

「いえ、そういうわけじゃ……」

「そう、しゅんとするな。この世界、ああいう相手もいるってことだ」

「いいんですか?」

捜査に支障が出ることを気にして訊いたが、最上は意に介さない様子でうなずいた。

「証人はほかにもいる。それでカバーできそうだ」

それがあるために最初から大した期待をせずに沖野に仕事を任せたという意図があったのだとしても、こうなった今では何も言える立場ではない。

「最上さんのときは割れたんですか?」

最上は小さく首を傾げた。

「何もない机の上で麻雀牌を混ぜる真似をして……最上さんは当てたって言ってました」

「ああ……」最上は微苦笑する。「あれを君にもやったのか?」

「よくあんなの当たりましたね」

「当てられなかったのか?」最上がいたずらっぽく言う。「俺のときは分かりやすかったぞ。まあ、そのときはそれまでに外堀を埋めてたからな、あいつが被疑者で、俺も二十日間みっちりやったし、もうあいつ自身、ゲロしたがってたんだ。そのきっかけがつかめなくて、自分でクイズを出して、当たったらしょうがない、認めてやろうって、そんな感じだった」

　今日の諏訪部には、そんな弱々しさは微塵《みじん》も感じられなかった。あんなゲームでも、相手の心理状態の違いで、有利不利の差が出てしまうということか。

「もちろん俺も、あと一押しで割れると見てたから必死だったけどな。あのときは確か緑一色だった。最初から、索子の固まりと字牌の固まりを動かすときだけ手つきが細かいように見えた。あとはまあ、集中して見てるうち、緑の牌があいつの手もとに集まってくるのが見えてきた気がしたんだ。九蓮宝燈か緑一色……字牌の触り方が意識に残ってて、緑一色と答えた。それであいつは降参だ」

　最上はそう言って、両手を上げるジェスチャーをしてみせた。

　どうして自分には見えなかったのだろう……沖野は記憶に残っていないものを無理に思い出そうとして嘆息した。

　自分の執務室に戻ると、最上の指示通り、一枚の調書も取ることなく諏訪部を帰した。

「まあ、お兄ちゃん、そんな気を落とすことはないさ」

　切った張ったの大勝負を経験していない者は、いざそのときが来ても、それが真剣勝負だという実感が湧かない。それゆえ、ほとんどゲームのように漫然と勝負をやりすごし、負けてから失ったものを知って呆然とするものだ……。

諏訪部はそんなことをしたり顔で言い、ひょうひょうとした足取りで帰っていった。

大勝負というほどのものではない。たかだか参考人聴取を一つつぶしただけであり、捜査の行方にも、何の影響もない。司法試験のほうがよほどの大勝負だ。あれにこそすべてが懸かっていた。究極の頭脳バトルでもあった。自分はその勝負を勝ち抜いてきたのだ。

沖野は自分の中の怒りに任せて、そんなことまで思い、いや、だからこそこんなに悔しいのだと気づいた。

「検事……」

頭を冷やしがてら遅い昼食でもとりに行こうかと席を立った沖野に、沙穂が声をかけた。

「さっきは出すぎた真似をしてすみませんでした」

そう言って、彼女は神妙に頭を下げてきた。

「いや、別に気にしなくていい」沖野は無理に笑って応えた。「君のほうがいい線いってたらしいし。やっぱり頭がいいんだな。ああいうのは何だろう、知能指数が物を言うのかな」

国立大の法学部を出ているという沙穂を褒め、沖野は自虐的に肩をすくめた。

「算盤《そろばん》をやってたんで、暗算なんかは得意ですけど……」

沙穂は謙遜するでもなく、真に受けるでもなく、彼女らしく真面目に考えて返してくる。

「なるほどね。俺は法律の勉強はやってきても、そういう頭の使い方はしてこなかったからな。それにちょっとあいつを見くびってた。ただの性格のねじれたチンピラだと思って、どこかつつけば尻尾《しっぽ》を出すだろうって程度の攻め方しか考えてなかったのが失敗だった」

「あの人、若い頃には将棋の奨励会に入ってプロを目指してたらしいですよ。それが惜しくも叶わなくて、賭け将棋や賭け麻雀で小遣い稼ぎを始めたのが、裏の世界に入るきっかけだったとか」

沖野が最上に指示を仰ぎに行っている間、諏訪部はそんな話を沙穂に聞かせていたらしい。取り調べに関係ないところでは饒舌《じょうぜつ》なんだなと皮肉混じりに思ったが、沖野にとってはもはやどうでもいいことだった。

「その頭をちょっとは世の中のために使えばいいのにな」沖野は苦笑しながら言う。

「まったく、この世界、食えないやつの相手が多くて嫌になる」

「でも、検事は惜しいところまで追いつめたと思います。あの人ものらりくらりかわしてたのが、途中から少し苛立《いらだ》ってたように見えましたし、検事の揺さぶりがけっこう効いてたと思いました。本当に惜しかったです」

「それで何とか俺に花を持たせようと、あんな条件のゲームにも乗ったわけか」沖野はおどけるように唇をゆがめた。「そんだけ肩入れしてくれたのに、期待に添えなくて、申し訳なかったな。まあ、君がやつに一日付き合わされなくてよかったってことだけでも、ほっとしてるよ」

「あとちょっとだったのに、本当に残念でした」沙穂はあくまで調書が取れなかったことを悔やむように、小さく眉を下げた。「でも、最上検事のときはけっこう力ずくの部分もあったみたいですし、ただの参考人ってことを考えると、今日はあれで仕方なかったかもしれません」

「最上さんからさっき聞いたよ。あの人のときは諏訪部も被疑者だったし、外堀も埋めて、降参寸前だったって。今日は分が悪かったし、最上さんも最初から期待はしてなかったみたいだ」

「それをいい意味で裏切れたらよかったんでしょうけど……残念です」

沖野の立場に立ってしきりに残念がってくれる沙穂を見ているうち、沖野自身は荒れた感情が静まっていった。

「まあ、しょうがない。次の仕事でがんばればいいさ」沖野は吹っ切れた気分で沙穂に笑みを向けた。「さあ、昼飯食いに行こう」

「はい」

沙穂も沈んだ表情を消して、明るくうなずいた。

3

最上が銀座の外れにあるその居酒屋の個室に顔を出すと、すでにネクタイを緩め、くつろいだ格好でビールジョッキを手にしている二人から待ちわびたような声をもらった。

「お前だけは、顔を見るまで、ちゃんと来るかどうか分からんからな。よかったよかった」

「おう、来た来た」

弁護士の前川がそう言いながら、自分の隣の椅子を引いてみせる。

「行くと言ったら来るさ。そんなに付き合いが悪いつもりもない」

座りながら言った最上の言葉に、二人から軽い笑いが起こる。

「自覚がないのが、一番たちが悪いな」

昔は確かに、最上がこういう飲み会に顔を出すのはまれだったから、そのイメージが強いのだろう。今では、こういう集まりそのものがまれになり、いちいち断らなければならないほど開かれることもなくなった。二十数年前、前川が一抜けで司法試験を突破したときにお祝いで集まった仲間は七人いたが、試験に挫折する者あり、突破しても東京を離れる者ありで、今日も最上が顔を出さなければ、前川と、同じく弁護士の小池孝《こいけたか》昭《あき》の二人が差しで飲むだけになりかねないところだったようだ。

「最上は一段とまた目つきが悪くなってきたな」

乾杯して早々、最上がビールの最初の一口を味わっているそばから、小池の遠慮ない言葉が飛んでくる。東京に戻ってきた去年、久しぶりにこの集まりに顔を出したときも、言われたのはその一言だった。検事という仕事柄、自然とそう言われる顔つきになっているということらしいが、半分以上は口さがない仲間内なりの冗談だと最上は受け止めている。

「小池はまた一段と太ったな」最上はきつい挨拶を送ってきた相手に言い返す。「大手事務所に勤めてると、そんなにいい物が食えるのか?」

「言いやがる」小池は肉厚の頰を揺らすようにして笑う。「いい物を食ってるわけじゃねえよ。忙しすぎて、どうしても偏食になっちまうだけだ」

「忙しいのはけっこうなことだ」

言いながら、最上は隣の前川に目を向け、おやと思った。

「前川は逆にずいぶん痩せたんじゃないか?」

小池を見たあとだからそう見えるというだけではないようだ。もともと細身の男だが、さらに頰が削れている。

「おう、こいつは胃を切ったらしい。さっきまでその話をしてたんだ」

「切った？」

「がんだよ」前川が自嘲気味の笑みを覗かせて言った。「まあ、全摘じゃないだけよかった。一応、体重も少しは戻ってきたところだ」

「何だ、そいつは驚いたな」最上は前川をまじまじと見つめて言った。「いつ？　知らせてくれたら、見舞いの一つでも行ったものを」

「うん、まあ、知らせようかとも思ったんだが、そんなに格好のいい話でもないし、いざ手術するとなると、片づけなきゃいけないことなんかでバタバタしてな」

口ではいろいろ言い訳しても、結局は周りに余計な心配をかけたくないという前川の性格がそうさせたのだろうと最上は取った。

「去年、一緒に飲んだときにはもう、検診で引っかかってたらしい」小池が顔をしかめて言う。「どうりで俺はあのとき、こいつの顔が暗かったような気がしてたんだ」

「そうか」最上は小さく嘆息した。「そりゃ大変だったな。それでも、一思いに切ったってことは、まあ、今後を思えばよかったんじゃないか」

「ああ、とりあえずはこうして生きていられるわけだからな」前川は肩をすくめて言う。

「うまいビールも飲める。それで十分だ」小池がビールジョッキを掲げて笑った。

「でも、まさかこんな歳でとは思ったな」前川がしみじみとした口調で言う。「さすがに、がんと聞かされると、ショックなんてもんじゃない。どうしたって最悪のケースを考えるし、人生観が変わっちまうよ」

「そりゃそうだろう」最上はうなずく。

最上自身はこれまで大病と関係なくやってこられたが、母親を三年ほど前に見送ったときには、やはり考えることが多かった。死を意識することは、自然と自分の人生を意識することにつながっていく。それが自分自身の死であるなら、なおさらだ。

「やっぱり死刑制度もありだなって思ったか？」小池がいたずらっぽく前川に訊く。「死を眼前に突きつけられてこそ、犯罪者はその意味を考える。死刑判決がなければ、その機会もなくなっちまう……とな」

「俺は別に、死刑制度が間違ってると思ってるわけじゃない。もちろん、そういう見方もできるだろうし、難しい問題だ。自分ががんになったからと言って、簡単に答えが見つかるような問題じゃない」

大学時代、仲間内で死刑制度の話をすると、一人、死刑廃止論を唱えるのが前川だった。偽善めいた持論を疑いもなく振りかざしているような彼の姿を見ていると、ついついいじめたくなり、またそれはほかの友人たちも同様だったようで、最上は小池らと寄ってたかって前川を議論でやりこめたものだった。そうして前川の悔しそうな赤い顔を見ては喜ぶという、たわいない遊びだった。

もちろん、人の思想が簡単に百八十度変わることはなく、今でも死刑の話については言いたいことの一つもあるだろう。しかし、前川はいつからか、学生時代のように敢然と廃止論を口にすることはなくなった。

それは北豊寮の管理人夫婦の娘だった由季が殺された事件を境にしてのことだと最上は思っている。

小池らほかの勉強仲間は北豊寮に入っていたわけではなかったから、そうと気づいていないし、「前川も世間に揉まれて少しは大人になったんじゃないか」という軽口で終わらせてしまう。

ただ、前川の変化の理由に思い当たる最上も、その気持ちが分かるだけに、あえて確かめるようなことはしない。前川は長い弁護士生活の中で、死刑の求刑を受けた被告人の弁護人を務めたこともある。一方で、犯罪被害者の支援活動にも首を突っこんでいる。犯罪と刑罰という両天秤を肩に担ぎ続けてここまでやってきた男だ。もはや一言で言い切れるような論理で片づく頭の中ではなくなっているだろう。検事としてひたすら犯罪者を刑に処すことに専念していればよかった自分はもう、学生時代のような軽い気持ちで論を吹っかけることなどできないと思っている。

「小池は企業法務で食ってる気楽さから、何とでも言える」

最上はそんなふうに、何を言っても応えなそうな小池を揶揄《やゆ》することで、議論になることをかわした。

「おう、言いやがる」小池は冗談混じりの口調ながら、好戦的に言い返してきた。「俺たちは正義の担い手、お前はただの資本家の手先で金儲けの手伝いをしてるだけだと言いたいわけか？」

「そんなことは何も言ってない」最上は苦笑して言う。

「言っとくが、この世の中は経済で動いてるんだぜ。これが崩れた世界は地獄だ。自殺者、うつ病患者、家庭崩壊……並みの犯罪じゃ考えられない犠牲者が生まれる。その経済の動脈を支えてる貢献度をもっと理解してもらいたいね」

「まったくだ」最上は素直に同意しておいた。「学生の頃は法廷に立たない法曹の仕事があるなんて思いもしなかったし、その仕事こそが一番の稼ぎを得られるなんてことも、当然考えもしなかった。お前は目のつけどころが違う。本当に賢いよ」

「何だ、その褒め方は？　嫌味にしか聞こえねえな」小池が突っかかってくる。

「いやいや、嫌味じゃない。偽らざる本音だ。大手事務所のパートナー弁護士に嫌味を言ったところで、そんなの妬《ねた》みにしかならないだろ」

最上が苦笑を崩さずそう言うのに、小池は「嫌味だ、嫌味だ」とぶつぶつ言い返してきた。

「そんなことより」学生時代に戻ったような丁々発止のやり取りを、前川が終わらせた。

「丹野《たんの》はどうなってるんだ。俺はそれが心配なんだ」

昨年の集まりには、この三人に加えて丹野和樹《かずき》もいた。

丹野は三十代の半ばまで弁護士として活動していたが、今の与党・立政党の公認を受けて衆議院選挙に立候補、見事当選して代議士に転身していた。押し出しが強いわけでもなく、政治家向きのタイプとは言いがたい男なのだが、こつこつと裏で汗をかくのを厭《いと》わないタイプではあるので、近年は政権の中でも国交省の副大臣や党政調副会長を務めるなど、要職を任されるほどになっていた。

しかし、昨年、立政党の大物政治家である高島進《たかしますすむ》のグループへの、海洋土木を請け負うマリコン会社からの闇献金疑惑が、週刊誌報道を発端《ほったん》に浮上し、丹野周辺の雲行きも怪しくなってきた。丹野は高島グループに属しているだけでなく、高島の娘婿でもあるのだ。

高島グループの体制固めのための資金集めが画策される中、疑惑のマリコン会社と高島をつなぐ役目を果たしたのが丹野だと目されている。国交省の副大臣時代に築いたマリコンとの関係を生かしたものであり、現金授受の現場にも立ち会ったと噂されている。

この疑惑に対して、年初からいよいよ東京地検特捜部が内偵捜査に動き出し、このところは丹野ら関係者への任意の事情聴取が進められていると、まことしやかに各メディアで取り沙汰されている。

「そうだ、最上んとこの話だぞ」小池が責めるような目を向けてくる。「捜査はどこまで進んでるんだ？」

「知らん」最上はそっけなく首を振る。「同じ地検でも特捜部は完全に別所帯だ。何の情報も流れてこない」

「中にはお前の知り合いもいるだろ。どうなってるか訊いてみることもしてないのか。冷たいやつだな」

「特捜部っていうのは、俺も名古屋でやったことがあるが、独特の組織なんだ。捜査の方向性を把握してるのは、部長や副部長、せいぜい担当の主任検事くらいで、あとの捜査検事は手足にすぎん。訊いたところで、何が分かるもんでもない」

「まあ、何かを聞いたとしても、俺たちにそれを洩らすわけにもいかんだろうからな。最上を責めるのは酷だ」前川が自分に言い聞かせるように言う。「けど、最上自身の見方としてはどうなんだ？　丹野はもしかしたら逮捕されることもあるのか？」

「それも分からんな」最上は吐息混じりに言う。「特捜部が目指す本丸はあくまで高島進だろうが……」

高島進は次期首相候補の筆頭であり、実際、次の党首選に出馬する意思を固めているとも伝えられていた。その矢先での疑惑浮上というタイミングからも、社会の注目度は高く、勢い特捜部の士気が上がっていることは容易に想像できる。

「しかし、さくっと本丸だけを攻め落とすような展開になるとも思えん」

前川の言葉に、最上はうなずく。

「まあな……取っかかりに丹野を狙うことは十分考えられる。今回の献金は、高島グループの政治団体として受け取ったものが問題になってるという話だしな。誰が収支報告書への不記載を決め、誰が承知していたかを特捜部はつついてくる。すべて高島の一存で決まったということが裏づけられれば、特捜部としてもそれに越したことはないだろうが、そう簡単に事件がまとまるわけはない。丹野が提案し、最終的に高島が了承した……そんな線で特捜部が事件を見ているとしたら、丹野も苦しくなるだろうな」

「丹野がそんなことを提案するわけはないんだ」前川が苦い顔をして言う。「あいつは曲がったことが大嫌いなやつだからな」

「政治の世界はまた特別だ。曲がったことが嫌いというだけでは通用しないこともあるだろう」

最上がそう言うと、前川は顔をしかめた。

「お前は丹野がクロかもしれないと思ってるのか？」

「そうは言ってない。あいつがどういうやつかくらいは俺も知ってる。けれど特捜部は、相手がクリーンなイメージの人間だからといって、手を緩めてくれるような連中じゃない。政治家なんてみんな、たたけば埃《ほこり》が出ると思ってる」

特捜部の話にすり替えつつも、最上自身、丹野がいくらクリーンな男だろうと、政治の世界であれば、きれいな手のままでいることは難しいだろうというくらいの考え方はしていた。今回の闇献金疑惑に一枚嚙んでいたとしても驚くことではない……構えるようにそう考えてしまうのは、やはり検事の性分が身に染みてしまっているからであって、その部分では、丹野をまったく疑おうともしていない前川とは生きてきた世界が違うのを意識せざるをえなかった。

「わざわざ献金を収支報告書に載せないってことは、表に出せないような使い道の金が必要だったってことだろ。そんなのはおそらく、高島がこれまで何度もやってきたことで、今回たまたま表沙汰になっただけに決まってる。丹野がそんなことを指南するわけないし、いくら何でも無理筋ってもんだ」

小池は憤《いきどお》りをあらわにして言い、それから一転、頭をかきむしりながら続ける。

「しかし、高島進もあれだけの大物だからな。簡単には特捜の網にかかるつもりもないだろ。場合によっては丹野の首を差し出して手打ちにするなんてことを考えてもおかしくない。いわゆるトカゲの尻尾切りってやつだ。俺はそれが一番怖いと思ってる」

「いっそ最上が特捜にいてくれたら、こんなにやきもきすることもなかったんだろうけどな」前川は悩ましげに言う。「こうなると最悪のケースを考えとかなきゃいけないかもな。あいつが逮捕されたら、弁護団を組んで支えてやらないと」

「俺も刑事は門外漢だが、やれることはやるぞ」小池も呼応するように言う。

特捜部の追及は厳しい。大企業の幹部や高級官僚、あるいは政治家だろうと、隙があれば徹底的に突かれ、ないものでもあると言わされるほど執拗《しつよう》な取り調べが続けられる。だからこそ前川たちの心配も当然のことだと思えたが、最上からかけるような言葉はなかなか見つからなかった。

「丹野なら乗り切ってくれるさ」

一人呟くように言い、ジョッキに残っていたビールを飲み干す。最後の一口は妙に苦く感じられた。

居酒屋を出ると、小池は仕事が残っていると言い、「じゃあ、またな」という軽い挨拶を残してタクシーに乗りこんだ。

最上と前川は帰りの方向は違うが、駅までの道を一緒に歩いた。

「気づけば、大学を出て四半世紀が経っちまってる。大学時代なんてついこの間のような気もするがな。でも、一緒に勉強してた連中がそれぞれいろんな立場に立たされてるってことが、それだけの歳月がすぎた証でもあるってことだよな。最上も身体には気をつけろ。俺たちは知識としてはいろいろ見聞きして知ってるが、身につまされてないから、結局、失って初めて気づくことが多すぎる。健康なんて、その最たるものだ。酒もほどほどがいい」

昔ははしご酒を好んだ前川は、そう言って笑ってみせた。最上も無理に二軒目を誘うつもりはなく、またゆっくり飲もうと約束して、地下鉄の改札で別れた。

肌寒い夜だった。

旧友たちとの再会は、気持ちを昔に還《かえ》らせ、今を忘れさせてくれるのが常だが、今夜はそうならなかった。

みんなそれぞれが、ほかの者たちの知らない今を生きている。

電車を乗り継いだあと、駅を出て官舎に帰る道を歩きながら、ふと、丹野に電話してみようかという気になりかけた。しかし、気分だけでそんなことをするのも違うような気がして、結局、手にした携帯電話はポケットに戻した。

官舎に戻ったのは、十時半をすぎた頃だった。

リビングでは妻の朱美《あけみ》が一人で韓流スターのＤＶＤに観入っている。帰ってきた最上には大した反応も寄越さない。

数年前まではそれなりに家庭の形を保っていたはずだったが、名古屋での生活を境に、どこかたがが外れたようになってしまった。

もともとは、特捜部の激務のせいで、最上自身が家庭を顧みる余裕がなくなった。娘の奈々子も高校生になって、家にいるより友達付き合いのほうを好むようになった。

昨年、東京地検に移ることになったときには、高校生活が残っている奈々子と朱美は名古屋に残り、最上が単身赴任することとなった。今年、奈々子が東京の女子大に進学して、ようやく家族がまた一つ屋根の下に暮らす生活へと戻ったのだが、そのときにはもう、以前とは違う形の家族になってしまっていた。

最上が風呂に入ったあとも、朱美は飽きずにDVDを観ている。

「来月、旅行に行ってくるから、よろしくね」

そんなことを、テレビ画面に目を向けたまま、さらりと言う。

「どこに？」

「韓国よ」

決まってるでしょと言わんばかりだ。

「またか？」

先々月にも受験中の奈々子を放って、韓流ファン仲間とやらと一緒に韓国旅行に行ったばかりだ。それだけでなく、去年も三度ほど名古屋からいそいそと出かけたと聞いている。そのうちの二度は、ほとんど最上に秘密にするようなやり方をしていて、あとでそのことを知った最上が、奈々子を一人にしてどういうつもりだとたしなめたのだが、「そんな、もう心配するような子どもじゃないんだから大丈夫よ」と悪びれもせず受け流されて終わった。奈々子も奈々子で、「別にいいんじゃない」と意に介していない。

「奈々子はどうした？」

部屋にもいない様子の娘を気にして、最上は訊く。

「アルバイトを始めるって言ってたわよ」

「バイト？　こんな遅くまでやってんのか？　どんなバイトだ？」

「知らないわよ。あの子に訊いたら？」

朱美はうっとうしそうに答え、テレビのボリュームを上げる。

最上は会話の接《つ》ぎ穂を失い、所在なげに狭いリビングの隅に立ち尽くす。朱美は結婚前後に前川と何度か会っているから、その前川ががんをやって胃を切ったという話を聞かせてやるべきだと思っていたが、この調子で気のない返事をされても気分が悪いだけだと思い、話すのはやめた。

「俺はもう寝るぞ」

独り言のように言い、寝室に入る。

平和だとか幸福だとか円満だとか……言葉にすればそう表現してもいい形に、今の生活は含まれるのだろうか。

それにしては、ずいぶん空疎な思いも残る気がする。

ベッドに横たわり、真っ暗な天井を見上げたまま、最上は小さく息をついた。

4

諏訪部の聴取を担当した日から十日ほど経ったある日、沖野は再び、最上の執務室に呼ばれた。

諏訪部の件で最上に期待外れの思いを抱かせてしまったのではないかと内心気を揉《も》んでいた沖野は、まだ最上が自分のことを変わらず気にかけてくれていることを知り、少々安堵《あんど》する思いがあった。

「何か急ぎの仕事はあるか？」

部屋に駆けつけた沖野に、最上が訊く。

「いえ、大丈夫です」

仕事はそれなりに抱えているが、幸い、これから誰かを取り調べるような予定はなく、また仮にそういう予定が入っていたとしても、キャンセルして最上の仕事を優先してもいいくらいの気持ちでいた。

「本部係の仕事に興味があるようだったな」

「はい、手伝わせていただけることがあれば」

沖野の返事に最上はうなずき、話を続ける。

「大田区で二名の遺体が発見された。どうやら殺しらしい。警視庁から連絡が入った。おそらく、蒲田署に帳場が立つことになる。俺はこれから現場検証や遺体の司法解剖、捜査会議なんかに立ち会うつもりだ。よかったら一緒に来るか？」

「喜んで」沖野は勢いこんで言った。

「どういう事件かはまだ分からんが、場合によっては、そこそこの捜査で犯人が挙がるかもしれん。そうしたら、そのまま君が担当して立てればいい」

立てるというのは、起訴するということだ。簡単に犯人が挙がる単純な事件だとしても、二名もの死者が出ている凶悪事件であれば、死刑求刑も視野に入る可能性が出てくる。そう考えるだけで、気持ちの中に張り詰めたものが生まれてくる。

「橘さん、出かけよう」

自分の執務室に戻って沙穂に声をかける。

「殺人事件の捜査本部に行く。犯人の目星が付けば、その先は俺が担当することになりそうだ」

最上に呼ばれたことで、沙穂も何らかの仕事が入ってくる気持ちの準備はできていたらしく、沖野の弾む声に「はい」と反応よく立ち上がった。

最上も、相棒の事務官である長浜光典《ながはまみつのり》を伴って出てきた。

長浜は三十代半ばのいかにも手堅そうな事務官である。最上くらいのキャリアの検事になると、事務官もそこそこの経験を持った働き盛りが担当に付けられるようである。

「まず現場に行きましょう。遺体は蒲田署のほうに運ぶそうですが、現場検証は続いてますし、警視庁の一課もそっちにいるんで来てくださいということです」

「現場は？」

「六郷という多摩川近くにある町の民家です。遺体は腐敗が始まっていて、死後数日してから見つかったようです」

沖野たちにそんな説明をした長浜が車を借り出してきて、そのまま運転手を務めた。検察庁と裁判所を行き来するのがほとんどである普通の検事と違い、本部係の彼らはこういう移動にも慣れているのだろう。沖野は長浜に促されるまま、後部座席に最上と肩を並べて収まった。

四人を乗せた車は検察庁を出て首都高に入り、東京の南部に位置する蒲田に向かってひた走った。


事件現場は京急の高架沿いにあった。狭い裏路地に並んでいる民家の一つで、周囲に立ち入りを制限する警察のテープが張り巡らされていた。

車を降りてからも沖野たちに先立って歩いていた長浜が、その民家の玄関口を覗いて、現場検証に当たっている捜査員に声をかけた。

「入りましょう。居間に七係の青戸《あおと》警部がいるそうです」

鑑識活動の邪魔にならないよう、靴にカバーを付けて家に上がる。

この付近は軒を寄せ合うようにして古い民家が並んでいる。この家もそうした周囲の家々と同じように古めかしかったが、広さはそれなりにあり、玄関などもゆったりしている。作業中の捜査員と余裕ですれ違える廊下を進んでいくと、奥に居間があった。

「やあやあ、どうもどうも」

沖野の前を行く最上にそう声をかけてきたのは、五十絡みの浅黒い肌をした男だった。角刈りの頭に眼鏡を載せている。彼が青戸警部らしい。七係というのは凶悪事件になると出張ってくる警視庁捜査一課の一班である。青戸はおそらくそこの係長だろう。

「どうですか?」

最上が挨拶代わりにそんな問いを投げかけた。

「少なくとも死後二日以上は経っとるようですから、簡単には片づかんでしょう」

切れ長の目から覗く瞳を忙《せわ》しなく左右に動かしながら、青戸はそんなふうに言った。

「殺人には違いない?」

「刺されてますからね」青戸は居間の片隅に貼られた人形《ひとがた》のテープを指差す。カーペットには血痕と思《おぼ》しき黒い染みが盛大に付いている。「お望みなら司法解剖にもご案内しますが、二人とも腹や胸や背中を四、五回ずつはぶすぶすとやられてますよ」

「なるほど」最上はカーペットの黒い染みを見つめたまま、低い声で問いを重ねる。「二人ともここの住人ですか？　もう一人はほかの部屋で？」

「ここに住んでた老夫婦です」青戸は自分の手帳を開き、頭に載せていた老眼鏡をかけた。「都筑和直《つづきかずなお》、七十四歳。都筑晃子《あきこ》、七十二歳。この二人が被害者です。ここに倒れてたのは旦那のほうで、奥さんは向こうの縁側に面した廊下に倒れてました」

青戸が指差した居間の奥に向かって、最上が歩いていく。沖野もあとを追った。

曇りガラスの障子の奥にフローリングの廊下がある。その向こうにはサッシがあり、外には盆栽などが並んだ裏庭が広がっている。今はブルーシートで空をさえぎられているが、玄関先からイメージするよりはゆったりとした庭で、五、六坪はある。そこにも鑑識員たちの姿がある。

黒光りをした廊下の一角には、さらに黒っぽい血糊がべったりと付いていた。

「居間で旦那を刺し、逃げようとした女房をこちらまで追いかけて刺した……ということか」最上が独り言のように言う。

「まあ、いい線でしょうな」青戸がそれに応じる。

「部屋はそれほど荒らされてないようですね」

最上が居間に顔を戻した。

「見た感じはそうですね。まあ、細かいとこは今調べてます。この夫婦は近くに古いアパートや貸家を持ってましてね、今でも家賃は手渡しでもらってたらしくて、そういう現金がここにあった可能性は考えられる。それから、何人かの知り合いに金を貸していたなんていう話も出てきてます。そのへんのこともちょっと調べてみなきゃいけない」

「流しの物盗りというよりは、そのへんの事情に通じた顔見知りという線が強いわけですね」

「そう」青戸が応える。「怨恨《えんこん》も含めて、交友関係を重点的に洗っていくつもりです」

「凶器は見つかってるんですか？」

「小さめの文化包丁なんですが、犯行時に刃が折れたみたいで、半分、奥さんの背中に刺さったまんまになってました。柄《え》のほうは見つかってませんから、犯人が持って逃げたんでしょう」

「ここの家のものですか？　それとも、犯人が持ちこんだもの？」

「詳しく調べないといけませんが、おそらく外から持ってきたものだと思いますよ。台所には包丁がそろってますからね。文化包丁の大きいのと小ぶりのがある。凶器のとはメーカーも違うようですし、台所で包丁を見つけて、ではないでしょうな」

被害者二人の殺人事件、計画的犯行、そして金銭絡みということになれば、まず求刑での死刑は動かせない凶悪犯罪だ。沖野は説明を聞いていて、身体の芯が冷ややかに引き締まるような思いを持った。

第一発見者は被害者である妻・晃子の妹夫婦だという。妹の原田《はらだ》清子《きよこ》は姉と週に一度ほどは電話でやり取りをし、住まいも川崎大師と、六郷から遠くはないので、月に一度はお互いの家を行き来してお茶を飲んだりしていたらしい。その清子が昨日晃子の携帯電話に電話してみたもののつながらず、家の電話にかけても同様だったので、不審に思って今朝、夫と様子を見に来たということだった。

発見時、玄関の引き戸には鍵がかかっており、妹夫婦が裏庭に回ってみたところ、縁側のサッシの半分ほどにカーテンが引かれていた。そのカーテンでさえぎられた床に、晃子が倒れていたわけだ。二対あるサッシはどれも閉められていたが、奥の一対は鍵がかかっていなかった。どうやら犯人は、表玄関の施錠をして、裏庭から出ていくことにより、少しでも事件の発覚を遅らせようとしたのではないか……そんな形跡がうかがえる。

「まあ、顔見知りであるとすれば、浮かんできた人間のアリバイや凶器の購入ルートを洗うことで、いろいろ絞れてくるでしょう。指紋もいくつか採れてるようですし、目撃情報も集めてます。状況はまた随時報告させていただきますよ」

青戸警部の言葉にうなずいた最上は、なおも捜査員たちの検証作業をじっと見守っていたが、ふと思い出したように沖野に目を留め、青戸に声をかけた。

「そうだ、紹介が遅れましたが、うちの刑事部に来た若手です。この事件に付かせようと思って連れてきました」

「沖野啓一郎です。よろしくお願いします」

最上に紹介され、沖野は沙穂と一緒に青戸警部と名刺を交換した。

「最上さんより話の分かる検事さんだといいんですがね」青戸は表情を緩めないまま、そんな軽口めいたことを言った。「こちらとしては少々証拠がそろわなくても、あとは検察に任せてくれと頼もしく引き受けてくれる人が一番ありがたい」

「残念ながら、私も引き続き事件のほうは見ますし、青戸係長には、彼にしても若いからといって変に妥協するようなタイプじゃないですよ。犯人がぐうの音も出ないような証拠がそろうようにがんばってもらわないと」

最上がそう返すと、青戸は「そりゃ大変だ」と肩をすくめてみせた。

夕方すぎ、城南大学の法医学教室で被害者の司法解剖が行われることが決まり、沖野たちも同行することになった。

「解剖の見学後だと食欲は失せるでしょう。ただ、食べて行くと気分が悪くなる可能性がある。どちらにします？」

「食えるときに食っといたほうがいいでしょう」

青戸の問いかけに最上がそう答え、沖野たちは蒲田署に寄って、中華の出前を取った。

沙穂も一緒に麻婆丼をかきこんでいたが、長浜だけは以前、解剖の見学で戻したことがあるらしく、みんなの食事が終わるのをじっと待っていた。

一同が食べ終わると、一服する間もなく、警察の車に乗せてもらって城南大学へと向かった。

青戸らに率いられて学内の法医学研究室に出向くと、エプロンや長靴、マスクや帽子に手袋などを渡された。それらを身に着けて解剖室に入る。解剖台が二台並び、それぞれに男女の老人の遺体が横たえられていた。

司法解剖は修習生時代にも見学したことがある。長浜のように吐くことこそなかったが、正直なところ、沖野は苦手だった。法曹の周辺でこういう仕事が行われているとはにわかに信じられないほど、異世界の光景に思えたものだ。ひたすら遺体の内臓を切り刻んで重さや長さを測ったりする教授の姿を横で眺めている時間は、少なくともその日いっぱいはあとを引くような重い感覚を残す。それでいて、医学の知識のない頭で理解できることはそれほど多くはない。

ただ、犯罪被害者の悲惨な現実は文字通り直視できる。一刻も早く犯人を処罰することで被害者の無念に報いる……そんな思いをかき立てるためには解剖を見学することも必要なのだと理解している。

沖野ら検察関係者のほか、刑事たちや研究室のスタッフらが並ぶ中、担当の教授が現れた。

「今日は人が多いね。大事件？　まあ、二体見るんだから、大事件なんだろうけど」

教授はそんなことを誰に言うでもなくぶつぶつと口にしながら、解剖台の前に立った。

「では、始めます」

合掌《がっしょう》ののち解剖が始まった。

四月の半ばとはいえ、ここ数日はコートがいるような肌寒い日が多く、結果、遺体の腐乱もそれほどひどくはないようだった。だが、そうは言っても、ある程度の腐臭はマスクを通して漂ってくる。

和直の遺体から刺し傷の場所や形、大きさなどを確認し、直腸の温度を測る。

「現場のデータは？」

警察が取ってきた現場の気温等のデータを見て、教授はうなずく。

「およそ七十二時間ってとこかな。五十時間は経ってるし、百時間は経ってないね」

死後三日程度というところらしい。

胸から腹までを切り裂き、内臓を一つ一つ取り出していく。

「ほらこれ、心臓に穴が開いてるよ。この一刺しでお陀仏《だぶつ》だ」

教授は遺体から取り出した心臓を手に抱えて、致命傷の箇所を沖野たちに見せた。

計量器のトレイにそれが置かれたところで、鑑識捜査員が写真に収めた。

胃の内容物を調べる段になると、生ぐささに加えて異臭も強烈となった。

「最後の晩餐は何だ？　天ぷらだな。天ぷらうどんか……食べて四、五時間ってとこだな」

刺し傷が内臓のどこまで達していたかを細かく調べながら、解剖は続く。被害者の悲惨さを身に染みて感じるような段階はすぎ、それを脳の襞《ひだ》にすりこんでいくような、苦行とも言える時間になりつつあった。マスクが妙に息苦しく、立っているだけで朦朧《もうろう》としてくる。

「多少脂肪肝ではあるけれど、いたって健康体だね。あと十年は生きられただろうにね」

一通り内臓の確認が終わると、教授は切り刻んだそれらを手早く体内に戻し、助手が縫いとめている間に、晃子の解剖に移った。

「背中側から刺したときに、刃先が肋骨《ろっこつ》に当たって折れたんだね。旦那さんのほうでだいぶ包丁もなまってるから、こっちはけっこう力ずくで刺してるんだよ」

聞いているだけで痛覚がうずいてくるような説明を加えながら、教授は晃子の臓腑を切り分けていく。彼女の場合は心臓に達している刺し傷はないが、動脈などは切れており、即死とまではいかないものの、かなりの短時間で死に至ったと見られるようだった。

「この人も動脈が硬くなってるけど、養生すれば、あと十年は生きられたでしょう」

教授は内臓を彼女の身体に戻したあと、ふうと小さな息をついてそう言った。

それから肩の力を抜いたように、周りを見渡してわずかに目を細めた。

「たくさんギャラリーがいた割には、脱落者は出なかったね」

気持ち的には切れかかっていた沖野も、唯一の脱落者とならずに済んで、ほっと胸を撫で下ろした。隣を見ると、長浜も小さく頬をゆがめたまま、同じことを考えているような顔をしていた。

「気合が入ってる人間ばかりですから」

青戸警部が沖野たち検察の人間をちらりと見ながら言う。教授は「じゃあ、捜査も期待できるね」と応え、一人先に解剖室を出ていった。

「大丈夫か？」

青戸に促されて部屋を出ると、最上が沖野に声をかけてきた。気遣うというよりは、若干《じゃっかん》、意地悪めいた問いかけにも思えたので、沖野は「大丈夫です」とことさら平静を装って答え、さらには隣にいた沙穂に「君は大丈夫？」と気を回す余裕まで作ってみせた。

「はい、大丈夫です」沙穂は何でもないように答える。

「こういうのはけっこう、女性のほうが耐性がある」

最上がそう言ったのは、やはり顔色を見ても、沖野より沙穂のほうが平然として見えたからだろうか。沖野は仕方なく、微苦笑でごまかした。

「このあと、蒲田署で捜査会議がある」最上が言う。「現場検証に仏さんの司法解剖、そして捜査会議……この三つの初動に立ち会うと、不思議なもので、もうその事件は他人事に感じられなくなる。送致で初めて配点される事件もそれなりに気持ちを入れてやってるはずだが、そういうものとはまた違う感覚の事件になるんだ」

最上の言いたいことは、もうこの時点でも分かる気がした。沖野は現場に入って証拠捜しをしたわけでも、司法解剖でメスを握ったわけでもない。ただそれに立ち会っただけだ。

しかし、それだけでも十分、この事件に首を突っこんだ実感は持てる。いずれ自分がその役割を果たすべきときが来たなら、多くの捜査関係者の努力に報い、被害者の無念を晴らしてみせると思える。

すっかり夜のとばりが降りた環八を走って蒲田署に戻ったあと、沖野は最上とともに、会議前の捜査幹部たちと挨拶を交わした。蒲田署の林《はやし》署長、北野《きたの》副署長、山瀬《やませ》刑事課長、警視庁から出張ってきた松井《まつい》捜査一課長、田名部《たなべ》管理官らだ。

捜査会議は九時半頃始まった。会議室前方に捜査幹部が居並び、警視庁機動捜査隊や捜査一課の刑事、蒲田署の刑事、そして鑑識課員らがそれに相対するように座っている。

沖野ら検察組は一番後ろの席に陣取った。

会議では、日中の現場や解剖室で見聞きしたような判明事実から、捜査員たちが付近の地取り捜査で拾ってきた情報までが一通り報告された。

聞きこみ情報では、三日前の、つまり四月十六日夕方四時半頃、二軒隣に住む主婦がかすかな悲鳴らしき声を耳にしたという話も上がってきている。

それから、居間に置かれたタンスの引き出しに入っていた小型金庫から、十数枚の借用書が見つかっている。都筑和直が何人かの知人に貸し付けた金の手書きの証書であり、金額としては一人当たりの総額で二十万から八十万ほどだという。

また、この小型金庫の鍵はそのタンスの別の引き出しに入れられていたのだが、都筑晃子の妹である原田清子の話では、普段は寝室のどこかに保管していたはずで、以前晃子がその小型金庫から保険証書を出したときに、寝室から鍵を持ってきたのを見たことがあったということだった。

その証言から考えると、犯人が犯行時、その金庫から自分の借用書を持ち去るなど、何らかの手を施している可能性はありうると言えた。被害者の財布はそのままになっているが、通帳の収支と家賃収入などを突き合わせると、数十万単位の金が生活資金として家にあったか、あるいは誰かに貸金として渡されていたかしているものと考えられ、それらの行方も踏まえて、捜査陣は金庫やタンス付近から採取した指紋などを慎重に分析し、調べを進めるとしている。

和直は定年後、家賃や年金の収入で生活するかたわら、比較的近くにあるとも言える大井の競馬場や川崎の競馬・競輪場に足しげく通っていたという。清子の話によれば、金を貸していた相手も、そういう場所で知り合ったギャンブル仲間だと見られる。

もしその中に今回の犯人がいるとするなら、和直のそういう生活ぶり、交際ぶりにも脇の甘さがあり、そこに落とし穴があったという見方ができるのかもしれない。

しかし和直自身は、何もギャンブルによって身を滅ぼす生き方をしてきた人間ではない。油脂メーカーの工場で定年まで勤め上げ、一人娘を育てて千葉に嫁がせた。ぜいたくな暮らしをするわけでなく、借金があるわけでもなく、一市民としてごくありふれた日常がそこにはあったはずだった。晃子も、庭いじりを趣味にする、ごく普通の老婦人である。夫のギャンブル癖に眉をひそめていたという声もあるが、それを考え合わせても、夫婦はそれなりに円満だったと清子は話している。

犯行の動機にどのような理由が含まれているのかはまだ分からないが、いくらそれらしい理由が一つ二つ出てこようとも、二人の命を奪う行為が正当化されることはありえない。やはり、起訴するにあたっては極刑を求めるのを視野に入れておかなければならない凶悪事件であることは疑いようがない。

住居近辺の地取り捜査により不審者の目撃情報を集めるとともに、夫婦の交友関係をさらに調べていく方針を幹部たちが確認し、捜査会議は終了した。何十人もの刑事たちが集まった部屋には、捜査に懸ける彼らの気力が充満していて、その空気を小一時間浴びた沖野もまた、昂《たか》ぶった気分を抱えて会議室を出た。

「お疲れさん」最上が沖野の肩を軽くたたきながら、声をかけてきた。「どうだ、気に入ったか？」

興味が持てる事件かどうかと訊いているのだ。

「はい、とても興味深いです」

沖野が答えると、最上は小さくうなずいた。

「俺は明日明後日は、ほかの帳場を回ったりしなきゃいけない。だから二日ほど、こっちは君に任せようと思う。少しでもいいから時間を作って、捜査の進行状況を確認しに来てくれ。もちろん、被疑者が浮かんで帳場の動きが慌ただしくなってきたなら、ちゃんと報告してほしい」

「分かりました。お任せください」

最上に明日からの仕事を託され、沖野は充実した思いで今日一日を締めくくることができた。

「橘さんも遅くまでお疲れさん。これからしばらく蒲田に通う日が続くと思うけど、がんばろう」

沖野がそうねぎらうと、沙穂は長い一日の疲れなどまったく見せることなく、涼しげな顔をして「はい」とうなずいた。

5

蒲田の老夫婦刺殺事件の捜査本部が立った翌日、最上は重要参考人の任意聴取が佳境に入った品川署の強盗致傷事件の捜査本部に昼から詰め、刻々と取調室から上がってくる聴取内容の報告を聞きながら、担当管理官と逮捕状を取るタイミングの打ち合わせを重ねた。

結局、重要参考人は聴取の相手を務めた警部の執念の前に、夕方をすぎて完落ちし、粘り勝ちとなった最上は、逮捕状の請求を指示する管理官と握手をして捜査本部を出た。

次の日も二、三の捜査本部を回ったあと、東京地検に戻って副部長の脇坂達也《わきさかたつや》を捉《つか》まえ、品川署の強盗致傷事件の被疑者送致後の対応について打ち合わせをこなした。蒲田の事件については連日、沖野から長浜を通して、捜査状況をまとめたメモが上がってきていたが、ざっと目を通す限り捜査に大きな進展はないようで、しばらくは沖野に任せても大丈夫だろうとの思いから、目下の仕事に意識を向けていた。

その次の日、長浜が最上に伺いを立ててきた。

「沖野検事から、今日は最上検事はどうされるかという問い合わせが来てますが」

沖野には二日ほど任せると言ってあったから、彼自身、そろそろ最上も同行するつもりなのではと考えているのだろう。

蒲田の事件は直接犯人を特定するような証拠が現場に残されていたわけではなく、また犯行から日も経っている。だから、少なくとも二、三日でけりがつくような事件ではないと読んで、捜査のウオッチングを沖野に任せていた。ただ、タイミング的にはここらで一度、捜査本部を覗いておいてもいいところだ。この捜査の幕引きが早そうなのか、あるいは意外と長引きそうなのかということも、うっすらと見えてくるだろう。

しかし、この日は品川の強盗致傷事件で被疑者が送致されてくることになっていた。事件の担当は副部長を通して若手検事に配点されており、取り調べも最上が務めるわけではないが、警察で容疑を認めていた被疑者が検察官を相手にすると、一転、無実を訴えるケースなども時として起こるので、本部係として逮捕まで見届けた被疑者が送検でどういう供述をするのかということは、手を離れても気になることであった。

結局、考えた末に、沖野にもう一日任せる代わりに、捜査本部を覗いてきたら、これまでより細かい報告を上げてくれるよう、長浜に返答を頼んだ。

品川の強盗致傷事件の被疑者については、午後に身柄が送致されてきてから、担当する主任検事が弁解録取書を取ったが、最上が憂慮したような否認はなく、大枠で警察が取った調書に沿った供述がなされたとの報告が上がってきた。

やれやれという思いで一息ついてから、各所に電話連絡などをし、一つ肩の荷が下りた気分になっているところに、夜になって長浜が電話を受けた。

「沖野検事が蒲田の報告書をまとめたということなので、もらいに行ってきます」

「ああ、俺が行く。君はもう切り上げていいよ」

最上の指示に従順な長浜は、それではとかばんを手にした。最上は席を立ち、冷蔵庫から缶ビールを何本か出して、沖野の執務室に向かった。

沖野の執務室をノックして覗くと、奥のデスクに座っていた沖野が慌てたように立ち上がった。

「最上さんが来られるなら、僕のほうから行きましたのに」

「いや、いい」最上は応接ソファに腰を下ろし、沖野を手招いた。「まあ、一杯飲《や》れよ」

「じゃあ、遠慮なく」

沖野は報告書らしき紙を手にして、最上の向かいに座り、「橘さんもどうだ？」と相棒の事務官に声をかけた。

「よろしいですか？」

沖野に声をかけられ、橘沙穂も遠慮することなく彼の隣に移ってきた。蒲田に同行したときにも感じたが、見かけによらず肝の据わった女性である。沖野との相性も悪くないようだ。

「見通しはどうだ?」

報告書を沖野から受け取った最上は、目を通す前に訊いてみた。

「もう少し時間はかかると思います」沖野は答える。「決め手になるような物証や目撃証言が意外と少ないので。今、帳場のほうは借用書に名前が残っている人間を第一の捜査対象にして、一人一人のアリバイ等を洗い始めているところです」

「ふむ……まあ、そうなるだろうな」

最上が初動で見た印象からも、捜査の取っかかりはそのあたりだろうと思われたし、実際の事件の鍵もその周辺にあるのだろうと読めるものだった。

「ただ、これは僕の感覚なんですが、リストに挙がった人間を一人ずつつぶしていって、真犯人が浮かび上がる確率っていうのは、それほど高くないんじゃないかと」

「ほう」最上は缶ビールを口にしながら、目を細めて沖野を見る。「借金が動機としても、犯人の借用書は現場に残っていないと……?」

「ええ」沖野はそう確信しているようにうなずいた。「犯人が抜いてると思います」

「金庫から夫婦以外の指紋でも採れてるのか?」

「金庫は指紋が拭き取られた形跡があるそうです。夫婦の指紋も残ってません」

「逆に言えば、犯人が手をつけた証拠とも言えるか……でも、自分の借用書を抜くには、借用書の束から探し出さなきゃいけない。ほかの借用書に指紋は残ってないのか？」

「鑑識が慎重に調べてますが、借用書は目の粗い和紙を使ってるんで、犯人が触ってたとしても、使えるような指紋が採れるかどうかは分からないそうです」

「決め手になる証拠が少ないというのは、そのあたりにあるわけだな。君の見立てによるなら、指紋を拭き取る程度の証拠隠滅も図ってる、それなりに小賢《こざか》しいと言っても、頭も働く人間が犯人ということだ。ただ、金銭トラブルが絡んでいるなら、小賢しく、頭も働く人やはりそれなりに身を持ち崩すような隙を持った人間ということにもなる。どっかで尻尾を出してるだろう」

「旦那のギャンブル仲間なら、調べを進めていくうちに、どこかで名前が挙がってくるでしょうし、借金を重ねてたはずなのに、どこにも借用書がないなんてことになれば、逆にそいつが怪しいってことになるでしょうね。犯行動機となるからには、十万や二十万程度の金じゃないでしょうから」

「ふむ……」

証拠が少ないとはいえ、迷宮入りになるような事件ではないな……最上はそう考える。

「借用書に名前が出てる人間に事情を訊くときには、その者が知ってる被害者の旦那の交友関係をしつこく問い質《ただ》すよう、青戸警部には注文しておきましたが」

沖野の力み加減な報告に、最上はニヤリとする。

「けっこうなことだ。警察の話を聞いてるだけじゃ芸がないからな。それで、青戸さんは何て？」

最上がそう訊くと、沖野は少し苦そうな顔をした。

「まあ、了解したとはさらりと言われましたが、最上さんの意見も聞きたがってました」

最上はくすりと笑った。

「そうか。じゃあ、俺も彼と顔を合わせたら、同じことを言っておこう」

七係の青戸公成《きみなり》とは、昨年も一度、殺人事件で一緒に仕事をしているが、ほかの捜査一課の係長と比べても、最上の声に割と耳を傾けようとするタイプの捜査幹部だった。事件捜査は、検察が起訴まで持ちこみ、妥当な判決を勝ち取って、初めて意味をなすということを意識している人間である。

逆に言えば、たたき上げの気骨ある刑事に見えながら、それらしくない狡猾《こうかつ》さを持ち合わせている男でもある。検察側の青写真に沿ってお膳立てはしたから、あとの責任はそちらで取ってくれというような仕事をしたりもする。昨年の殺人事件では、被告人が認めていたはずの殺意を法廷で一転、否認する事態があった。結果的には検察側の立証により殺意が認められた形となったが、弁護側の言い分にもそれなりの説得力があり、最上は裁判の進行を見守りながらひやひやさせられた。

あのときもおそらくは、警察の取り調べで少々強引なやり取りがあったのではないかと感じている。こういう供述が取れれば、殺人で立てられるという最上の言葉に乗り、あるいは、検察はそういう調書を望んでいると取ったのかもしれないが、結果的に彼はそういう形に体裁を整え、あとはよろしくとばかりに被疑者を送ってきた。

青戸はそういう曲者《くせもの》めいたところがあるだけに、検察側もそのつもりでサインを出す必要がある。そして、向こうが放ったボールは、少々荒れていても受け取ってやらなければならない。口はいくらでも出すが、ワンバウンドと見るやミットを出さず、責任を投げ手の警察に押しつけることしか考えない検事を青戸は嫌う。沖野はまだ若いだけに、青戸としても、信頼が置ける受け手なのか測りかねているのだろう。その点、最上は昨年の一件で、サインを出したからには少々の荒れ球でも何とかする男だと認められたようだ。それを喜ぶべきかどうかはともかく、警察と検察には、野球のバッテリーのような信頼関係が必要なのは確かなことだ。

最上は半分ほど空けた缶ビールをローテーブルに置き、沖野がまとめた報告書を広げた。

現場では、庭側の廊下から居間や玄関側の廊下にかけて、土と血液の付いた足跡が採れている。履き物はスリッパと見られる。犯人は一度、スリッパで庭に降り、それから家の中に戻ったわけだ。玄関の靴を取りに行ったのかもしれない。その土と血液の付いたスリッパは現場から消えている。履いて逃げたとしたら、ずいぶん慌てていたことにもなるが、それで物証を一つ消したのだから、犯人にとっては幸運だったことになる。スリッパを履いた人間が付近を歩いていたという目撃情報はない。もちろん、履いていたとしても、適当なところで履き替えはしたのだろう。

玄関からは二十六センチ前後の犯人のものと見られる靴の足跡も採れているが、相当履きつぶした靴らしく、きれいな紋様にはなっていないという。メーカーの特定も苦労するかもしれない。

玄関で靴を脱ぎ、スリッパに履き替える……この夫婦の顔見知りに間違いはないだろう。借金の申しこみや返済の繰り延べを申し出に来た人間である可能性も高い。客人用の湯呑みなどが居間のテーブルに出された形跡がないところなども、この人物が訳ありの人間であることをうかがわせる理由の一つになっている。

玄関や居間、あるいはトイレなどでは、夫婦以外の指紋も複数種類採れている。その中に犯人のものが含まれている可能性はある。しかし総じて、犯人を特定できるような証拠は残されていないのが、今回の現場の特徴でもある。犯人の運がよかったのか、あるいは、それだけ計画的だったのかということだろう。

報告書をめくっていくと、現場の金庫に残されていた借用書のリストが記されていた。

現在のところ、そのリストに載っている人物に事情を聞きながら、その人物の周辺を調べ、さらには、そこから隠れている夫婦の交友関係を探っていくという捜査を進めているわけだ。

リストには十一人の名前が載っていた。年齢と住所、職業、借金の額、前科なども付記されている。中高年の男がほとんどだ。

そのリストの名前を何気なく目で追っていた最上は、ふと自分の視線の先で何かが跳ねたような気がした。

もう一度、リストを目で追い直す。

松倉重生《まつくらしげお》。六十三歳。

その名前が引っかかった。

どこかで見憶えのある名前には違いない。

何かの事件で関わった男だろうか。

前科は記されていない。

しかし、最上の中の記憶の扉はかたかたと振動している。そんな感覚がある。なかなかうまく開いてはくれないが、その男が重要人物であることを訴えているように、錠をきしませている。

やがて、考えているうちに、ふとその扉が開き……。

最上は、その名前が収まるところを見つけた気がした。

思わず息を呑む。

まさか……。

だが、松倉重生……確かにそんなような名前だったはずだ。

似ているだけか。

分からない。

短い時間のうちにも思考は乱れ、最上は黙って座っているのも苦痛になって、思わず大きな息をついた。

「何か……？」

沖野が怪訝《けげん》そうに問いかけてくる。視線をずらすと、沙穂も彼と同じような顔をしてこちらを見ていた。最上は、自分がずいぶん険しい表情をしていたことに気づいた。

「いや……」

最上はただ首を振って、沖野たちの視線をかわした。適当な言い訳を口にしたかったが、何も浮かばなかった。深呼吸をして意識的に気持ちを落ち着けた。

「明日は俺も蒲田に行くよ」

報告書を読み終えると、最上は平静を装って沖野に言った。

「分かりました」沖野が応える。

「さて、今日は早めに帰って休むかな」

そんなことを独り言のように言いながら、飲みかけの缶ビールを持って腰を上げる。もう少しゆっくりするつもりで缶ビールを持ちこんだのだが、もはやそういう気分ではなかった。

「お疲れ様です」

沖野や沙穂の声を背に、最上は沖野の執務室を出た。


もう二十三年。

今から四半世紀近くも前の話になってしまった。

最上が学生時代に世話になった北豊寮の管理人・久住夫妻の一人娘である由季が何者かに殺された。

由季は当時中学二年生。生きていれば、今頃はもう結婚して子どももいるかもしれない、そんな歳になっているはずだった。

そのとき、四年ぶりに見た棺の中の由季は、ぐっと成長して大人の入口に立った顔になっていた。このまますくすくと育っていけば、年頃の男たちからもちやほやされ、幸せをつかむのにもそれほど苦労はいらないだろうというような魅力をその目や口もとにたたえ始めていた。

しかし、由季がこれ以上の大人に成長することは、もうできないのだった。今にも目を覚まして、「毅くん、久しぶり、どうしたの？」と言いそうなのに、現実の彼女は目をつぶったまま、焼かれて灰になるのを待っているだけ……最上には信じられない光景だった。

白いスカーフで覆われた彼女の首には、手で絞められた赤黒い跡が残されていた。

「喉仏も折れてたらしい。こんな細い首なのに可哀想になぁ……」

北豊寮の先輩住人だった水野比佐夫が泣きながら由季のスカーフをずらして、最上の脳裏にも刻みつけようとするかのように見せてくれた。

その水野は、市ヶ谷大の法学部を卒業してから通信社に入って政治記者を務めていたが、由季の事件から一年ほど経った頃、通信社を辞めて、週刊誌の契約記者になった。由季の事件の捜査が難航しているのを知り、しびれを切らしたかのような転身だった。

それからしばらくして、水野が書いた「根津女子中学生殺害事件　捜査線上に浮上した一人の男」という記事が「週刊ジャパン」に掲載された。

水野曰《いわ》く、確信犯的な〝飛ばし記事〟ではあったらしい。警察側からもクレームを受けたという。名前こそ伏せてあるものの、読む人が読めば、誰が怪しいと言っているか分かってしまうこの手の記事は、今の判断基準なら雑誌側も掲載に慎重になるのが普通かもしれないが、昔はかなり大胆にやっていた。ほかの雑誌も、いくつか後追いの反応を見せた。しかし結局、警察がその人物を逮捕する日は来なかった。

政治家などが関わる汚職事件や経済事件などでは、マスコミの先行報道によって雲行きが変わり、捜査の目算に支障が生じることもあるが、このような事件は、そういうものでもない。つまるところは、逮捕の決め手となる証拠を捜査側が得られなかったのだ。水野は〝飛ばし記事〟によって警察の背中を押そうとしたのだが、その目論見は残念ながら外れてしまったということだ。

警察も任意で呼んで相当やったらしいが、そいつはしぶとく逃げ切りやがったんだと……。

水野は執念深い取材でつかんだ話を最上らに聞かせた。

それだけでなく、彼は、記事にもしなかった捜査情報の詳細を取材メモとしてまとめ、最上や前川ら北豊寮で寝食をともにした仲間に配って回った。そうすることで彼が何を期待していたのかは分からないが、捜査が空転する中、自分は何のために雑誌記者に転じたのかという煩悶《はんもん》があったのかもしれない。そんなことでもして最上らと無念さを共有しなければ、精神の均衡を保てなかったのだろう。

水野が取材からつかんできたものがどこまで事実なのかは検証しようがないが、内容的には、よくここまで調べ上げたものだと感嘆すべきものだった。最上はその後任検して捜査側の人間になったが、自分の仕事に無関係な迷宮入り事件の捜査資料などにアプローチする手段は持たない。由季の事件でどんな捜査が行われたのかは、水野の取材メモを通して知った。

今はファイリングして、自宅の書斎の書棚に、ほかの判例研究資料と一緒に並べてある。

最上は官舎に帰ると、リビングで韓国旅行のガイドブックを広げて、うっとりと眺めている朱美を尻目に、書斎にこもった。

デスクライトをつけると、ここ十数年は開かれることもなく、ただ引っ越しのたびに書棚から書棚へ移るだけだったファイルを抜いてきて、机の上に広げた。

A4の紙にして十数枚に及ぶ水野の取材メモ。最上はそれを繰って、目当ての記述を探した。

松倉重生。

やはりこの名前だった。

由季の事件で、真犯人に一番近い男と目されたものの、決め手の証拠がなく、警察が逮捕を見送らざるをえなかった人間だ。

生年月日から計算すると、現在は六十三歳。

まず間違いない。

最上は大きく息をつき、昂ぶる感情を持て余して、机の縁をぎゅっとつかんだ。

由季は二十三年前に灰になってしまった。

しかし、この男は二十三年間のうのうと生きて……。

こんなところにいたわけだ。

水野の取材メモによれば、由季は二十三年前の七月二十九日の夜八時十分頃、自宅の勉強部屋で絞殺死体として発見された。夫妻は地元の夏祭りの打ち合わせで二時間ほど外出しており、帰宅して惨状に遭遇した。

久住一家の住まいは北豊寮の建物の一階にあり、居間と夫妻の寝室、由季の勉強部屋兼寝室の三部屋にトイレや洗面所や風呂が付いたものだった。台所は寮生にまかないを作る食堂を使っていた。食堂から一家の部屋に通じる廊下もあった。

食堂との出入り口にはドアがあり、廊下側からドアノブの真ん中にあるつまみをひねれば鍵がかかるようになっている。寝るときにはここの鍵もかけていたようだ。普段は鍵がかかっていないが、寮の住人が勝手に廊下側に入ることはしない。最上たちも夫妻に用事があるときは、このドアを開けて廊下に首を突っこみ、「すいません」と呼びかけるのがもっぱらだった。もちろん、由季の勉強を見たり、主人の義晴らと酒を飲んだりするときは、部屋に上がっていた。

現場検証によれば、このドアの鍵がかかっていなかった。夫妻自身、かけた記憶はないという。由季が用心のためにかけた可能性は残っているが、一方で、この手の鍵は隙間に金具を滑らせるなどの手で苦もなく開けられるため、どちらにしろ、犯人はここから侵入した可能性がもっとも高いと見られている。

犯行五日前、久住夫妻がのちに、もっと話をちゃんと聞いてやればよかったと悔やんだ出来事が起こっていた。友達と夏休みの宿題の絵を描きに出かけていたはずの由季が、夕方、足や腕にすり傷を作って帰ってきたのだ。スカートも土で汚れていた。警察の捜査で、その日、根津神社の前をスカートに土を付けた女子中学生が泣きながら逃げるように走っていたという目撃情報も挙がっていた。

久住理恵は娘の傷を見て、どうしたのかと訊いたが、由季は神社で転んだと答えただけだった。しかし、それは明らかに、由季が母親に余計な心配をさせまいとしてついた嘘だった。

由季の遺体は司法解剖に回されているが、肘やすねなど人の目につくところだけでなく、陰部や太ももにも治りかけの裂傷や擦過傷《さつかしよう》が見られた。由季の勉強机の引き出しには、薬局で買ってきたらしい傷薬が入っていた。

そして、由季の部屋にスパナが一本残されていたのも、一連の出来事とつながりがあると考えられている。スパナはこの家のもので、そこから採れた指紋は由季のものだった。つまり、由季は護身用にそのスパナを手もとに置いていたのだ。

これらの事実関係から、捜査当局は一つの犯行状況を想定した。

殺害五日前、犯人は根津神社で絵を描いている由季を見つけた。はじめは友達と一緒に描いていたが、その友達は先に帰っている。その後、犯人は由季に接近して人気《ひとけ》のない場所に引きこみ、あげく、暴行を働いた。由季の体内から男の体液は採取されていないので、どこまでの行為だったのかははっきりしないが、力ずくの蛮行であったことには疑いがない。

五日後、味を占めた犯人は、由季の両親が外出している隙をつき、由季の部屋に侵入して再びの行為に及ぼうとした。しかし、スパナを持って抵抗する由季を相手に思うようなことはできず、動きを封じようとしているうちに首に手をかけ、ついには絞殺するにいたった……。

水野の記事には、暴行の形跡などぼかされて書かれていたが、詳細はそういうことだったのだ。被害を誰にも言えず、ただその小さな胸に仕舞いこみ、自分で薬を買って傷ついた身体の手当てをし、悪夢の再来を恐れてスパナをお守りにする……由季のそんな姿を想像すると、最上はたまらない気持ちになる。それでも生きていれば、何かしらの未来の形があった。犯人はそれをも握りつぶしてしまった。

北豊寮の建物は奥に長い長方形で、久住一家の玄関は道路から見ると手前側にある。住人用の玄関は右手奥に向かった真ん中あたりにあり、住人用の玄関を上がると、正面に階段、右手には廊下が伸びて一階三部屋があり、トイレもそちらにある。二階には八部屋あり、最上は二〇五号室を使っていた。

食堂は玄関を上がって左にあった。長テーブル二つに丸椅子が並び、民家の台所と変わらないような調理場があるだけのものだ。

建物の造りは取り立てて複雑ではないが、食堂を通って由季の部屋に忍びこもうとするのは、内部の構造を知っている人間だと考えるのが普通だ。五日前の出来事と合わせて、執拗《しつよう》に由季を狙っている手口からも、捜査は自然と、住人及びその交友関係をターゲットに進められた。

当時、学生の住人は四人いた。一階の二部屋と二階の二部屋。一階のもう一部屋は空き部屋になっていた。四人のうち三人は、夏休みということで帰省や旅行のため長く部屋を空けていた。残りの一人、二階に住む稲見《いなみ》という学生は四年生で、就職活動のために残っていたが、当日は風邪で寝込んでいたという。

二階の残り六部屋は社会人で埋まっていた。二十代から六十代と年齢は幅広いが、町工場や建築現場などで仕事をする労働者が多かった。

二階の二〇三号室――ちょうど由季の部屋の真上に当たるこの部屋には、高田《たかだ》憲市《けんいち》という、板金《ばんきん》の町工場に勤める四十代の男が住んでいた。

そしてその高田の同僚で、高田の部屋によく遊びに来ていたのが、松倉重生だった。

松倉は四十歳。妻と七年前に離婚し、一人で日暮里近くのアパートで暮らしていた。

時代はバブルで、物づくりの現場も活況を呈していたが、松倉は子どもの養育費を払うこともせず、稼いだ金はほとんど飲む打つ買うの遊興費に回していた。高田とはお互い一人暮らしで歳も近いこともあり、よく遊ぶ間柄だった。懐に余裕があれば繁華街に繰り出し、なければお互いのアパートでつまみ片手にビールや焼酎を空ける。その年の四月、高田が北豊寮の部屋を借りてからは、松倉もよく北豊寮を訪れ、久住夫妻もその存在を知っていた。

事件現場となった由季の部屋には、犯人が松倉であると特定するような証拠は残されていない。捜査が行き詰まったそもそもの原因もそこにある。

しかし、住人を含めほかの周辺関係者にも捜査の目が向けられる中、松倉が最重要人物として捜査線上に浮上したのは、それなりの裏付け情報などがあるからだった。

当日、松倉の同僚であり北豊寮の住人である高田憲市は、部屋にいなかった。北千住に別の友人と会食に出ており、アリバイは取れている。

二階は帰省中の学生のほか、残業していた者や夜勤に出ていた者、食事や風呂で外出していた者などがおり、犯行時刻に部屋にいた者は三人だった。そのうち、稲見は風邪を引いて、犯行時刻も布団で眠っていたと証言している。

高田の部屋の隣に住む二〇二号室の大橋《おおはし》という男は、自室でナイターのテレビ観戦をしていた。そのテレビの音もあり、一階の犯行には何も気づかなかったというが、犯行時刻に近い七時すぎ、隣室のドアを何者かがノックする音を聞いている。この音は二〇七号室にいた谷川《たにがわ》という男も、二階のどこかの部屋がノックされた音として聞いている。隣室といっても、大橋が部屋の中にいながらにして、二〇三号室のドアがたたかれたとまで聞き分けたわけではないが、二〇三号室にはよくそうやって訪問者があり、人の声が壁を通して聞こえてくることも珍しくなかったので、そのときも二〇三号室ではないかと思ったようだった。警察が調べた限りでは、反対隣や向かいの部屋には訪れる約束をした人間はいなかった。

大橋によれば、ノックの音は何回か響いたが、ドアを開ける音はなく、訪問者は部屋の主が不在と分かって、立ち去ったようだったということである。

それから、松倉の同僚である高田による興味深い証言もある。

犯行日前日、松倉は任されていた板金加工の仕事で指示書の数字と違う加工処理をしてしまい、専務から叱責を受けた上、夜遅くまで居残りで作業のやり直しをさせられたという。翌日も松倉はむしゃくしゃした様子で、今日仕事が終わったら、上野あたりに遊びに行かないかと高田を昼頃誘ってきた。松倉は以前にも小金があると高田を誘って、上野のテレクラやピンサロといった風俗店に遊びに繰り出すことがよくあった。ただ、高田はその日、長く九州に単身赴任していた古い友人が東京に帰ってきており、お互いの都合がつけば会うことになっていたので、「今日はちょっと分からない」と曖昧な言い方ながら、断りの返事をした。仕事が終わったあとも、松倉が何か声をかけてくることはなく、高田は、その話は終わったものとして北豊寮に帰り、友人と電話で連絡が取れたため、北千住に出かけていった。

しかし、松倉にしてみれば、「今日はちょっと分からない」との返事を、半分くらいは大丈夫じゃないかという程度に理解したとしても不思議ではない。一人アパートに帰ってもむしゃくしゃした気分が消えず、どこかしら出かけずにはいられないという思いにとらわれたとき、とりあえず高田のところに行ってみようと思い立つのは、むしろ自然な成り行きだろう。

さらに高田は、松倉が部屋に遊びに来るようになってから、彼が下に住んでいる由季のことを何度か話題に持ち出してきたことを憶えている。「あれは大人になったら美人になるな」「もう下の毛は生えそろってやがるかな」「下に干してある下着はあの子のものか？」等々、露骨に性的関心を示すような言葉もあり、高田も呆れながらたしなめたこともあった。

また、足跡に関しても、松倉の影がちらつく。

鑑識捜査で、由季の部屋の窓のすぐ外側から、同一の足跡がいくつか採れている。由季の部屋の様子をうかがった犯人のものと思われるが、これは捜査の結果、事件当時は風邪で寝込んでいたと証言する二〇六号室の稲見が履き古した運動靴と同一のものであることが分かった。

稲見は春先に靴を買い替えたため、その古い運動靴は玄関にある下駄箱の上に置いておいた。新しい靴を汚しそうな場所に行くときなどにはその古い靴を使おうと思っていたようだが、結局、買い替えてからは置きっ放しになっていた。北豊寮の下駄箱の上には、そういう住人の靴がいくつか積んであった。事件後、その稲見の靴は下駄箱の上から消えてしまっている。

高田によると、松倉は一度、下駄箱の上に積まれた靴から自分の足に合うものを選んで、勝手に自分のものにしてしまったことがあるという。稲見の靴を履いているのを見た記憶まではないようだが、松倉が普段履く靴のサイズは二十六から二十六・五であり、稲見のその靴は二十六・五であった。

ただ、捜査員が松倉のアパートに聞きこみに行ったときには、稲見の靴はなかった。同時に、この足跡だけで考えると、稲見本人の犯行である可能性も捨て切れなくなり、証拠として質のいいものとは言いがたかった。稲見にももちろん、捜査の目は向けられたが、事件当日の午前中に近くの医院で診察を受け、薬をもらっていること、及び、由季が根津神社で暴行に遭ったとされる五日前には、就職試験の面接に出かけていたことが判明するなどして、犯人とするには苦しいという意見が捜査幹部の大半を占めている。

証拠に決め手を欠く中、松倉に向かう追及の手を鈍らせるような証言もあった。

事件当時のアリバイを松倉は、当初、一人で自宅アパートにいたと語り、のちに、柏《かし》村《むら》という場外馬券売り場で知り合った友人と飲んでいたと供述を変えた。柏村は湯島に住む八十歳の独居老人で、松倉と飲んだことを裏づける証言をしている。馬券や酒などを松倉に奢《おご》ってもらうこともあるらしく、松倉に何かの容疑がかかっていたとしても、濡れ衣に決まっていると信じているようだった。

しかしこの柏村は、捜査員が繰り返し言葉を換えながら問い直すと、一緒に飲んだ事実の詳細について、「九時頃から二、三杯付き合った」「日が暮れた頃から飲み始めて、お互い相当酔っ払った」などと証言に一貫性がない。それを補う客観的な証拠もなく、これならアリバイはないものとして松倉を徹底追及するべきではという声も上がった。その一方で、公判に入ったとき、弁護側の証人として証言内容を整理して出てこられたら厄介だという見方もあった。

どちらにしろ、決め手の証拠がないだけに、松倉の自供を得ないと始まらない。だが、任意で幾度か取り調べを重ねても、松倉は警察の手の内の貧弱さを見透かしたように、のらりくらりと追及をかわし、警察もついに逮捕状を取ることはできなかった。捜査幹部の中には、犯人が松倉であるとするなら、由季も根津神社で何らかの被害にあった時点で、顔を知った人間であると分かったであろうし、その後、再犯のおそれもある中で、なぜ周りに黙ったままでいたのか釈然としない……そう考えると、まったく外部の犯人である可能性もあるのではないかと、松倉犯人説に疑問を呈する人間もいた。最上ら由季のことをよく知っている人間であれば、自分一人で仕舞いこんでしまう行動も彼女らしいと腑に落ちるのだが、そうではないと、疑問につまずいてしまい、筋読みの収まりが悪く思えてくるらしい。

ただ、この事件の捜査は、最上たち数年前に退寮した人間のところまで聞きこみが及ぶようなことにはなっていない。つまりは、捜査がある程度進んだ時点で松倉が浮上し、この男が犯人かどうか、もっと言えば、この男が犯人だと思われるが、それを法廷で立証できるかどうかに、捜査の成否が懸かる形になっていたのだろう。捜査幹部の中に疑念を口にする者がいても、現場の心証はそこにまとまっていたのだ。だがその結果、松倉は詰めを欠いた網からするりと逃れ、そうなると、捜査陣は向けるべき矛先を見失い、事件は当然のごとく迷宮入りすることとなってしまったわけだ。

何の情報もなければ、この事件は、目ぼしい手がかりがなく、迷宮入りしてしまったという理解しかできないところだった。けれど、雑誌記者に転じて取材を敢行した水野の執念により、この事件には一人の重要参考人がいたということが、最上にも分かっている。大きなことだった。

今度の蒲田の事件に松倉が関わっているのかどうかはまだ分からない。

しかし最上は、水野が執念でつないだバトンを自分に渡されたような気がした。

6

沖野は執務机を前にし、昨日最上に渡した報告書の写しを見直していた。

この報告書を読んでいたときの最上は、缶ビールを手にこの執務室を訪れたときの穏やかな表情とは一変していた。今まで見たことがない険しさがあり、ほとんど報告書をにらみつけているようでさえあった。

捜査検事としてキャリアを積んできた彼の凄みを垣間見た気にすらなった。

しかし……。

この報告書のどこに、捜査検事の本性をかき立てるようなものがあったのか……？

最上に頼まれ、これまでより詳細な報告書を作った意識はある。

だが沖野自身、この報告書は、捜査が端緒についたばかりであることを示す以上のものではないとも思っている。

真犯人は自身の借用書を処分し、現場から痕跡を消して逃げている。この報告書にはまだその影も載っていない人間だ……沖野はそう考えている。

最上はここから何かを見つけたような顔をしていた。

何を……？

自分で読み返しても分からず、沖野は考えるのをやめた。

「そろそろ時間ですね」

沙穂に声をかけられ、沖野は顔を上げた。

「よし、行こうか」

最上の執務室を覗くと、彼らも出かける準備をしていた。

「行こう」

最上は一言言うと、部屋を出たあとは一切無駄口を利かなかった。昨日の報告書を読んだときに見た厳しい顔つきではないが、その沈黙が何かを表しているようにも感じられた。

蒲田署には夕方前に着いた。捜査会議に臨むならもっと遅い時間がいいのだが、青戸警部を捉まえるなら、この時間がいい。

「どうも、どうも」

捜査本部隣の応接室に沖野たちを呼び入れ、ソファの向かいに腰を下ろした青戸は、癖のある笑顔を見せた。

「お忙しいところ、ご苦労さんです」

「二、三日、ほかの案件に関わってて失礼しました」最上が言う。「捜査の状況は沖野のほうから聞いてます」

　青戸は沖野を相手にするときは、少し軽んじているような態度をちらつかせることがある。それで沖野も負けじと声を張り、捜査の詳細を細かく問い質《ただ》していくから、余計にぎくしゃくしてしまうのだが、相手が最上だと、お互いの呼吸を計っているように空気がこなれるから不思議なものだ。

「沖野さんには昨日細かいところまで説明させていただきましたから、その後、新しく判明した事実というのも、そんなにはないわけですが」青戸はちらりと沖野を見やりながら含みのある苦笑いを見せた。「一つ挙げるとすれば、被害者宅には借用書のほかに、借金の返済状況をまとめた帳簿があったんじゃないかという声が出てきてることですな。なるほど、分割返済しているなら、そういうものがあってしかるべきだが、どこにも見当たらない」

「犯人が持ち去ったと考えられると？」

　最上の問いかけに、青戸がうなずく。「借用書があった借り手への聞きこみを始めてるんですが、金を返したときに、被害者の旦那がその場で帳面に書きこんでいたという話が複数取れてます」

「そうなるとやはり、借用書も抜いてるでしょうね」沖野が口を挿む。「被害者と親交があって金も借りていたはずなのに借用書が一枚もない……そういう人間をあぶり出していくべきですよ」

すると最上が、「まあ、焦るな」とさりげない口調でたしなめた。

「まずは見えているところから攻めるのが常道でしょう」最上は青戸に目を向けて続けた。「この借り手に挙がってる連中にも何が隠されてるか分からない。まっとうな人間ばかりとも思えない。もちろん、彼が言うように、そこからほかの人物が浮かび上がってくるかもしれませんが、まずはこのリストの連中を徹底的にやらないと」

「なるほど」青戸が相槌を打つ。

「一人ずつ署に呼んで、やってもいいんじゃないですか」

最上がそんな言葉を向けると、青戸は口もとに笑みをにじませた。

「最上さんは、この事件にはそれほど興味が湧かないのかなと心配してましたけど、そういうわけでもなさそうですね」

「もちろんです」最上は言う。「これだけの凶悪事件に興味が向かないわけはない」

「借用書に名前が載ってる連中も、一癖二癖ありそうなのがいますよ。前科者も何人かいますしね。犯人が借用書を抜いたとしても、全部抜き切ったとは限らない。二十万、三十万の借用書が残ってる人間が、本当はもっと借りてたという可能性だってあるわけです」

「五十万、六十万の人間が、本当は何百万か借りてた可能性だってある」

最上の返しに、青戸は薄笑いを浮かべる。

「まあ、被害者の通帳の出入りを見ても、借り手の平均額を見ても、たとえば四、五百万もの額を借りてた人間がいるとするのは難しい読みでしょうが、百万、二百万くらいならありえますな。これだけの真似を、十万、二十万じゃあ、なかなかやるもんじゃないでしょうしね」

沖野はまだ名前が浮かんでいない人間こそ怪しいとにらんでいるが、最上や青戸は借り手リストに出ている人間も、十分に怪しいと考えているようだ。おそらくそれは、捜査の最短距離を狙うか、長期戦も覚悟でじっくり腰を据えて臨むかという違いであって、沖野としても、とやかく反論する筋合いのものではない。

「例えばこの、小杉祐吉《こすぎゆうきち》という男……」青戸は自分の手帳を指でたたいて言う。「窃盗や傷害の前科がある。うちの者たちが聞きこみに行ったところ、妙に焦っているような感じで挙動も怪しかったらしい。アリバイも本人は都心に出てたなんて言うが、まだ裏は取れてません」

「アリバイがないのは、ほかにもいるんですか？」最上が訊く。

「いますね。宮島《みやじま》、関口《せきぐち》、内藤《ないとう》、松倉、片山《かたやま》、和田《わだ》……細かい確認はこれからですが、小杉を入れて七人、ざっと半分以上はクリアになってません」

「ちょっと待ってください」言いながら、最上が沖野の報告書にチェックを入れていく。

「宮島、関口、内藤、松倉と……」

「片山、和田です」

「ふむ」最上がチェックした名前をじっと見つめながらうなる。

「もちろん、ほかの人間も誰かに犯行を依頼したというような裏がないとも限りませんから、注意は怠りませんが」

最上は軽くうなずいてから、口を開いた。「でもまあ、まずはこの七人でしょう。すべてはここを徹底的にやってからです」

最上の口調は静かでありながら、確固たる意志のようなものがこめられていて、隣で聞いている沖野にも説得力が伝わってきた。自分が警察側なら、なるほどそうしようと思わされる力がある。

「そうですね。もちろんです」青戸もそう応じる。

青戸が沖野に物足りなさを覚えていて、最上にある種の信頼を置いているのはこういうところかもしれない……沖野は自分の未熟さを認めながら、そう思った。

次の日、沖野はほかの検事から応援を頼まれていた事件の取り調べを一つ片づけ、三時を回ったところで、沙穂に長浜への連絡を頼んだ。

「今日は何時頃、蒲田に行くつもりなのか訊いてみて」

沖野の指示を受けて電話をかけた沙穂は、声を発しないまま受話器を置いた。

「席にいないみたいですね」

「そう……じゃあ、最上さんに直接かけてみてよ」

沖野が言い、沙穂はまた受話器を手にしたが、最上の内線にもつながらなかったようだった。

「長浜さんの携帯にかけてみます」

それで連絡は取れたようだった。少し長浜とやり取りして、沙穂は言った。

「お二人、先に蒲田署に行かれてるそうです」

「え？」

一緒に行くと申し合わせていたわけではないが、沖野自身はそうとばかり思っていたので少し驚いた。

「どっかの帳場からそのまま行ったのかな。よし、僕らも行こう」

先に行くなら、一言あってもいいのにと思わないでもなかったが、最上もかつてのような沖野の教官ではない。一人一人が独立官庁とも言われる一匹狼の検事なのだ。離されないよう、こちらからくっついていくしかないのだろう……沖野はそう思い直してかばんを手に取った。

蒲田署に出向くと、捜査本部となっている会議室には長浜が一人いて、静かに法律本を読んでいた。

「最上さんはどうしたんですか?」

沖野が訊くと、長浜は廊下のほうに顔を向けた。

「例の七人の任意聴取が始まってて、青戸警部と取調室のほうに行ってます」

「え? 聴取に同席してるんですか?」

「いえ、マジックミラーが付いている別室があるらしくて、そこで様子を見てるみたいです」

警察署には、被疑者に気づかれないように被害者に面通しをさせたり、あるいは、取り調べの進捗《しんちょく》状況を捜査幹部が観察したり、はたまた、取り調べ中に捜査員が問題行為を働いていないか監督官が調べたりするために、マジックミラーを設置している取調室がある。この署では隣室の小部屋から見られるようになっているらしい。

それにしても、本部係検事ともなると、まだ事件にどう関わっているかも分からない参考人聴取にまで首を突っこんで、目を光らせるのか……ほとんど警察の捜査幹部と変わらないことをやっているように見える最上の行動には沖野も驚きを禁じえなかった。

本部係だからというより、それが最上のやり方なのだろう。

うかうかしていると置いていかれるだけの気がしてきて、沖野も最上たちのところに行きたかったが、暗い部屋で息をひそめて聴取を観察しているところにどたばたと押しかけるわけにもいかず、彼らが戻ってくるのを待つことにした。

三十分ほどして、最上は青戸とともに捜査本部に帰ってきた。

「お疲れ様です」という沖野の挨拶に、最上は「来てたのか」と軽い口調で応じた。

「例の七人のうちの宮島っていう男が来てたから、聴取の様子を見せてもらった」

「そうですか……どうでした？」

「まあ、あれはシロだな。関係してるとは思えん」

最上の言葉に青戸もうなずいている。

「それから、昨日青戸さんが言ってた小杉っていう男もアリバイの裏が取れたそうだ。犯行時間帯には品川のサウナにいた。従業員も認めてるし、防犯カメラにも映っている」

「そうですか」

解剖結果などから、犯行時刻はざっくり言って当日の午後四時から六時の間、悲鳴を聞いたなど周辺情報からさらに絞りこむなら四時半あたりであろうとされている。それだけ限定されていれば、関係者にアリバイを問うことで、追う必要のない人間はどんどん外すことができる。

「あと五人でしたっけ。それも宮島みたいに連れてくるわけですか？」

「片山も今日捉まったんで、午前中にやっちゃいましたよ。最上さんには何で教えてくれなかったんだって文句言われましたけどね」青戸はどこか愉快そうに言った。

「いや、それを言うなら、僕にも教えてもらいたいですよ」

最上がこれだけ積極的に現場と関わろうとしている中、自分だけが遠慮していても始まらないので、沖野は気負い気味に言った。

「お邪魔でなかったら、今度は僕にも聴取の見学をさせてください」

青戸にそう頼むと、彼はさらりと了承した。

「まあ、あとであだこうだ言われるより、進行形の捜査を生で確認してもらったほうが、こちらとしてもやりやすいってもんですよ。現場も見ずにトンチンカンなことを言ってくる検事さんも中にはいますからねえ」

青戸が検事にしゃしゃり出てこられるのを嫌がっていないことを知り、沖野はますます遠慮している場合ではないと思った。

「最上さんはあそこまでやるんだね。俺も気合入れて付いていかなきゃな」

別の捜査本部に行くという最上たちと別れて霞ヶ関に戻る帰路、沖野は沙穂にそんな言葉を向けながら気持ちを引き締めた。

7

宮島の聴取を見学した次の日の午後、最上が長浜と一緒に蒲田署の捜査本部を訪れると、すでに沖野と橘沙穂の姿がそこにあった。

「早いな」

苦笑気味に彼らをねぎらい、会議室前方の席で電話連絡を取っていた青戸に目で挨拶する。

間もなく、青戸が電話を終えて、最上たちのところにやってきた。

「今日は、例の七人の中から三人ほど連れてくる予定で動いてます」彼は手にした手帳にちらりと目を落とす。「関口と松倉と和田ですね。関口は夜間警備員をやってますが、今日は非番なので、もう間もなく連れてこられると思います。松倉はリサイクルショップのアルバイトをやってますから、仕事が終わる夕方あたりに声をかけて、さくっと連れてきます。和田も夕方には連れてこようと思ってたんですが、病院通いをしてるらしく、こっちも一応、捜査協力の建て前でやってるだけに無理にとも言えず、診察が終わってからということになりそうです」

青戸の淡々とした説明の中に松倉の名前が出てきて、最上は神経の芯がじわりと熱を持つような感覚を抱いた。武者震いを起こしかけ、手でゆっくりと首をかきむしるようにしてそれを抑えた。

「関口は昔からギャンブル好きの借金体質で、それがもとで女房とも別れ、その彼女から脅迫罪で訴えられたりなんかもしてる。五十すぎても落ち着かない男です。ところが数年前にサラ金会社への過払い訴訟がブームになったときに、彼も司法書士か何かを使って、四、五百万取り返したらしい。それ以来、サラ金業者の世話にはなってなかったようなんですが、その金も尽きたのか、被害者の旦那には金を借りた。まあ、借用書に残ってるのは二十万ですけれど……実際はどうなのか、そのへんをつついてみないと」

青戸の説明をほとんど聞き流しながら、最上が考えていたことは一つだった。

真犯人が松倉であってほしいということだ。

どんな事件であれ、犯人が特定の誰かであってほしいなどと考えて捜査に当たったことなどなかった。こいつはシロかもしれない、こいつはクロに違いない……そういう何らかの根拠に基づいた判断以外の、言ってみれば願望が入った考え方を、検察捜査の仕事に入れてきたことはなかった。

しかし今、最上はこれまでとは違う感覚の中にいた。

今のところ、この凶悪事件の犯人と目されるような人間は挙がっていない。

松倉が犯人である可能性は十分あるということだ。

その一点に懸ける気持ちがある。

表向きはどうにかさりげなさを装っているが、隠し切れない心火が最上の中にある。長い間、細々と燃えていたものが今になって勢いを増している。

今、殺人事件のような凶悪犯罪には時効がない。十五年が二十五年に延びたあと、一昨年の改正刑事訴訟法施行によって、時効は撤廃された。いつか沖野と話したときに彼が言ったように、法律は時代に追いついてきた。

しかし、そんな中で取り残されたのは、法改正の前に時効が成立してしまった過去の事件だ。

由季の事件のような……。

犯人は逃げ切った。

松倉重生。

たとえ今、彼が過去の罪を認めたとしても、もう誰も彼を裁くことはできない。

彼が今度の事件の犯人であれば、裁かなかったつけが今につながっているとも言えるだろう。

いずれにしても、今度こそは落とし前をつけさせなければならない。

それは、由季の事件の罪も併せて、ということだ。

やがて若い刑事が会議室に入ってきて、青戸に耳打ちした。青戸は一言二言彼に指示を送ったあと、最上たちに向き直った。

「関口を連れてきたので始めます。これから隣室に案内しますけど、できれば最上さんと沖野さんの二人だけでお願いしたいと思います」

そう言われて、長浜には昨日と同じように、ここで待ってもらうことにした。副検事試験を視野に入れているほど有能な事務官だが、出しゃばるところはなく、待機を命じれば何時間でもじっとしている辛抱強さも持っている。時間を与えれば、抱えている事務仕事の一つもこなせるだろうし、副検事試験の勉強もできるだろう。今日は沖野の相棒である橘沙穂も一緒なので、退屈することはないはずだ。

「聴取はうちの班の主任を務めている森崎《もりさき》警部補が担当します。音を立てると、聴取相手はもちろん、森崎も気が散ってしまいますから、隣室では静かにお願いします」

青戸は早くも声を落としてそんな説明をすると、最上たちを先導するようにして取調室まで歩いていく。昨日も入った一号取調室の隣室のドアをそっと開け、ゆっくりと入っていく。

最上たちもあとに続く。

壁のつまみで調光操作ができる薄明かりの電灯が、ぼんやりと部屋の様子を浮かび上がらせている。細長い小部屋には、簡素なベンチが置かれているだけだ。目を慣らしながら、ひとまずそこに座る。

取調室側の壁には新聞半面ほどの窓がある。これがマジックミラーになっていて、室内が明るい側からは鏡に見える。

取調室とは薄い石膏ボードで仕切られているだけの上、天井近くには通気孔も設けられているので、向こうの話し声はほとんど同じ部屋にいるのと変わらない聞こえ方をする。

「もう、嫌だなぁ。絶対に疑われてますよね？」

「え、何が？」

「何がって、こんな取調室に連れてこられて、まるで犯人扱いじゃないですか」

「いやいや、そうじゃないよ。単にここのほうが静かに話を聞けるからってだけだよ」

泣きそうな声で文句を言っているのが関口で、人を食ったような口調でそれをあしらっているのが昨日の宮島の聴取も担当した森崎警部補だ。

「本当、勘弁してくださいよ。俺は何にも関係してないですからね。筑《ヅキ》さんとは競馬友達っていうか飲み友達っていうか、本当そういう関係だけで、別に恨みなんかこれっぽっちも持ってないし、ましてや殺しなんて恐ろしいことに関わるわけがないんですから」

「まあ、おいおい訊いてくから、そんな先回りしなさんなって。こっちもそんな、何かの疑いを持って呼んでるわけじゃないんだから。都筑さんと親しかった人から、いろいろ話を聞いて、何か参考になることがあればいいなってことなんだよ」

「でも、一昨日うちに来た刑事さんは、筑さんが殺されたとき、どこにいたかって、俺のアリバイを訊いてきたんですよ」

「そんなの誰にでも訊くことだよ。こういう事件が起これば、遺族にだって訊くことだから」

「でも、俺がはっきり答えられなかったから、ここに呼んだんでしょ」

青戸がマジックミラーの前に立ち、じっと向こうの様子を眺めている。しばらくしてからおもむろに退《さ》がり、ベンチに腰かけた。

最上は交代するようにして立ち上がった。マジックミラー越しに取調室を見る。

小さな机を挟んで、二人の男が向かい合っている。ドア側に座っているのが森崎だ。おそらく四十代の前半だろう。最上よりも若い。足を組んでくつろいでいるようにも見えるが、背筋は伸びている。しゃべりに力みがなく、それでいて相手から話を引き出すのに細やかな神経を遣っていることは、昨日の聴取を聞いていても感じられた。

嵌《は》め殺しの明かり取りに背を向けて座っているのが関口だ。机に肘をつき、猫背気味に肩を落として泣き言を繰り返している。

森崎は関口のほうから持ち出したアリバイの話を広げ、しつこく、粘り強く訊いていく。繰り返し訊いて、話がぶれないかどうかということも、聞き手にとっては重視するポイントになる。

関口は何度も同じことを訊かれ、うんざりした様子ではあったが、支離滅裂な答え方はしなかった。

最上がベンチに退がると、沖野が待ちかねていたように、マジックミラーに取りついた。最上はベンチに腰を落ち着けたあとは、目をつむって隣の会話に耳をそばだてた。

「……それで、生活のほうは回ってんの？　お金に困ったりとかしてない？」

「いや、そりゃ余裕はないですけど、何とかやってますよ」

「でも、現実問題、都筑さんにお金を借りてたんでしょ？　困ってるから借りたんじゃないの？」

「だから、それは一時的なことですよ。ずっと歯が悪くて頭痛もひどいし、ちゃんと入れ歯を作ったほうがいいってことだから、お金が必要だったんです」

「ん……競馬に金を注《つ》ぎこんでってことじゃないの？」

「もともとの借り始めはそうですけど、それは三万、五万の話ですから、給料が入れば、すぐに返してましたよ」

「失礼だけど、給料はだいたいどれくらい？」

「手取りで二十から二十五です」

「ふむ……で、都筑さんに借りてた金の残りはいくら？」

「十二万です」

「それ、最初はいくら借りたの？」

「二十万です。実際借りたのは、そっから一万円引かれた額ですけど、二十万返すっていう約束で」

「それでいくらずつ返したわけ？　返した日にちとかは分かる？」

借金の事実関係も森崎は細かく尋ねていく。やはり、借用書の額と実際の残額は違っているようだ。

借金の話がひとまず終わると、被害者と関口の接点の話に移っていく。森崎の話の運び方がうまいのか、しつこい問いかけに辟易《へきえき》している様子ながら、関口の口はかなり滑らかになってきている。

「……じゃあ、都筑さんと最初に競馬に行ったのは去年の春、ちょうど一年くらい前からってことか。だいたいどれくらいのペースで行ってたの？」

「最初は週一くらいで行ってましたけど、ここんとこは月に一、二回ってとこです」

「いつも二人っきりで？」

「行くときは二人が多いんですけど、大井だと観戦する場所がだいたい同じなんで、顔見知りによく会うんですよ。だから、筑さんなんかは、向こうで会った何人かと喋りながらやってる感じで、俺なんかは人付き合いがそんな得意じゃないし、隅っこでおとなしくやってる感じでしたよ」

「よく見た顔っていうのは、例えば誰？」

「そう言われても、顔と名前が一致しなかったりしますし……」

「知ってる範囲でいいよ。それか、都筑さんの口からよく出てた名前とか」

「名前で言うと、宮さんとか松ちゃん、それから圭三《けいぞう》さんとかはよく聞きましたね。あとは弓《ゆみ》ちゃんとか……女の子の名前かと思ってたら、おっさんだったっていう」

「ちょっと待って……宮さんっていうのは？」

「宮島さんですよ」

「ああ、宮島さんね。それから、松ちゃんていうのは？」

「ええと、松沼じゃなくて、何だったたっけな……ごま塩頭で垂れ目のあの人」

松倉……名前が出てこず、もどかしげになっている関口より先に、最上は声に出さないままその名前を思い浮かべる。

「松倉、そうそう松倉だった」関口はようやく思い出したらしく、そう答えてみせた。

「松倉さんね。圭三さんっていうのは？」森崎は淡々と質問を重ねる。

「圭三さんは入江《いりえ》圭三さんです。弓ちゃんは弓岡《ゆみおか》さん」

入江は借用書が残っていたが、早々とアリバイが証明されて、七人の中には入っていなかった。弓岡は、借用書には名前がなかった人物だ。

「弓岡さんっていうのはどういう人？」

その名前に、森崎も引っかかったようだった。

「弓ちゃんは板前やってて、そこそこ繁盛《はんじょう》してた店に雇われてたらしいんだけど、競馬中継が始まると仕事をほったらかしちゃうからクビになったっていうくらいの競馬好きって話でしたよ。筑さんはけっこう口うるさい人だし、お前はギャンブルで身を滅ぼすタイプだからいい加減にしとけって説教くさいことも言ってましたねえ」

「その人もあんたみたいに、都筑さんからお金を借りてたりしたのかな？」

「さあ……でも、夢中になると周りが見えなくなって、どんどん注ぎこんじゃうようなタイプみたいだったから、借りててもおかしくはないと思いますけどねえ」

「いくつくらいの人なの？」

「六十はいってないんじゃないかな。五十六、七ってとこじゃないですか」

「弓岡何ていうの？」

「いや、下の名前は知りません」

関口も会ったのは三、四回で、それほど親しく口を利いたわけではないという。最後に会ったのも二カ月以上前らしい。

被害者の交友関係でほかにこれといった話が出てこないことが分かると、森崎は再び関口本人のアリバイの話題に戻った。

　同じやり取りを聞いていても仕方ないので、最上は青戸の肩をたたいて静かに部屋を出た。青戸と沖野もあとから付いてきた。

「どう思いました？」青戸が最上に並んで訊く。

「何とも言えませんね」最上は答えた。「アリバイの供述は一応、一貫性がある。ただ、全部信じてしまっていいかというと、まだそこまでは早い気もする」

「まあ、彼のは自己申告ですからな。簡単に裏を取れる話がない」

「けれど、殺しをやった人間の匂いがしない気もしました」

「それは聞きこみを担当したうちの者も言ってました。借金の話も借用書の金額と一致してますし、十万二十万程度の貸し借りで殺す殺さないってことになるのかという疑問もありますわな」

「弓岡っていう男が気になりますね」沖野が後ろから口を挿んできた。「借用書にない名前だけに、ちょっと怪しい気がします」

　犯人は自分の借用書を被害者の金庫から抜いていった……沖野が当初から主張している事件の筋であり、客観的に見てもそれなりの説得力がある説である。捜査員の中でも、そう考えている人間は多いだろう。

　しかし今の最上は、簡単にはその説に乗れなかった。

「それも、まだ何とも言えんな。その男が金を借りてたかどうかも分からないんだ」

先走ろうとする沖野を牽制《けんせい》するように言うと、彼は気勢を削《そ》がれたように口ごもり、

「でも……」とだけ不服そうに発した。

「被害者の旦那の交友関係では、ほかの人間からも二、三、我々の把握してない名前が出てきてますからね。とりあえずはまだ、その一人ということですな」

青戸も最上の慎重な見方に乗ったように、さらりと沖野の言葉を受け流した。

「次の予定は誰でしたっけ？」

会議室に戻ったところで、最上は逸《はや》る感情を隠しながら青戸に訊いた。

「松倉です」

青戸はそう答えたあと、少し含みのある顔を作った。

「関口はちょっと思わせぶりに言いすぎたかもしれませんが、この松倉は関口以上に興味深い男ですよ」

彼は会議室の前方の幹部席で捜査資料に目を通している田名部管理官のほうを軽く見やりながら続ける。

「うちの管理官の田名部は捜査一課一筋で、もう四半世紀近くやってますけどね、配属され立ての頃に、この松倉が重要参考人となってた事件の捜査に当たっていたらしいんですよ」

「ほう」最上は顔に何も出さないようにして相槌を打った。

「根津のほうであった女子中学生の殺害事件でしてね、本ボシ候補として松倉が最後まで残ってたらしいんですが、決め手がなく、迷宮入りを許してしまったんですと。そんなヤマですから、田名部としても忘れられるもんじゃないってことでしょう。松倉の名前を報告で聞いた瞬間、その事件のことを思い出したそうです」

「なるほど」

最上は淡々と応じながら、幹部席に座る田名部を見た。二十三年前……彼は所轄の刑事から捜査一課に抜擢《ばってき》されたばかりというところか。今はもう五十をすぎているだろう。若さは削げ、七三分けの頭には白髪が目立つ。銀縁の眼鏡をかけた、いかにも管理職といった風貌の男だ。

しかし最上は青戸の話を聞き、思わぬところで同志を見つけたような気になった。二十三年前のリベンジに燃える人間が捜査本部の中にもいてくれた。

「その男が、今のところアリバイを証明できてないと」最上は冷静さを装ったまま、松倉のことを訊く。「ほかに何か、関係性を疑わせるような事実は出てきていないんですか？」

「そうですね……犯行日の夕方すぎ、六時頃ですけど、松倉から被害者の携帯に不在の着信が入ってます。それから同じく、そっちに遊びに行ってもいいかというメールも送っています。これなんかは見方によると、ずいぶん意味深な気もしますな」

六時頃というと、具体的には四時半頃と見られている犯行のあとだ。捜査を攪乱《かくらん》するために偽装メールを打ったりするケースは近年の各種事件でも見受けられる。

「それから、被害者宅の玄関などから採れた複数種類の指紋の中に、彼のものが含まれているということもあります。これはまあ、彼だけの問題ではないですけど。少なくとも容疑者リストに挙げられるべき人間だとは言えると思います」

濃いな……最上は思った。思いこみもいくらかは入っているかもしれないが、真犯人である可能性は十分あると感じられた。

「どうします？　時間は少し空きますが、彼も見ていきますか？」

「もちろんです」最上は答えた。

夕方まで少し時間があったので、近隣の帳場を覗いてみようかとも考えたが、松倉のことが気になり、腰は動かなかった。検事は山のような仕事を時間との競争で片づけなくてはいけないときもあるが、じっと待つことだけが仕事のときもある。特捜部など複数の検事で動くような共同捜査のときは、上司からの指示を待つだけで一日が終わることもあった。待つことには慣れている。

長浜の勉強を見てやりながら時間をつぶしていると、青戸が声をかけてきた。

「ちょっと、これを見てください」

彼はノートパソコンを最上の前に置いた。何事かと、沖野たちも集まってきた。

「現場近くのコンビニの防犯カメラです」

液晶画面に防犯カメラの映像が映し出されている。

「この外の男です」

黒っぽい人影が入口付近まで来て、すぐに去っていく。最近の防犯カメラは鮮明な画像も珍しくないが、この画像は少々粗い上にガラス越しということも手伝い、顔立ちなどが判別できるレベルではない。黒っぽい人影というだけで、せいぜい男だろうと分かるくらいだ。

「これが？」

「この男、このコンビニのゴミ箱に何かを捨てて、そのまま立ち去ったわけですが、どうやらスリッパらしいんです」

被害者宅からは、犯人が履いていたと思しきスリッパが消えている。

「店員がゴミを出すとき、スリッパが入ってるのを見つけましてね、まあ、そのまま収集業者が持っていってしまったらしいんですが」

「血は付いてなかったんですか？」

「それがね、濡れてたように見えたっていうから、どこかで洗ったんじゃないかと思うんですよ。公園かどこかでね。グレーっぽい色だったということは記憶に残ってるそうです。犯行日の夕方五時すぎの映像ですから、時間的にも合ってる」

なくなったスリッパは、家にあるスリッパとそろいであればグレーのはずである。そして、夕方四時半頃に被害者宅の近所の住民が悲鳴を聞いていることからしても、五時すぎの映像というのは条件に合致する。

「映像はこれだけですか？」

「今のところは」青戸が肩をすくめる。「まあ、ここから誰かを特定するのは難しいでしょうけど、足取りの手がかりにはなるでしょう。業者に収集されたスリッパも一応追ってはみます」

画像を再生し直してもらい、最上はそれを凝視する。

青戸が言うように、この画像をもって誰であると言い切るのは無理がある。黒っぽい上着を着ている。背はそれほど高くはない。それくらいしか分からない。

この男が松倉重生か……？

最上はこの男のシルエットを、これから臨むマジックミラー越しの取調室に見出したいと思った。

五時をすぎ、最上たちが固まっている席まで青戸が再びやってきた。

「松倉が取調室に入りました。行きましょう」

声をかけられ、沖野と一緒に立ち上がると、前方の幹部席でも田名部管理官がペンを置いて席を立つところだった。

「私もご一緒させてください」

田名部は会議室の出口で最上たちと合流して言った。

「昔のヤマで追ってた男だとか」

最上が水を向けると、田名部はうなずいた。

「昔の手帳を引っ張り出して確かめましたが、間違いありません。まあ、だからといって今回の事件に絡んでるとは決めつけられませんが、気にはなりますから」

田名部を先頭にして、取調室に向かう。

一号取調室の隣室に入ると、田名部はそのままマジックミラーの前に立った。薄闇に慣れない目には、その横顔の表情は読み取れない。最上は青戸らとベンチに座り、取調室の会話に耳をそばだてた。

「事件の犯人はまだ分かってないんですか？」

松倉の声はしわがれている上、落ち着きも感じられず、耳に心地いいものではなかった。

「そうなんだよねえ。それで、関係者の話をもう一度聞こうってことで、来てもらったんだけど」

森崎の口調は先ほどと同様、ゆったりとしている。

「でも、いまだに信じられませんねえ。あの都筑さんがそんなひどい目に遭うなんて。奥さんもいい人だったのに……」

声だけ聞いていると、空とぼけているようにしか聞こえない。それとも、先入観でそう聞こえるだけなのか。

「でも都筑さんは、方々にお金貸したりしてたでしょう。そういうのがこじれると、こういうこともあるわけだよ」

「お金を貸すって言っても、あの人は善意でやってたことでしょう。それがこじれるっちゅうのが、何だか想像できないんですよねえ」

「あなたもいくらか借りてたんだよね？　いくらくらい？」

「残ってるのは、確か四十万ちょいだったと思いますけど……この前返したのを引くと、四十万切ってたかな……どちらにしろ、それくらいです」

「もともとはどれくらいだったの？」

「今借りてる分は、確か、去年の暮れと先々月に借りたやつですから、ちょうど五十万だと思います……はい」

「いつくらいからそういう貸し借りがあったわけ？」

「知り合ってしばらくしてからだから……四、五年前からですかね」

「知り合ったのは競馬関係で？」

「ええ……大井で、隣り合っただけなんですけど、ビールをご馳走になりまして。へへへ。あの人、けっこうな穴を当てて、気分がよかったみたいで」

「基本的に都筑さんっていうのは、気前がいいっていうか、人がいいほうなの？」

「何ちゅうか、面倒見がいいんですよ。一緒に来てる人間を楽しませてやりたいって感じで」

「それで、相手が賭け金に困ってたら、ちょっと貸してあげるってことか」

「そうですね」

「ギャンブル以外の目的で、たとえば生活費とか、そういうので借りたことはないの？」

「いや、まあ、ギャンブル以外にしても、遊ぶお金がだいたいですよね」

「飲み代とか？」

「まあまあ、そうですね」

「女遊びとか、そういうのも？」

「えへへ、まあ、そういうのもたまにはね。私らくらいになると、もう、いつ使い物にならなくなるか分かりませんから。できるうちにっちゅうかね。へへへ」

「いやあ、まだ全然元気そうだし、大丈夫でしょ」

「いやいや、へへへ」

下卑《げび》た笑い声が最上の耳をざらりと撫でる。

「でも都筑さんも、貸したままほっぽっとくわけでもないでしょ。やっぱり、返済が遅れると、一言あるわけでしょ？」

「いやあ、私なんかは金が入るたび、ちゃんと返してましたからね、そんなうるさく言われたことはなかったですよ」

「四十万くらいだと、どれくらいかけて返す感じなの？」

「まあ、仕事で金になるときとならないときがありますから。返せるときは十万くらい返せますし……」

「競馬で当たったりとか……」

「そういうときもありますね」

「今まで都筑さんにお金を借りようとして、断られたことはある？」

「いやあ、それはないですね。まあ、ろくに返してないときにまた借りようとして、小言をもらったことはありましたけど、へへへ……でも、ぶつぶつ言いながらも貸してくれましたよ」

「そんときは総額でいくらくらい溜まってたの？」

「百万近くですね」

「ずいぶん借りたね」

「まあ、そのときはたまたまっちゅうか……へへへ。しばらく競馬やめて返しましたけどね」

自分が疑われていることを微塵も感じ取っていないかのような、呑気《のんき》な喋り方に聞こえる。

あるいは、多少の緊張感など隠せるくらい、面《つら》の皮が厚いということか。

その後、森崎の聴取は、都筑とのギャンブル遊びを通して知っている人物の話に進み、松倉は宮島や弓岡らの名前を挙げた。

かなりの時間をかけてじっくり取調室の様子を眺めていた田名部がベンチに退がる。最上はすぐにでも立ち上がって、マジックミラーにかじりつきたい気分だったが、それを気配に出すことはせず、田名部に代わって立った青戸が見終わるのを待つことにした。

「……それで、あなたが都筑さんに電話とメールした日、あったでしょ。そっちにお邪魔していいかってメールしたの。あの日のことをもう一回、細かく思い出してほしいんだけどね」

「ええ、電話が通じなくて、メールも返事がなかったんで……」

「行かなかった？」

「そういうことです」

「何で返事がないんだろうとは思わなかった？」

「それは何ちゅうか、思わなかったですね。忙しいんだろうなというくらいに思っただけで」

「でも、それから一日経っても二日経っても、連絡は来なかったわけでしょ」

「それは、今からお宅にお邪魔していいかって話だから、その日じゃなければ意味がないっちゅうか、次の日になれば私も忘れちゃってるもんですから」

「ふむ……で、お邪魔していいかっていうメールはどこで送ったの？」

「確か、蒲田の駅前あたりじゃなかったかなと思うんですけど」

「あの日、仕事は休みだったの？」

「いえ、うちに来た刑事さんにも話しましたけど、あの日は四時すぎにはもう仕事から上がって……」

軽トラックで家電などのリサイクル品を回収したり、集めた品を倉庫で整理したりというパート作業に従事している松倉は、その日の回収量などによって、四時頃に早上がりすることも多いのだと森崎に説明した。

「タイムカードでは四時二分に仕事を終えたことになってるみたいだね」森崎は少し踏みこんでアリバイを確かめる。「都筑さんにメールしたのが六時頃だと思うんだけど、それまでの間は何をしてたの？」

「それも刑事さんに言ったんですけど、よく行く中華屋でビール飲んでました」

「蒲田駅近くの〈銀龍〉ってとこで間違いない？」

「そうです」

「そこに何時から何時まで？」

「仕事終わってから行って、メールする前に出ましたから、六時前ですかね」

「仕事場もまあ、蒲田駅の近くだよね。そこからは歩き？」

「いや、自転車ですね。アパートから自転車で来てたんで」

「だいたいいつも自転車使ってるの？」

「そうです。歩きだと三十分はかかっちゃうんで」

「〈銀龍〉に行って、六時くらいまで飲んだと。お客さんはいた？」

「うーん、何人かはいたと思いますよ。まあ、長居する人はいなかったかもしれないけど」

「誰か顔見知りと会ったりはしなかったかな？」

「うーん、そう言われましてもね……大将とは少し喋ったりしましたけど」

「でも大将はほら、常連のあなたをしょっちゅう見てるわけだし、そうすると、あなたを見たのがその日だったのか、次の日だったのかなんてことがけっこうあやふやになっちゃうもんなんだよ」

森崎がそう言うと、取調室には束の間、沈黙が訪れた。

微妙に空気が変化しつつある。

「あの……都筑さんが殺されたのはいつ頃なんでしょうか？」

少し緊張気味の声で、松倉が問いかける。

「うん、それは推定でしか我々もつかんでないし、あなたに教えることでもないからね」

「でも、こうやっていろいろ訊かれるってことは、あの日の夕方頃っていう可能性が高いんですかね？」

「もちろん、重要な時間帯だと考えてるから、あれこれ訊いてるわけでね。あなたも何時にどこにいて誰と会ったっていう証明みたいなものがあれば、ちゃんと教えてほしいんだよ」

「〔銀龍〕にいたっていうのは？」

「うん、正直それだけじゃ、ちょっと弱いんだな。具体的に、何時何分から何時何分までそこにいたっていう証明ができないでしょ。実際、〔銀龍〕の大将に訊いてみると、あの日にあなたが来てたかどうか、確実には憶えてないし、あなたが長居するにしても、だいたい一時間程度のことであって、二時間近くもいることなんてないって話もしてるわけよ。蒲田の駅から都筑さんの家までは、自転車で十五分かかるかどうかってとこだよね。だから、これだけだとね、あなたが無関係なのか、あるいは何か関係してる人なのかっていう判断材料にはまだならないんだよね」

「あの……」半ば公然と疑いの目を向けられていることを知らされ、松倉はその声音に動揺をにじませた。「一つはっきりと申し上げたいんですがね、私がこの事件に関係してるなんてことは、これは天地神明に誓ってありませんから」

森崎がその言葉に対してうなずいたのかどうかは分からないが、声に出しての反応はなく、最上は沈黙を聞いただけだった。

「あの日、都筑さんのとこにお邪魔しようと思ったのは、どうして？」森崎が低い声で尋ねた。

「どうしてって……暇だったもんですから」

「金を借りようとか、あるいは逆に返そうとか、そういう用事ではなかったの？」

「まあ、話の流れで四、五万借りられたらっていう気持ちもありましたけど、駄目なら駄目で仕方ないかっていう……」

「でも、借りようとして駄目だって言われたことは今までないんでしょ？」

「そうなんですけど、こっちも都筑さんの機嫌のいいときを見て、頼んでるとこがあるんで」

「それで、借りられたら借りようと思って、電話とメールをしたと……でも、返事は来なかった。それで、どうしたの？」

「いや……仕方ないから、アパートに帰りましたよ」

答えに若干、言い淀んだような間が含まれていた気がした。

「都筑さんの家には行ってみなかったの？」

森崎も心のどこかで引っかかりを覚えたのか、そんな言い方で松倉に問いを重ねた。

「い、いえ……そのまま帰りました」

声が一瞬、震えたように聞こえた。わずかな揺らぎだったかもしれないが、薄暗い部屋でただ耳をそばだてている身にとっては、聞きすごせない変化に感じられた。

こいつは嘘をついている。

そう直感が訴えかけてくる。

最上は思わず立ち上がっていた。

松倉重生。

その面《つら》を拝んでやる。

マジックミラーの前に張りついていた青戸と肩がぶつかる。

多少なりとも驚いただろうが、最上に気づいた青戸はそっと退がって、場所を譲ってくれた。

最上は息をひそめ、マジックミラー越しに取調室を覗いた。

森崎の前に、六十絡みの男が座っている。

こいつか。

白髪混じりの髪は短いものの、だらしなく癖がついている。浅黒い顔には無数の皺が刻まれている。しかし、老人と呼ぶにはまだまだ早い壮健さも見て取れる。身体は中肉中背というよりはやや小柄で、無駄な贅肉はなく、どこかはしっこそうな人間に見える。

クリーム色のブルゾンを着ている。

その妙な明るさがコンビニの防犯カメラの映像で見た黒っぽい人影と重ならず、最上は一瞬戸惑ったが、脳内で明度を補正し、ほとんど思いこむようにして、この男に違いないと断じた。

「そのときはお金を借りて、何に使おうと思ってたの？」

森崎は、松倉のかすかな動揺を受け流し、話を先に進めている。

「いや、まあ、遊びですよね。別に全然なくて困ってたわけじゃなくて、財布に余裕があったほうが、いざ張りたいときにも張れますし。何万か借りたけど、使わないうちに給料が入ってそのまま返すなんてこともあるわけで」

「使うかどうか分からないのに借りるわけ？　利息も払わなきゃいけないんでしょ。もったいないね」

「いや、四、五万なら、そんな利息がどうとか言わずに貸してくれますよ」

「ほう、じゃあ、借用書作ったりするのは、ある程度まとまった金の場合か」

「まあ、そうでしょうね。二十万とかそういうときはね」

無理に作っている笑みが強張っている。垂れ目気味でどこか気弱にも見えるその横顔には、油断のならない狡猾さも見え隠れし、六十男が持っているような余裕や貫禄といったものはまるで見当たらない。最上にはその人相が卑しく見えた。

松倉の聴取には一時間余りの時間が割かれた。当日のアリバイや被害者夫婦との付き合いについて、森崎警部補は言葉を換えて質問を繰り返したが、松倉の答えに不自然な矛盾点は出てこなかった。最後は森崎も松倉の話に納得した顔を作って、彼を帰した。

最上ら四人は、聴取が終わるまで隣室で二人のやり取りを聞いていた。一時間の間に、息を殺していることにすっかり馴染んでしまったように、四人とも無言のまま捜査本部に戻ったが、しばらくして青戸が、「どう思います？」と最上に水を向けてきた。

最上は彼に目をやり、一呼吸置いてから切り出した。

「正直、怪しいと思いました」

「ほう」青戸は無表情でその真意を問うように最上を見つめた。

「アリバイがあるようでない。自転車で現場から十五分程度のところでビールを飲んでいたなんてことは、アリバイになるとは思えません」

「松倉は店に二時間くらいいたって言い張ってますけど、店主もそんなに長居してたことはないなんて言ってるくらいですしな」青戸も最上の説に合わせるように言った。

「それに、事件当日、メールの返事がなくて、被害者宅に行ったかどうかというくだりの受け答えで、動揺が感じられました。何か嘘をついているように、私には聞こえました」

「最上さんが思わず覗きに来たときですな」青戸が口に小さな笑みを刻み、おかしそうに言った。「いや、私もそう思いました。自分が明らかに疑われているのを感じてから、声もそうですが、顔つきも落ち着かない感じで、何度も瞬《まばた》きしたりして、疑ってなくても疑いたくなるような様子でしたよ」

「田名部さんはどう思われました？」最上は由季の事件の悔しさを分かつ管理官にも訊いてみた。

「いや、私の場合、おそらく冷静な目では松倉のことを見られていないと思うんで、個人的な心証を述べるのはひとまず差し控えようと思います」田名部は冷静な表情を崩さず、そう言った。「ただ、それだけに、検事の意見は参考になります」

冷静な目で見られていないのは最上も田名部以上である自覚はあったが、それは自分の胸にとどめておくべきことだった。また、それを差し引いても、松倉の疑わしさには確信的なものがあった。

「ドアホンや玄関の引き戸から採れた複数の指紋の中には松倉のものも含まれてます。比較的新しい指紋で、彼を疑うには十分だ。しかし、居間の金庫や逃走経路になったとされる裏庭側のサッシなどからは採れていない。ここが弱いのと、凶器が出てない、目撃情報もないということで、安易な見通しは立てられませんが、まあでも、この男に狙いを付けてみる価値はあるかもしれませんな」

慎重ながら十分その気になっているような青戸の言葉を聞き、最上はそれを後押しするようにうなずいた。

「とりあえず、松倉はマークするべきだと思います」

「そうですね。行確《こうかく》（行動確認）を付けて、明日以降、また任意で何度か呼びましょう」

「彼の周辺を洗う担当も付けたほうがいいでしょう」最上は言った。「この事件はもちろんですが、ほかにもたたいて埃を出して、いざというとき、引っ張れる選択肢を作っておいたほうがいいかもしれません」

たとえ捜査が行き詰まったとしても、別件逮捕も辞さずに攻めるべきだという最上の意見に、青戸は少し驚いたように顎を引き、田名部に目を移すことで彼に返答を任せた。

「分かりました。何か出てくるでしょう」田名部はそう応えた。

「それから、松倉が関わったとされる根津の事件の当時の捜査資料を取り寄せてください。私も一通り目を通しておきたいですから」

最上がさりげない口調でそう頼むと、青戸が田名部の了承を目配せで確認してから、「分かりました」と請け合った。

夜にはもう一人の参考人である和田の聴取も行われたが、最上は自分でも戸惑うほどそのやり取りに興味が持てず、しばらく青戸や沖野と一緒に取調室の隣室で聞き耳を立てていたものの、早々とそこから出た。

和田に疑わしさを見出せないことももちろんだったが、それ以上に、最上の中で、松倉に対する心証が自分で意識する以上に固まってしまったのだった。

「最上さん」

捜査本部を辞して、蒲田警察署を出る間際、一緒に歩いていた沖野が浮かない顔をして声をかけてきた。

「警察は松倉に狙いを絞りつつあるみたいですけど、本当にそれでいいんでしょうか?」

自分の確信めいた心証とは温度差のある疑問を呈され、最上は横目でちらりと沖野を見た。

「というと?」

「彼の聴取を聞いていた限り、特別疑わなきゃいけない矛盾や不審な点は、それほどないように思えたんですが」

「そうか?」最上はあくまで冷静に言い返す。「俺には、あの男が嘘をついているように聞こえたけどな」

最上の言葉に沖野は小さくうなずいたものの、それだけでは腑に落ちないと言いたげに続けた。

「田名部管理官が昔捜査に加わった事件で松倉を知っていたっていう話がありましたよね。管理官自身はあえて個人的な心証を話すのは控えたいって言ってましたけど、秘めてる思いみたいなものは言わなくても感じてしまうじゃないですか。それに引っ張られた部分が僕自身あって、何ていうか、あの暗い部屋にいた間は、管理官の思いに支配されてたんじゃないかって気さえするんですよ。それに気づいて改めて松倉の聴取を思い返すと、その前の関口や次の和田たちと、疑わしさっていう点では、それほど変わらないんじゃないかって思えてきたんですけど」

若いながらも、あの場にどんな思惑が渦巻いていたかを嗅《か》ぎつける勘の鋭さと、雰囲気に流されない気持ちの強さは、感心してやってもいいものを持っている。

ただ、あえて訂正するなら、あの暗い空間には、田名部一人の宿怨《しゅくえん》だけではなく、最上のそれも同等以上に存在していた。だからこそ、青戸もそれに引っ張られたのだろうし、沖野もそうと気づくほどに気持ちを動かされたのだろう。

「なかなか面白いことを言うな」最上はごく軽い苦笑いを作って彼の話を受けた。「俺は俺で冷静に聴取を聞いてたつもりだ。その上で、怪しいという心証を持っただけだ」

「いえ、あの、もちろんそうだろうとは思いますが」沖野は恐縮するように口調を弱めた。「でもやはり、今の時点で彼一人に狙いを絞るのは、捜査方針として危ういのではと思います」

「誰も一人に絞るなんてことは言ってないさ。捜査班の何組かが松倉の周辺を洗うのに回るだけだ。そこで出てきた情報をまた精査して、彼が怪しいかどうかを見極める。まだ一方的に疑ってかかる段階じゃないことくらいは、みんな分かってる」

最上がそこまで言うと、沖野も杞憂《きゆう》にすぎなかったと思ったのか、「なるほど、そうですよね」と納得した反応を見せた。

8

「橘さんはどう思う？」

蒲田署から帰り、後回しにしていた仕事を執務室にこもって沙穂と一緒に片づけたあと、終電時間を気にしながら帰り支度をしている彼女に、沖野は尋ねた。

「何がですか？」

「蒲田の事件だよ。最上さんたちは、今日の聴取で見た松倉に疑いをかけてる。けど、俺はどうもぴんとこないんだ。やっぱり、松倉が過去の事件で重要参考人になってたっていう話と、その捜査に加わってた管理官の思いが少なからず影響してるんじゃないかなって気がするんだよな」

「私はその人の聴取を聞いてたわけじゃないから、何とも言いようがありませんけど……」沙穂は冷静な口調でそう言った。

それもそうだなと沖野は微苦笑する。彼女の意見が聞きたいわけではなく、自分の疑念を聞いてくれる相手が欲しかっただけだと悟った。

「動機が分からないんだよな。凶器を犯人が持ちこんだとするなら、計画性があったということだ。今のところ、トラブルのもとは借金絡みのことしか見つからない。しかし、松倉の借用書は現場に二枚残されてる。金額も五十万だ。そこからいくらか返済して、残り四十万ほど。松倉本人の話と照らし合わせても、不自然なとこはない。本当はもっと、百数十万なりの借金があって、犯行後、目についた借用書を抜いたところが、二枚ばかり抜き洩らしたものがあったっていう考え方もできるかもしれないけど、俺はちょっと考えにくいと思うんだ。そんなことであれば、松倉の話にも数字が合わない部分が出てくるはずだからな。だけどあいつは、借りた時期までちゃんと答えてる」

「犯人は自分の借用書を抜き取ってるはずだっていうのが、検事の見立てですもんね」

「そうなんだ。あるはずの返済記録がないということは、それは犯人が持ち去ったってことだ。そうなら、自分の分の借用書も抜き取ってると考えるのが普通だ」

「その犯人像と松倉は、ちょっと合わないわけですね」

「合わない」沖野はうなずく。「それが単に、しっかりしたアリバイがない、被害者に電話やメールをしている、玄関から指紋が採れている、そして、過去の凶悪事件に名前が出てきたっていうだけで、こいつは怪しいとなってるんだ。最上さんなんか、あいつは何か嘘をついているなんて決めつけるようなことまで言ってる。しかし、俺にはやっぱりぴんとこないんだ」

「私、思うんですけど」すっかり片づけが終わり、バッグを机の上に置いた沙穂はしかし、背筋を伸ばして椅子に座ったまま、沖野を見つめた。「いくら本部係って言っても、まだ怪しいかも分からない参考人の警察聴取に片っぱしから張りつくなんてことは珍しいと思うんですよね。最上検事ならではっていうか。初動のときはけっこう淡白に見えてたのに、品川の事件が山を越えてからは、完全に蒲田のほうに気持ちを集中されてる感じじゃないですか。そこは私も、さすがやり手と言われる検事だなって思って見てたんですけど、その最上検事のいれこみ具合と田名部管理官の遺恨みたいなものが、いつの間にか呼応しちゃったんじゃないかって気がするんです」

そうかもしれない……沖野は彼女の話を聞いて思った。

「しかしそうなら、俺だけ冷めてるとも言えるよな。いいのか悪いのか分かんないな」

人より熱いのが取りえの人間であるはずが、一歩引いてしまっているのを感じる。あまり面白くはない。

それと同時に、やはり、最上や田名部、青戸ら百戦錬磨の人間には嗅ぎ取れるものを、自分は嗅ぎ取れていないのではないかという、かすかな不安も芽生える。

「でも、それでいいんじゃないでしょうか」沙穂は少し言いにくそうにしながらも、思い切ったように言った。「検事がそう思うなら、そう思うだけの正当性があるんだと私は思います。最上検事の見方ばかりが正しいとは限らないと思いますよ」

ほとんど無条件に自分を信頼してくれているような沙穂の言葉を聞き、沖野は少し勇気づけられる思いが湧いた。

「ありがとう。そう言ってくれると嬉しいよ」

照れ笑いを交えて言い、「よし帰ろう」と、もやもやした思いに区切りをつけた。

次の日、ほかの先輩検事に頼まれた取り調べをこなし、その調書をまとめてから蒲田署に顔を出すと、捜査本部の後方席にはすでに最上と長浜が陣取っていた。

「お疲れ様です」

声をかけて、最上が目を通している書類を盗み見る。ずいぶん年代を経ていることが分かる褪《あ》せた色の紙の綴りだった。

「例の、根津であったという事件の捜査資料ですか?」

「そうです」

資料に見入ったまま、沖野の挨拶にも応えず顔も動かそうとしない最上に代わって、長浜が答えた。

「女子中学生が絞殺されたっていう、ひどい事件らしいです」

長浜はため息混じりに言って、やるせないように唇を結んだ。

最上の前の席に座り、彼が捜査資料に目を通し終えるのを待つ。彼は最後までページを繰ったのちも、物思いにふけるようにして動かなかった。

「読ませていただいていいですか?」

そう声をかけると、最上はようやくそっと資料を置いた。沖野のほうには目もくれない。声をかけるべきではなかったかもしれないという気にさえなってきた。氷のような冷たさを感じる。このところ何度も顔を合わせているが、こういう一面もあるのかと発見めいた思いが湧くような最上の様子だった。

沖野は多少緊張しながら最上が置いた捜査資料を手に取り、開いてみた。

昭和から平成に変わり、バブル経済がふくらんだ頃の事件だ。もとは学生中心だった独身寮の、北海道出身の管理人夫婦の一人娘が、夫婦の留守中、何者かに勉強部屋で絞殺されたという凶悪犯罪が起こっていた。

被害者の女子中学生の身体には、数日前に性的暴行を加えられたような痕跡が残っており、その加害者が彼女を執拗に狙い、住居侵入して再度の犯行を企てるも、被害者に抵抗されるや殺害に転じたと見られている。

重要参考人として捜査線上に挙がってきたのが、独身寮の住人の友人だった松倉重生だ。当時四十歳。七年前に家庭内暴力が原因で妻子と別れ、酒やギャンブルに興じる気ままな独身生活に戻っていた。

被害者の顔から犯人のものと思われる唾液が、着衣からも犯人のものと思われる汗が採取されている。血液型は松倉と同じAB型だ。

また、指紋もいくつか採れている。しかし、ほとんどがこすったような動きのある擦過痕で、照合に必要な特徴点がつぶれてしまっている。一番鮮明な指紋でも、松倉の指紋と合致した特徴点は三つ。十二以上の合致が必要とされるだけに、これでは証拠とならない。

しかし、三つ合致するだけでも、確率で言えば千人に一人の割合だ。当時の寮の住人やそこに出入りしていた関係者で、松倉と同じように血液型と指紋の複数の特徴点が合致するような人物はほかにいない。

加えて、犯行時刻と思われる時間帯の少し前、松倉の友人の部屋を誰かがノックしたと思しき音が隣人によって聞かれている。また、その松倉の友人は、以前、松倉が被害者の女子中学生に性的な興味を示す発言をしていたと証言している。

資料を読む限り、捜査網は確実に松倉を包囲していた。しかし、結果的には捕まえ切れなかった。一つには、松倉の知り合いで、犯行時間帯に松倉と一緒にいたというアリバイを主張した人物の存在が邪魔となった。警察の見方では信憑《しんぴょう》性に難がある証言だが、裁判でどう取られるかは分からない。

それからもう一つは、十五回に及ぶ任意聴取を実施したものの、とうとう松倉本人の口を割れず、自供を引き出せなかったということが大きかった。一時は元妻に対する傷害容疑の別件逮捕まで検討したが、時効を迎えていて、その手も使えなかった。

松倉に直接結びつくような物証が少なく、女子中学生が、数日前に遭ったとされる性的暴行の被害について両親や周りに隠していたことも、真相を解き明かす壁になっていた。そんな中、苦しい捜査の局面を打開するのは、いつの時代でも犯人と目される人物を落とすべく託される取調官の腕である。ここに起死回生の成果が上がらないと、出口がなくなってしまう。

資料を見る限り、松倉への疑いは濃い。捜査幹部の考え方次第では、力ずくで逮捕に持ちこむ選択肢もありえる事件だ。しかし、裁判となるとどうだろうか。腕利きの弁護士に出てこられたら、冤罪の典型的なパターンだとあげつらわれるかもしれない。検事としては、逮捕する前に、もっとちゃんとした証拠をそろえてくれないと裁判ができないと警察に注文を出したくなる捜査結果でもある。実際、当時の本部係検事がそう言っていたとしてもおかしくはない。結果的に迷宮入りしているのも、つまりはそういうことだろう。

未解決事件というのは、その捜査資料を読んでいるだけでも、すっきりしない気分を持て余してしまう。田名部ら当時の捜査員が抱いたであろう無念の思いは容易に想像できる。

沖野は小さな吐息をついて捜査資料を閉じ、長浜に渡した。最上はまだ、彫刻のように固まって考え事をしている様子だった。

しばらくして、捜査資料が沙穂の手に回った頃、どこかに出ていた青戸が捜査本部に現れ、沖野たちのもとにやってきた。

「どうですか。今回の事件との共通点があるかどうかは何とも言えませんが、事件としてはなかなか興味深いでしょう」

そんな声をかけられ、最上の顔がようやく動いた。

「未解決の闇に葬られる事件じゃない」彼は小さく首を振り、呟くように言った。

「最上検事ならゴーサインを出しましたか？」

「もちろんです」

最上の答えに、青戸は一つうなずいた。

「当時の担当が最上検事ならよかったんでしょうな。田名部もそう言うでしょう」

「事件から四年後にＤＮＡ鑑定をしたようですが」最上が捜査資料にちらりと目をやりながら言う。「今なら、精度の高い検査結果が得られるんじゃないですか？」

資料によれば、鑑識捜査にＤＮＡ鑑定が導入されたのを機に、この事件の継続捜査班が犯人の唾液や汗を検査に回したものの、検査機関によって松倉と同一人物であるとする確率の数字が違ってしまう結果となった。当時のＤＮＡ鑑定はまだ精度が低く、裁判の証拠にもなりにくいのが現状だった。

しかし今は、検査技術も飛躍的に進歩し、昔の事件でも遺留物のＤＮＡの再鑑定によって、事実認定が変わり、裁判が動いたりすることもよくある。

「実は田名部もこの資料を取り寄せた際、そのことが頭に浮かんだらしく、当時の継続捜査担当に問い合わせたようです」青戸は言う。「時効事件であっても、今回の事件との関連もあるし、できるならやるべきだと田名部は考えていたと思います。しかしですな、当時の担当からの返答によると、鑑定に使える遺留物の検体がもう残ってないらしいんですな。当時は起死回生のつもりで少ない検体を検査に提供したようなんですが、検査自体が途上段階で、いたずらに検体を消費したあげく、科学的と言えるデータにもならなかった。まったく、やり切れない話です」

最上のこぶしがぎゅっと握り締められるのが見えた。

「ただ、田名部もこれについては今回のヤマを機にけりをつけようと思ってるようですから。今後の松倉の任意聴取に向けて、森崎ともいろいろ策を打ち合わせてるところです。もし、この時効事件で松倉の口を割ることができたら、そのまま今回の事件も雪崩《なだれ》式に割れるのではないかと……私はそういうふうに期待してるんですけどね」青戸はそう言い、沖野をちらりと見て、「もし、松倉が本ボシであったならということですよ」と付け足した。

「この事件で逃げ切ったということは、簡単に吐くタマじゃないと心得ておいたほうがいいでしょう」最上が低い声を絞り出すようにして言った。「場合によってはやはり、二十日間、徹底的にやる必要が出てくるかもしれない」

別件逮捕は捜査の手段として、きれいなやり方ではない。できればそんな手は使いたくないと考えるのが捜査関係者の共通認識だろうが、最上はそれに対して躊躇《ちゅうちょ》しないという意思をたびたび覗かせている。

「そっちのほうも人員を割いて手当てしています。何か出てきたら、お知らせしますよ」

しかし……。

松倉が本ボシであったならと、青戸は断りを入れているが、最上も青戸も、ほとんど松倉を本ボシと決めつけて話を進めているように感じられる。根津の事件は捜査資料を読むだけでもやり切れない気持ちになるのは確かだが、それと今度の事件はまた違う話なのだ。そこはきっちりと頭を切り替えなければならない。

「聴取で出てきた名前のその後はどうなってますか?」

沖野は話の流れを切るようにして、青戸に問いかけた。

「え?」

「ほら、弓岡とか何とか出てきたじゃないですか。ほかにも何人か、借用書にはない名前が挙がってきてるって言ってましたよね」

「ああ、そちらももちろんやってますよ。調べがまとまったら、それもお知らせします」青戸は淡白にそう言った。


翌日、夜から松倉の二回目の聴取が行われることになった。沖野は日中、目の前の仕事をバタバタとこなしたあと、沙穂と連れ立って蒲田に飛んだ。

「これだけ早く次のお呼びがかかると、本人としても、相当疑われてると感じるだろうな」

駅前の立ち食いそば屋で月見そばをかきこみながら沖野は呟く。

「でしょうね」

沙穂も片手で髪をかき上げ、片手で箸を動かしながら呼応する。

捜査本部は田名部や青戸を中心に、松倉を重要参考人に見立てる動きが進んでいる。最上もそれを容認し、見方によっては背中を押しているようにさえ思える。

そんな中で、自分の役目は、彼らの動きが性急にならないよう、冷静にブレーキをかけることではないか……沖野はもはや、そんな考え方をするようになっている。

しかし、蒲田署に出向くと、先に来ていた最上から、警察の地取り捜査で出てきたという新たな情報を聞かされた。

「犯行日の夕方、被害者の家の近くを自転車でうろつく松倉の姿を見たという証言が挙がってきたらしい」

当日、仕事が終わったあとは、蒲田駅近くの中華料理屋で一杯引っかけ、都筑和直にメールしたものの、返事がなかったために自転車でそのまま帰宅したという松倉が、実際には都筑の家の前の路地で、近所の住民に目撃されているという。

「その自転車に乗ってた人間が松倉だってことは、確認が取れてるんですか？」

「今日の聴取のときに、証言者を隣に入れて面通しさせるそうだ」

まだそれが松倉であったとは言い切れない段階のようだ。

しかし、沖野は少なからず動揺している自分を意識させられた。

都筑の家には行かなかった。

松倉がそう話したことに対し、最上は嘘をついていると感じたと言っていた。

沖野には働かなかった直感だ。

やはり、最上たちのほうが真相を見つける感覚において、上を行っているということなのか。

真犯人は松倉。

その可能性もありなのか。

やがて、幹部席で部下と打ち合わせをしていた青戸がやってきた。

「松倉の聴取が始まりますが、まず、松倉を現場近くで見たというおばあさんが来てるんで、彼女に面通しさせます。それが終わってから隣に入るってことでいいですかね？」

青戸の問いかけに、最上が了承の返事を送った。

面通しには、それほど時間はかからなかったようだった。会議室に入ってきた捜査員の一人が青戸に耳打ちし、青戸はまた沖野たちが固まっている後方席にやってきた。

「松倉だと確認しました」

その報告に息を呑んだ沖野は、青戸に声をかけていた。

「ちょっと本人に話を聞かせていただいてもいいですか？」

青戸は言って、最上に視線を向けた。最上もその気になったようで、青戸にうなずいてみせる。

「構いませんが」

「ここじゃ何ですから、場所を移しましょう」

青戸に促され、最上らと隣の応接室に移る。

間もなくして、女性捜査員に連れられ、七十代後半と思しき老婦人が部屋に入ってきた。尾野治子《おのはるこ》と名乗るその婦人をソファに座らせ、沖野は質問を始めた。

「あなたが見た男は、今、取調室にいた男に間違いはないんですね？」

「ええ、見たとたん、思い出しました。あの人です」

尾野治子は少し入れ歯が浮いたような、もごもごした言い方であったが、口調は捜査協力をしているという意識からか少し高揚しているように聞こえた。

「どのあたりで見たんですか？」

「都筑さんの家の前の道ですよ。私は犬の散歩をしてたんです。ふらふらって自転車に乗って、都筑さんの家のほうからやってきてね、私とすれ違ったんですよ。それで、私が都筑さんの家のほうに向かって歩いてるうちに、また戻ってきてね、ふらふらって走りながら、都筑さんの家の前で停まって、家のほうをじろじろ見ててね、私がそれを追い越して歩いてたら、今度はまた私を追い越して、大通りのほうに走っていっちゃったんです」

「何時頃のことか憶えてますか?」

「五時はすぎてて、五時半頃じゃなかったかなと思うんですよねえ。四時からの番組を観終わってからいろいろ支度してね、それから出ていきましたから」

「自転車の形とか、乗ってた男の格好とか、そういうので憶えてることはありますか?」

「自転車は普通のやつですよ。女の人も乗るようなね。新しい自転車ではなかったわね」

「格好は?」

「何となくですけど、地味な服だったような気はしますね」尾野治子は考えこむような仕草を見せながら答える。

「黒っぽい服でしたか?」

不意に横から最上が質問を挿んできた。

「黒っぽかったかしらねえ」尾野治子は判然としないように言う。「今日みたいな格好だった気もしたけど、でも、黒っぽかったかもしれないわねえ」

「失礼ですが、尾野さんは、視力はいいほうですか?」

沖野がそう尋ねると、彼女は少し自信ありげな笑みを作ってみせた。

「今でも運転免許は更新してますわよ。まあ、何年も前から車には乗らなくなっちゃったから、いらないって言えばいらないんだけどねえ」

「なるほど……そうですか」

話す内容はしっかりしている。服などの記憶は曖昧だが、面通しして本人だと断定しているあたり、法廷でも通用しそうな証言だ。

「納得しましたか?」

尾野治子が応接室を出ていくのを見届けてから、青戸が沖野に訊いた。少し皮肉がこもっているようにも聞こえた。

沖野はただうなずいておいた。こうなったら、松倉の話を疑うべきだ。

青戸は何事かメモ用紙に書きつけ、それを破り取ると、「行きましょう」そう言って、立ち上がった。

沙穂や長浜を残して、沖野は最上と一緒に青戸に付いていく。一号取調室の前で立ち止まり、青戸はドアをノックした。

中から記録係と思われる捜査員が顔を覗かせた。その捜査員に青戸はメモ用紙を渡した。一号取調室のドアが閉まるのを見計らい、青戸は隣室に回って沖野たちを招き入れた。

「ところで、〈銀龍〉を出たあとのことをもう少し詳しく訊きたいんだけどね……」

メモをもらい、面通しの結果を知らされた森崎が早速、その話を持ち出そうとしているのを聞きながら、沖野はベンチに腰かける。

「〈銀龍〉を出たのは何時頃だったっけ？」

「ちょっとビールを飲んだあとだったんで、はっきりとは憶えてないですが、六時近くだったと思いますけどね」

「憶えてないって言っても、〈銀龍〉を出て、都筑さんに電話やメールをしたんでしょ」

「はい」

「それは何時だっけ？」

「六時あたりですね」

「そうだよね。そうすると、〈銀龍〉を出たのも、六時前ってことでいいわけだ」

「……はい」

「それから、返事がなくて、そのままアパートに帰ったと」

「はい」

「メールの返事はどれくらい待ってたの？」

「まあ、二十分か三十分は近くをぶらぶらしながら」

「それで、アパートに戻ったのは七時前くらいだっけ？」

「そうですね」

「メールの返事がないけど、都筑さんの家に行って、様子を見ようかとか、そういうことは思わなかったの？」

「いやあ、そこまでは」

「考えなかった？」

「はい」

「都筑さんの家には行ってないってことだね？」

「……ええ」

疑い混じりの耳で聞くと、ところどころで松倉の答えに動揺を押し隠すような微妙な間《ま》が挿みこまれていることに気づく。

「でもね」

気さくな調子で会話を回していた森崎の口調が、一転して冷ややかな色合いを帯びた。

「あの日の夕方、六時より前ね、都筑さんの家の前の道を自転車でうろうろしてるあなたを見たっていう近所の人の話が出てきてるんだよ」

松倉は絶句したらしく、しばらくは沈黙が続いた。

青戸がマジックミラーの前に立って、その様子をじっと眺めている。

「ちょっと、その、よく分からないっちゅうか……」松倉はようやく、切れ切れの声でそう発した。

「分からないってどういうこと？」

「いや……」

「憶えてない？　そっちにお邪魔していいかってメールしたときのことだよ」

「はあ、いやあ、いろいろ記憶がごっちゃになって……」

「都筑さんの家をじろじろ見てたって。どう考えても、あなたらしいんだけどね」

「はあ……」松倉はあえぐような声を洩らした。「いやあ、そうかな……」

「『そうかな』じゃなくて、そうなんじゃないの？　見てる人がいるのに、そんなこと、ごまかせるもんじゃないよ」

「いやあ、あの……ビールとか飲んでたんで」

「そんな、記憶なくすほど飲んでないだろ。それで、どっちなの？」

「いやあ、そうですね……そうかもしれません」

「都筑さんの家まで行ったんでしょ？」

「はい……すいません」

聞いているうちにも、沖野は心臓が早鐘を打つのを意識した。一気に緊張が高まる。

やはり、最上が言っていた通りだった。

だとしたら、この嘘はどこまでつながっているのか。

松倉が自分の嘘を認めたところで、青戸はゆっくりと退がって、ベンチに腰かけた。

最上はうつむいた姿勢のまま、動こうとしない。全身で聴覚を司《つかさど》っているかのように、取調室のやり取りに集中している様子だ。

「行ったのは電話やメールをしたあと？　それとも、する前？」

「あの……する前です」

最上に動く気配が見られないので、沖野は先に取調室の様子を見せてもらうことにした。

マジックミラーの前に立ち、蛍光灯がともった取調室を見やる。

先日と同じクリーム色のブルゾンを着た松倉は、いくぶん猫背になり、落ち着かない様子で頭をかいたり、首をひねったりしている。顔には汗が浮き、尋常ではない焦りがそこからもうかがえる。

「何時頃？」

「たぶん、五時半とかそれくらいかと……」

「おかしくないか？」森崎は上目遣いに刺すような視線を松倉に向けた。「五時半に家に行って、そのあと六時になって、そっちにお邪魔していいか訊くなんてさ」

「いえ、でも、本当なんです」松倉は狼狽《ろうばい》気味に声を上ずらせて言った。「いるもんだと思って家まで行ったら、全然応答がなくて、しばらく付近をうろうろしてたんですけど、帰ってくる様子もないですから、何となく蒲田の駅のほうまで戻ったんです。そんで電話かけたりメールしたりしてみて、やっぱり返事がないから帰ったっちゅうことなんです」

「いるもんだなんて思ったのはどうして？　約束してあったの？」

「いえ、約束してたわけじゃないですが、競馬の面白いレースがある日でもなかったでしたし、何となく、はい……まあ、都筑さんがちょっとどこかに出てたとしても、奥さんがおるだろうっちゅう腹もあったもんですから」

「もう一度訊くけど、〈銀龍〉にいたのは、何時から何時頃まで？」

「だからまあ、四時すぎから五時すぎあたりまでだと思います」

「それから、都筑さんの家に行ったってこと？」

「はい」

「それで、行ってどうしたの？」

「普通にピンポンを鳴らして……」

「応答は？」

「ありませんでした」

「それから？」

「戸をノックして、鍵がかかってなかったら、戸を少し開けて声をかけようと思ったんですけど、鍵がかかってましたんで」

それで不在だと分かり、しばらく家の前をうろついていたが、帰ってくる様子がないので、蒲田駅のほうに戻った……松倉は訥々《とつとつ》とそう話した。森崎が初めからもう一度同じ質問を繰り返したが、松倉の答えは変わらなかった。

「何でその、家の前にいたときに電話しなかったの？　わざわざ蒲田駅のほうに戻ってするくらいなら、家の前でうろうろしてるときにするもんじゃない？」

「はあ、そうなんですが、そのときは思いつかなかったっちゅうか……まあいいかと思って帰りかけたんですけど、やっぱり家に帰ってもやることないしって感じで」

森崎は常識的に考えて不自然だと思われることがあれば、細かくつついていく。松倉の答えは、あまり要領を得ず、論理的とも言いがたいのだが、人間は始終論理で動いているわけでもないから、それはそれでおかしくはないというふうにも沖野には思える。

しかし、すでに一つ、大きな事実関係で嘘をついていたことが明らかになっただけに、もはや彼の話を額面通りに受け取ることはできない。沖野としても、彼の話をどう評価すればいいか分からなくなっている。

「何であんた、都筑さんの家には行かなかったなんて嘘ついたの？」

新たに打ち明けられた話の細部を繰り返し確認した森崎は、低い声でそう問いかけた。

「はい、すいません」

松倉は机の上に額をすりつけるように頭を下げた。

「いや、すいませんじゃなくて、どうして違うことを言ったのって訊いてるんだけど」

「それはその、思わずっちゅうか、はい」

「思わず？　あんた、けっこうそういうふうに、思わず嘘ついちゃうことがあるの？」

「いやいや、滅相もないです。たまたま魔が差したっちゅうかね、都筑さんが殺されたって聞いて、怖くなりまして……」

「怖くなって、どうして嘘つくのよ？」

「その……本当に全然関係ないのに、たまたまその日に家まで行ったことで、変な勘繰りを受けると困りますから、ついね……」

「犯人に間違われると嫌だからってこと？」

「はい、そうです」

「あんたね、普通の人間はそんなこと考えないよ。友人が殺されて、その時間に家まで来てたとしたら、不審な人間を見なかったかなとか、何かおかしなことがなかったかなとか、解決の手がかりになることを必死に思い出そうとするもんだよ。違う？」

「はい、すいません」

「何か、やましいことがあるから、そういう考え方をするんじゃないのか？」

容赦なく腹の中に手を突っこんでくるような森崎の追及に、松倉は返す言葉をなくし、ただぶるぶると首を振ることしかできないようだった。

「あんたさ、話は変わるけど」森崎は一段と低い声になった。「蒲田の前はどこに住んでたの？」

「はあ……府中です」松倉はかすれた声で答える。

「競馬場の近くが好きなんだな。府中の前は？」

「横浜のほうで」

ふと、沖野の肩に手がかかった。最上だ。

凍った目でマジックミラーを捉えている最上に場所を譲り、沖野はベンチに戻った。

「横浜の前は？」

「上野のほうで」

「上野のほうっていうのは、日暮里のこと？」

「あ、はい、そう、日暮里で……」松倉は口ごもりながら訂正する。

森崎はためるような間を置いたあと、次の質問を発した。

「根津の事件は憶えてるよな？」

返事は聞こえない。

「かなり前の事件だけどさ、今回の捜査本部には、その事件を担当した人間も入ってるんだよ」

「はい、あの……憶えてます」

　ほとんど気のせいかと思えるような小さな声で、松倉がそう言ったのが聞こえた。

「だいぶ疑われたらしいな」

「はあ、いや……」もごもごと松倉が言う。

「そんな、構えなくてもいいよ。とっくの昔に時効になってる事件なんだから」

不意に気安い口調を作った森崎に、松倉は「ええ」とも「いや」ともつかない、ほとんど言葉になっていない相槌をもごもごと打った。

「そのときのことが影響してんのか？」森崎は問いかける。「変に警察に疑われたくねえな。嘘ついちまおうみたいな」

「まあ、正直言うと、はい」松倉は答えた。「すいません」

その答えには反応せず、森崎は声を落として続ける。

「それとも、適当にしらばっくれとけば警察はごまかせるっていう昔の成功体験があっての、この受け答えってわけか？」

「いえ、そんな……」

否定のあとの言葉はもう、ほとんど聞き取れない。

「正直さ、ここだけの話で教えてほしいんだけど、根津の事件はあんたなの？」

森崎の声はささやくようでありながら、沖野の耳にもしっかり届いた。

「いえ、とんでもないです」

今までの困惑一辺倒だった声音から変わり、力みが入った言葉が返ってきた。聞きようによっては、それだけ意識して発した答えにも思えた。

しばらく沈黙が挿まれた。おそらく森崎は、松倉の真意を読むようにして、じっと彼を見据えているに違いない。その様子を一目見てみたかったが、マジックミラーの前では最上が微動だにせず立ち続けている。

「とっくに時効になってる事件のことごまかしたって、得することなんてないよ。俺は単にね、謎が謎のままだと寝つきが悪いっていう人間がこっちにもいるから、そういう人間にすっきりしてもらいたいだけで訊いてるんだよ。

ときどきいるよ。まあ、殺しは少ないけど、昔、実はこれこれこういうことをやったなんてことを打ち明けられてね、時効になってるのは向こうも知ってるし、そうなるとある種の自慢話だよな。話すほうは得意げな顔してるよ。こっちはもちろん悔しい。話を聞くだけで手を出せないんだから、そりゃ悔しいよ。でも、そんな話が出ることで、あの事件はそういうことだったのかと、刑事たちの頭の中も整理がつくんだな。その教訓を今後に生かすこともできる。だから、悔しい思いの一方で、ありがたいっていう思いもある。本当のことだよ」

一方的に喋っていた森崎の話が終わると、またしばらく沈黙が続いた。

「いい証拠がそろわなかったらしいね。たまにそういう現場があるんだよ。犯人側からすりゃあ、悪運が強いっていうのかな。目撃者が出ないとか、いい指紋が採れないとか、みんな悪運だよ。今度のこの事件なんかも、ちょっとその気《け》があるかもな。まあ、これは迷宮入りにさせる気はないけどな」

森崎はほとんど独り言のように話し続ける。

「当時の刑事の中には、あんた以外に犯人はいないっていうくらいに思ってたのも、けっこういたらしいね。あんたもよく逃げ切ったもんだ」

「逃げ切ったも何も」松倉は声を張って言った。「私は違うんです。やってないってことを認めてもらったからこそ、捕まらなかったんですよ」

「違うな。それは違う」森崎は冷ややかに否定する。「当時の資料を見るとね、誰もシロだなんて認めてない。あんたは悪運が強かっただけだ」

「やめてください。そんな昔のこと……私の疑いはとっくに晴れてるんです」

「誰が晴れてるなんて言ったの？　当時の刑事でそんなこと言ったやつはいないはずだよ」

「とにかく、私は違うんです」

「あんたは、たまたま知らぬ存ぜぬでうまく振り切っただけだろ。相当図太くなけりゃ、できない芸当だよ。まあ、こうやって話をしてても、確かにそういうとこがあるよな」

「やめてください」松倉は悲鳴を上げるように言った。「刑事さんは、すぐそんなふうに決めつけてかかるから……あのときもそうでしたよ。だから、今度もついつい違う話をしちゃったんですよ」

「ほう、言うねえ」森崎は笑いを交え、皮肉っぽく言った。「まあいいや。今日のところは、そういう答えってことで聞いとくか。でもまた訊くぞ。そんな嫌そうな顔するなよ。俺は別にあんたをいじめようと思ってるわけじゃないんだ。いいか……俺はチャンスをやろうと思ってるんだよ。すっきりと楽になるためのチャンスをな。それをよく考えな。そんな突っ張れるもんじゃないぞ。一度は通じても、二度はない。若い頃ならともかく、今の歳を考えな。そっちがその気なら、うちの連中も容赦しないからな。よく考えたほうがいい」

森崎はさすが修羅場《しゅらば》をくぐり抜けてきたたたき上げの刑事らしく、迫力たっぷりの言い方で、松倉を揺さぶる台詞《せりふ》を並べた。

「DNA鑑定って知ってるか？　根津の事件のしばらくあと、警察は科学捜査の一つにそれを取り入れたんだが、初期の頃は精度に問題があった。証拠として採用できるレベルではなかった。けどな、この数年で検査技術は格段に進歩した。現場に残ってる汗や唾液で犯人が確実に特定できる。時効がすぎた事件だろうと、証拠品は捨てちゃあいないぞ。上がゴーサインを出せば、すぐ再鑑定だ。それであんたがどの程度の嘘つきか分かるんだからな。十分意味はある」

鑑定に使えるほどの検体はもう残っていないという話だったが……どうやら森崎は精一杯のブラフをかましたらしい。返す言葉をなくしている松倉がどんな表情を見せたのかは、想像に難《かた》くなかった。

「どう見ましたか？」会議室に戻ると、青戸は主に最上の顔を見て、聴取の感想を訊いてきた。「森崎もかなりがんばった感はあったように思いますが」

「いや、さすがですね」最上は敏腕刑事の迫力でもって松倉を揺さぶった森崎の聴取を褒《たた》め称えた。「松倉は内心、震え上がってますよ。そういう顔をしていた。ＤＮＡ鑑定の話も、よくあそこで持ち出した。もっとかましてもいいと思いますよ。今度は実際に、再鑑定のためと言って、松倉の口の粘膜を採取しましょう」

「そうしますか」と青戸。「二、三週間後に結果が出ると告げて、心理的に追いこんでいけばいい」

「何かしょっ引けるものを探しておいてください」最上は踏みこんだことを言った。「うちの上のほうにもコンセンサスを取っておきます。二十日間あれば、あれは崩れる。根津の事件をうなずかせれば、今度のもそのままいけるでしょう」

青戸は割り切ったようにうなずく。「もう少し、いい証拠があれば、それに越したことはないんですが……今の状況だと、そうするしかないでしょうな。ガサを入れたら、また何か出てくるかもしれませんし」

青戸も、このままではまだ、逮捕まで持っていくには手札がそろっていないと考えているのだ。本来なら冷静に捜査の先走りをいさめる立場にある最上のほうが、逸《はや》っているようにさえ見える。

手札が足りないというのは、沖野も同感だった。容疑者の自供頼みというのは、捜査としてはいかにも苦しい。

しかし、今日に限っては、沖野は自分の意見を口にするのは控えておくことにした。松倉の嘘が暴かれるのを一つ見せられた以上、今は聞き役に回るべきだと思った。

かつての事件を掘り起こして松倉に認めさせ、一度割ったその口に今度の事件を突っこんでみせる……たぶんに力業であり、確実な見通しは持てないやり方だ。

だが、最上らの事件の核心を読む力や、人間の裏を嗅ぎ取る嗅覚は、自分のそれより一日《いちじつ》の長《ちょう》があることを沖野は認めないわけにはいかない。彼らがここまで松倉に狙いを定めるからには、松倉が真犯人である可能性も十分にあるのでは……今ではそう思うようにもなっている。

本当に松倉が真犯人であれば、驚きだが……。

最初に松倉の聴取を見たときには何の予感も持てなかっただけに、沖野はそう感じざるをえない。

しかし、今では立派な重要参考人になりつつある。

これからどうなるのか、まったく読めない事件だ。

9

「マル害の競馬仲間の一人として名前が挙がっていました弓岡という男について素性がつかめましたので報告します。弓岡嗣郎《しろう》、五十八歳。居所は大森東……」

松倉の聴取を見届けた最上は、そのまま捜査本部で始まった定例の捜査会議にも臨み、後方席に陣取って各担当から上がってくる捜査報告に耳を傾けた。

「その弓岡本人には、まだ触らなくていいからな。もしかしたら、その必要が出てくるかもしれんが、今はまだほかに優先しなきゃいけないことがある。引き続き周辺から情報を収集して、マル害とのトラブル、素行、生活の変化など留意点がないかどうかに気をつけて調べを続けてくれ」

部下の報告に対し、前方で会議の進行を務める青戸が指示を送る。いろんな可能性を視野に入れたような言い方だった。

弓岡嗣郎は関口の聴取でも名前が挙がった都筑和直の競馬仲間である。都筑の携帯電話には通信履歴も残されている。彼の名前の借用書が一枚もないだけに、ある意味注目すべき人物の一人とも言える。

ただ、借用書がないということは、今のところ、単なる被害者の競馬仲間の一人という括《くく》りでしかないことにもなる。その意識で安易に接触してしまうと、彼がもしこの事件で重要な役割を果たしていた場合、こちらは当面松倉のほうに意識が向いているだけに、いたずらに警戒心を抱かせ、対応が後手に回ってしまう危険がある。

それよりは、まず松倉に捜査の手を集中させ、弓岡への接触が必要となったときには、ある程度また態勢を整えてと、青戸らは考えているのだろう。

しかし……。

果たして、この事件の犯人が松倉でない可能性はあるのだろうか。

最上はそれを真剣に考えたことはなかった。今、その疑問がちらりと頭をよぎっても、深く考えようとは思わなかった。

自分は松倉を犯人であると確信しているのか、それとも、犯人であってほしいと思っているだけなのか、それすらよく分からない。

犯人であると断定するには、まだ証拠が足りなすぎる。しかし、いくら証拠が足りていなかろうと、松倉への追及の手を緩めようとは思わない。彼の聴取に立ち会うたび、力ずくでも追い詰めなければと考えるのは、やはり彼が犯人であるという心証が強まっているからだとしか言えない。

とにかく、松倉を全力で挙げることだ。正当性の裏づけは、あとから必ず付いてくる。会議が終わったあと、差し入れのビールが運びこまれてきたので、最上は一杯だけ刑事らに付き合うことにした。

「お疲れ様」最上はもらった缶ビールのプルトップを開け、近くに立っていた森崎警部補に小さく掲げてみせた。「松倉の、今日はいい聴取を見せてもらいました」

森崎は精悍《せいかん》な顔立ちから表情をわずかに緩め、最上に合わせるように缶ビールをひょいと上げた。

「田名部や青戸から、犯人を取り調べるつもりでやれって発破《はっぱ》をかけられましたからね」

彼は缶ビールをぐびりとあおってから続けた。

「やつは嘘をついているっていう検事の声も聞いてましたしね。まあ、今日は取っかかりしか崩せませんでしたけど」

「でも、その取っかかりが大きい。やつははっきりと動揺してましたし、そこにまた森崎さんが攻めの手を向けてた。明日以降が楽しみですよ」

「根津の事件はもしかしたら、早晩落とせるかもしれません」森崎は自信を覗かせるように言う。「やはり、時効になってることが大きい」

「DNA鑑定の話はかなり効いたように見えましたね」

「ええ、ちょっと勝負に出てみましたが、しっかり手応えがありました。あれは、やってる人間の反応でしょう。そうであれば、遠くないうちに崩れると思います」

最上は期待をこめてうなずく。「まずはその一里塚が大事ですね」

「任せてください。やってるなら、必ず吐かせます。田名部からもうるさく言われてますからね。これは私のノルマとして、やってみせますよ」

森崎は頼もしく言い、それから少しだけ顔に苦味を浮かべた。

「ただ、今度の事件のことまで崩すのは、また別問題かなという気がしてます。勢いに任せて崩せればいいんですが、やつもそこまで弱くはないはず。むしろ、根津の事件を逃げ切ったように、したたかなところがある。マル害の家には行ったけれど、留守だったからそのまま戻り、あとからどうかと思って電話をかけた……怪しい足取りではありますが、ぎりぎりのところで矛盾がなく、自分の潔白性を保てているような話になってる。ある意味、心憎いところがありますよ。根津も今度のも、故意か偶然か決め手の証拠がない、犯人にとっては悪運の強い事件ですが、それだけではやはり逃げ切れない。肝心のところを守って、捜査の手をかわし切るしたたかさを持ってるんだと思います。こちらはそれをどう打ち破るか、私もじっくり考えなきゃいけないと思ってます」

「根津の事件を吐かせても、今度の事件に結びつけられないなら、意味がなくなってしまいます。そこは一気呵成《かせい》にいきましょう」

最上が強気の言葉を送ると、森崎は缶ビールに口をつけながら、目尻に小さな笑い皺を刻んだ。

「それには、検察のほうも腹をくって、その気になってもらわなきゃいけませんよ」

「もちろんです」

「根津の事件がどうして迷宮入りしてしまったか……田名部から聞いた限りですが、当時の担当検事の慎重な姿勢が大きく影響したんだと私は受け止めてます。そりゃ、検事とすれば、動かぬ証拠が挙がってる事件のほうが扱いやすいでしょうし、そうでないなら、自白の一つも取れなきゃ起訴はしないぞと警察に言ってればいい。それはある意味、正論ですからね。

けれど、捜査っていうのは、場合によって限界がある。運が犯人側に味方することもある。いつでも百点が取れるわけじゃない。一生懸命捜査しても、六十点しか取れないヤマだってある。そんなときに検察が、『あとは任せろ』と言ってくれるかどうかっていうのは大きな問題なんですよ。その信頼感があれば、こちらだっていろいろ這《は》いずって、あと五点、十点、上積みできるかもしれない」

「私も根津の事件については、資料を読ませてもらいました」最上は言った。「もし私があの事件の担当だったなら……間違いなく、逮捕に踏み切って、起訴に持ちこんでたと思います。あの事件は結局、松倉を任意でしか引っ張れなかったのが大きかった。別件も画策したようですが、うまくいかなかった。思い切って逮捕してれば、案外松倉は崩れたんじゃないか、そのぎりぎりのところで彼は崩れずに済んだだけなんじゃないかと思ってます」

「なるほど……機会があれば、松倉に訊いてみたいですね」森崎はニヤリとして言った。

「今の検事の言葉、信じますよ。そこまでの腹積もりを見せられたら、私としてもがんばるしかないですね。まずは私がやつの本性を暴かないと」

同じやり手でも、青戸はどちらかと言えば自分の本心を隠して風向きを読むような一癖ある刑事だが、森崎は豪胆で真っ向勝負が好きなタイプの刑事だ。要所を押さえながら聴取相手を翻弄《ほんろう》する頭のよさもある。

彼の意気込みを聞くと、松倉が二十三年前の真相を自白するときも間近まで来ていると信じられる。最上は静かに奮い立つ気持ちを自分の中に確かめた。

翌朝、六時頃に目を覚ました最上は、起きる気配のない朱美をそのままにして、寝室から出た。リビングのほうでバタバタと音がしているのが聞こえていたが、覗いてみると、奈々子が水の入ったペットボトルを抱くようにして、ソファに寝転がっていた。

「おい、どこで寝てんだ」

最上の声に彼女は薄目を開け、「うーん」と寝ぼけ声を返してきた。

「今帰ってきたのか？　こんな時間までどこで遊んでるんだ？」

ついこの間まで子どものなりをしていたのに、今は長いつけまつげを付け、アイラインも人相が変わるほどに描きこんでいる。年頃の女の子としては珍しくない飾り立てだと分かっていても、その過剰さにはついつい眉をひそめたくなる。

奈々子はうっとうしそうに顔をしかめ、髪をかき上げながら、のっそりと起き上がった。

「ただのバイトの付き合いだってば」

ぼそぼそとそう答える。

夜のバイトを始めてからの奈々子は、最上が仕事から帰ってきても家にはおらず、朝は最上が出かけるまで自室で寝入っている生活が続いている。

先日、いつだったかようやく顔を合わせたとき、何のバイトをしているのか尋ねてみたところ、「バー」というそっけない一言が返ってきた。

ガールズバーと言われる、若い女性がカウンター越しに接客するタイプのバーが流行《はや》っているという話は最上も知っている。どうやら奈々子はその手の店で夜遅くまで働いているらしい。

それを聞いたときは、「やるなら、もっとちゃんとした仕事をしろ」との苦言が口をついたのだが、「余計なお世話だよ」というしらけた一言が返ってきただけだった。

最上としても、そういう夜の仕事がことさら忌《い》むべき不健全な世界の中にあるとは思っていない。若い頃は自分も繁華街のネオンの下で羽を伸ばした日々もあったし、そこで働く者たちの気のよさも知っている。

しかし一方で、その世界が犯罪にためらいがない人間たちを呼び寄せやすいという事実も厳然としてある。自分自身の若い頃を思い返したとしても、娘が自分のような分別や自制心を持っているのかどうかは分からない。

自分の娘でありながら、その考えがまったく理解しがたいというのは、何とも不思議な感覚だ。成長すればするほど、それが際立ってきた。個性であるとか世代であるとか、そういう言葉で片づけていいものなのか……考えても明快な答えは出ない。

家の中で見せる顔からは、青春を謳歌《おうか》しているのかどうかさえ読み取れない。周りに流され、何となくそういう生活になっているのだとしたら不幸なことだと思うが、それを指摘したところで、図星であるほど本人は認めようとしないだろう。

「一年生なんだから、朝早い講義もあるんだろ。ちゃんと出られるのか?」

最上が口うるさいのを承知で言うと、奈々子は気だるそうな声で何やらぶつぶつと言いながら、自室に行ってしまった。

もし、久住由季が生きていたなら、どんな成長を遂げ、どんな青春時代を送っただろうか……最上はこの頃、そんなことを考えたりする。

人見知りで臆病で、しかし心を開くと、茶目っ気のある笑顔を惜しみなく振りまいてくれた。素朴な愛嬌は、まさに下町娘のそれであり、道産子《どさんこ》の血を引くそれであった。優しさの萌芽《ほうが》を両手に抱えていて、それは数年先、女としての大きな魅力に育つはずだと見守る者の目には映った。

しかし、そんな確かな可能性も、命とともにあっけなく奪われてしまった。

奈々子が生まれたのは、あの事件の数年後だが、いつの間にか奈々子は由季の歳を超え、由季が生きられなかった歳を生きている。

これは最上だけが抱く感慨に違いなかった。

奈々子には何の罪もない。どう青春を謳歌しようと彼女の自由なのだ。

そこに生きられなかった子の影をかぶせるほうが間違っている。

だが、そうと分かっていても、無意識のうちに重ね合わせてしまっている。それに気づいて、やるせなくなることがある。

遅れて起きてきた朱美が簡単に調《ととの》えた朝食を済ませると、最上はいつもより早く官舎を出て、地下鉄で根津まで足を伸ばした。

容疑者の取り調べにしろ、重要参考人の任意聴取にしろ、相手が割れるという段階に来るときには、そろそろかという予感めいたものを持つことがある。

あるいは今日、という大きな予感が最上にはあった。

取り調べの担当をしているときは、相手を崩すことに全力を傾ける。ただ最上はそれだけでなく、時間があれば現場や地検近くの神社に出向き、捜査の進展を祈願することがよくあった。事件捜査は人と人のぶつかり合いであり、証拠一つ取っても、人の目と手と足を使ってかき集めてくる以外にやりようはないのだが、これらの仕事には、運命のいたずらやめぐり合わせの妙によって、大きく動いてくる要素も多い。それはもう神頼みで対応する以外にない。

根津の駅から地上に上がり、朝の不忍《しのばず》通りを歩く。モダンなマンションが建ち並び、最上の学生時代とは様変わりしている。裏路地に入ると狭い土地に軒を寄せ合って建つ古い民家もまだちらほらと残っている。しかし、懐かしいと感じるよりは、もう昔とは違うのだと思わせるよそよそしさのほうが強い。

北豊寮の跡もそうだった。鉄筋コンクリートのマンションに取って代わられ、ここが学生時代の思い出の場所だったのだと見定めてみたところで、どこかぴんとこないのを意識させられる。

淡いノスタルジアが心の中に浮かんで消えると、そこに残っているのは歳月の圧倒的な長さだった。ついこの間のようでいて、やはり違う。これだけの時間、あの事件はひたすら埋もれていたということでもある。

最上は根津神社に足を向けた。学生時代はろくに参った記憶はないが、今日は拝殿の前でしっかりと手を合わせて捜査の進展を祈願し、小さな赤い鳥居が立ち並ぶ乙女稲荷にも寄って、同様に祈った。

日中、ほかの捜査本部事件の情報収集に当たった最上は、夕方になって長浜と一緒に蒲田署に入った。捜査本部では、沖野と橘沙穂が一足先に到着して、最上たちを待っていた。

「松倉は今日一日、専従班が行動監視したようです」

まさに重要参考人の扱いだ。間もなく連日の任意聴取のために、蒲田署に引っ張ってくるらしい。

「今日はまた、田名部も同席するようです」

青戸がふらりと最上たちのところへ来て、挨拶がてらそんなことを言った。

田名部の中にも、予感めいたものがあるのだ。

「それから、松倉の埃をいろいろたたいて出そうとしてるんですが、なかなかおあつらえ向きなのは簡単には出てこなくて」青戸は渋い顔をして言う。「ただ一つ、彼が働いてるリサイクルショップの専務の話で、これは松倉だけじゃないんですが、ただ同然で回収したリサイクル品から手頃なテレビやら冷蔵庫やらを従業員たちが見繕って、自分の家に持っていってしまうことがあるらしくて、専務らはそれを半ば黙認しているのだと……」

「松倉もそれをやってると？」

「テレビや冷蔵庫は確実らしいです」

「横領ですね」最上はためらいなく言った。「それでいいでしょう。会社側に告訴させられるなら動きやすい」

「まあ、そこの社長自体、それほど真面目な人間じゃないようですから、尻をつけば難しいことじゃないでしょう」

「じゃあ、それはタイミングを見定めてやりましょう」

これほどあからさまな別件逮捕を指導することなど、これまでにはないことだったが、今回ばかりは手段にタブーなどない。逃げ場をなくし、二十四時間四方八方、肉体的にも精神的にも完全に包囲してみせることで、高まる可能性というものがあるのだ。

そんな打ち合わせをしてから三十分ほどして、青戸が再び最上らを呼んだ。

「行きましょう」

田名部も席を立ち、最上らに合流する。眼鏡の奥にある切れ長の目からは、どんな感情が秘められているのかうかがい知ることはできない。

一号取調室の隣室に入る。

田名部がマジックミラーの前に立ち、最上らはベンチに座った。

取調室は沈黙していた。洟《はな》をすする音や身じろぎする気配などがかすかに洩れ伝わってくるだけだ。

これまでとは、はなから空気が違う。

饒舌に話しかけ、雰囲気を和らげながら相手の口を軽くしていた森崎が、今日は攻め方を変えてきているのだ。

「俺は何時間でも付き合うからな。今日はそのつもりで呼んでるんだから」

かなりの時間、沈黙が続いたあと、森崎がそれを破ってぼそりと言った。

松倉からは、あえぐような息が早くも上がっている。

「俺は、あんたがどれだけ本当のことを言ってくれる人間かってことを見させてもらってるんだよ。俺に言ってないことがあれば言ってくれっていうのは、そういうことだよ。あんたもゆうべ一晩、いろいろ考えたんだろ？　ん？」

「いや……その……」

松倉は苦しげに口を濁している。

「全部隠したまま墓に入るつもりか、お前？　そんなことが本当にできると思うか？　苦しいぞ、それは。人間はなぁ、死ぬときはすべての苦しみから解き放たれるんだよ。赤ん坊から大きくなって、老いるとまた赤ん坊に戻ってく。そうして死ぬときは無になって土に返っていくんだ。しかしな、誰にも打ち明けてない罪悪を背負いこんだままだと、無になることができないんだよ。死ぬ瞬間、その間際まで罪悪がしがみついてくるんだ。命の火が消える瞬間、もう何が食べたいとか、誰に会いたいとか、人間らしい本能がなくなって、本当に死ぬのを待つだけになったとき、そのときにも罪悪だけは残ってる。最後の最後に残るのがそれなんだ。解き放たれないってことなんだ。その苦しみがどれくらいのものか想像できるか？　俺はできない。恐ろしいことだよ」

森崎が低い声で話している間にも、苦しげな松倉の息遣いが洩れ聞こえてくる。

「だからな、何かを隠してるなら、それで本当にいいのかどうかってのを考えてほしい。人間、本当のことを言うとな、心が解き放たれるんだよ。すっと気持ちが軽くなる。そういう相手を、俺はこういう場で何人も見てきたんだ。『刑事さん、ありがとう。おかげで楽になりました。本当はもっと早く話したかったんです』ってな、涙を流して頭を下げるんだ。そういう相手はな、人間に戻った顔してるよ。それまではとても人間の顔をしちゃいない。悪魔に魂を握られたような本当に苦しそうな顔をしてる。それがな、すっと表情が和らぐんだ。これはな、もう生きながらにして無になるってことなんだよ。悩み苦しみが一気になくなるんだ。そうやって気づく。俺はこれほどの悩み苦しみを死ぬまで背負っていこうとしてたのか、何て馬鹿なことを考えていたんだってな」

森崎は無言の数秒を挿んでから、「俺の話、分かるか？」と静かに問いかけた。

「私は……いったい、何を言っていいのか……」

松倉は切れ切れの声で煩悶するように言う。

「隠してることを言うんだよ。根津のことでもいい、今度のことでもいい、自分がやったことを言うんだ。大きな過《あやま》ちほど口からうまく出てこない。つらいことだよ。でも、ちょっとの勇気でそれはできるぞ。自分と闘うことなんだ」

「刑事さん……私は本当、今度の事件は関係ないんです」

「じゃあ、何でそんな苦しそうな顔をしてる。今のお前はとても人間の顔はしてないぞ」

「それは……あぁ……」

「根津の事件のことでもいい。話して楽になれ」

「はあ……でも……」

「松倉、もう十分じゃないか。時効になってるんだ。俺は話を聞くだけだ。報告書は書かなきゃいけないだろうが、俺にできるのはそれくらいだ。どうしたって刑事責任は問えない。刑事責任が問えないってことは、マスコミもお前の名前は出せない。お前が過去を清算して楽になるためだけに俺は言ってるんだ」

「はい……はい……」

松倉が絞り出すような声で返事をすると、会話は途切れた。

大きなものが崩れようとしている前兆のような静けさだった。もうすぐ必ず、決定的な瞬間がやってくる。取調室にいる森崎はもちろんそう確信しているだろうし、取り調べで犯人と対峙《たいじ》した経験がある者なら、確実にそう感じられる空気がそこにあった。

それでも沈黙の時間がじりじりとすぎていく。十分単位でそれが続き、マジックミラーの前から離れなかった田名部が焦《じ》れたようにベンチへと退がった。

代わりにマジックミラーを覗く者はいなかった。最上も立たなかった。今は松倉の言葉が聞こえてくるのを、ただ待っているだけだった。

「松倉」森崎が再び口を開く。「何でそんなに苦しむ必要があるんだ。俺もちょっと調べてみたが、久住由季ちゃんの両親は、もうこの世にはいないんだぞ。一人娘を奪われて、そりゃ犯人を憎んでただろうけどな、もうこの世を去っちまってるんだよ。二十三年も経ってるんだ。憎しみもこの世から消えちまう。だけど、罪だけは残る。ずっと残る。なぁ松倉。けりをつけようぜ」

松倉からはうなるような反応が返ってくる。しかし、それはなかなか言葉にならない。

「松倉、自分を救え。今日はな、科捜研の人間が来てる。昨日も話しただろ。お前の口の粘膜を採って、DNA鑑定をするためだ」

松倉の荒い息遣いが聞こえる。

「今が最後の機会だぞ……違うか？」

「は……はい……」

返事をしても、続く言葉がない。

しかし……。

「あの……」

再び広がりつつあった無言の世界に、不意に松倉の声が乗った。

「……分かりました」

ほとんど聞き取れないほどの小さな声だったが、最上にはそう聞こえた。

思わず息を詰めた。背筋がぎゅっと強張《こわば》る。

「うん」森崎が応じる。

「あの、でも……」松倉は大きく吐く息に乗せて声を出す。「だから、今度の事件は関係ないってことを分かってほしいんです」

「うん」森崎はもう一度、相槌を打った。「言いな」

「はい、あの」松倉は決心するような言葉を置いてから続けた。「根津の事件は……その通り、私です」

最上は目をつぶって、それを聞いた。

「お前が殺《あや》めたか?」

「すいません」

松倉はひしゃげた声でそう言った。

それから、低いすすり泣きの声が聞こえた。

「横領のほう、早急に進めましょう」

取調室の隣室から会議室に戻ってきた最上は、後ろを歩いてくる青戸のほうを振り返って言った。

「一両日中に」

最上は早急の意味合いを強調するように言い足した。

青戸は田名部と視線を交わし合い、「分かりました」と重々しい口調で応えた。「博打になりますが、こうなったらやるしかありませんな」

松倉は自宅アパートには帰さず、警察が取ったビジネスホテルに泊まらせて、事実上の拘束下に置くことになった。

翌日、松倉には朝から有無を言わさず任意出頭を要請し、森崎と一緒に取調室に閉じこめる形となった。最上たちはもう、隣室から様子を見ることもせず、会議室の隣にある応接室にこもって、田名部や青戸らと今後の方針の打ち合わせを繰り返した。

夕方、松倉が勤めるリサイクルショップの社長から告訴状を取り付け、警察はそれを受理した。

食事を挿んでずっと松倉の相手をしていた森崎からは、松倉がショップの倉庫から液晶テレビと小型冷蔵庫を持ち出し、自宅アパートで使っていたことを認めたという報告が上がった。また、松倉の同僚からも、松倉が倉庫からテレビなどを持ち出したのを見たという証言を得て、容疑が固まる見通しが立った。

老夫婦殺害事件の捜査も視野に入れた家宅捜索は明日。身柄送検は明後日。そんな日程が最上と田名部の間で確認され、あとは裁判所から業務上横領容疑の逮捕令状が下りるのを待つのみとなった。

「会議なんてやってる場合じゃないけどな」

捜査会議の時間が迫ると、青戸は心ここにあらずといった様子で、ソファから腰を上げた。おそらく今日の会議は、松倉逮捕の方針が説明されるだけで、早々と切り上げられるだろう。

青戸を追って会議室に移動しようかと立ち上がったところで、最上の携帯電話に着信が入った。

「先に行っててくれ」

沖野たちをそう促し、最上は液晶画面に目を落とす。

大学時代の先輩・水野比佐夫だ。

警視庁捜査一課長の午前の定例会見で、由季の事件の真犯人が犯行を自供したという発表が行われているはずだった。

おそらくそれは、夕刊や夕方のニュースで報道されている。

だから、早晩、学生時代の友人の誰かしらから反応があるだろうとは思っていた。

さすが雑誌記者に転身してまで由季の事件にこだわっていた男だ。

「もしもし」

沖野たちが部屋を出ていったのを見計らい、最上は電話に出た。

〈最上か?〉

学生時代からの太い声が少ししわがれて聞こえた。

「水野さん、久しぶりですね」

〈ニュース観たか?〉

水野とは、電話を通しても、かれこれ七年以上は話してない。しかし、彼はそんなことには何の感慨もないとでも言うように、いきなり本題から入った。

「……何でしょう?」最上はしらばっくれた。

〈犯人だ。北豊寮の由季ちゃんの事件の犯人が、今になって犯行を自供したらしい〉

何と応えたらいいものか逡巡《しゅんじゅん》したあと、最上は「そうですか」という一言をそっけなく返した。

〈テレビのニュースを観てみろ〉急《せ》き立てるように彼は言う。

「まだ仕事中なんで」

最上の返事に、水野は小さく舌打ちする。

〈仕事中でも何でもいい。お前、検事だろ。情報を集めろよ。テレビのニュースじゃ、犯人の名前は出てないんだ。松倉かどうか警察の知り合いにでも当たって調べられないか？〉

「それは無理です」

水野の思いは分かっている。その執念の賜物《たまもの》で、最上が松倉に気づくことができたのも事実だ。

しかし最上は今、水野と同じ立場で振る舞うわけにはいかなくなっていた。

「水野さん、申し訳ないけど、俺はあの事件とは何も関係ない……そう思ってもらえませんか？」

〈何だと……？〉

「水野さんがあの事件にこだわってるのは知っています。だけど、そのことで俺を関わり合いにしようとするのはやめてください」

〈呆れたな……何だその言い草は？〉水野は怒りのせいか、声がかすかに震えていた。

〈お前、おかみさんやおやじさんの葬式さえ顔を出さずに、何て水くさいやつだとは思

ってたが……見下げた野郎だな！〉

「どう思おうと勝手ですけど、俺のことをとやかく言うのは、ここだけにしてください。知らないところであれこれ言われると、回り回ってこっちの仕事に響きかねないんで……お願いしますよ」

〈はっ、そんなに自分の仕事が大事か？〉水野は吐き捨てるように言った。〈いいポストでも目の前にぶら下がってんのか？　検事もただの俗吏だな！〉

「……何とでも言ってください」

最上は携帯電話を握る手に力をこめ、声を落として言った。

〈心配すんな〉水野も声をひそめ、しかし、そこに最大限の侮蔑をにじませて続けた。〈お前みたいなやつのことなんぞ、口にするだけ汚らわしいってもんだ〉

不意に電話が切れ、最上は小さく息をつく。相変わらず熱い人だ……そんなことを苦笑混じりに思う一方で、大事なときに気持ちを通わせられない寂しさと申し訳なさに気分が沈んだ。

捜査会議が終わると、最上は再び田名部や青戸らと応接室に詰めて、逮捕令状の到着を待った。

時計が九時を回った頃、東京地裁に飛んでいた蒲田署の刑事課員が戻ってきた。逮捕令状を受け取った田名部は、書面の記載事項にざっと目を通し、一つうなずいて立ち上がった。

その手には受け取ったばかりの令状とともに、手錠が握られている。田名部自ら逮捕の執行役を買って出たところに、彼の強いこだわりが感じられる。

「一緒に行きますか？」

田名部はなぜか、最上にそんな誘いの声を向けた。松倉を追い詰めるためには強引な手段も辞さない構えの最上に対して、田名部も共鳴する何かを感じ取ったのかもしれない。

「行きましょう」

並んで取調室に向かう。

田名部が一号取調室のドアをノックすると、森崎を補佐して取調室にこもっていた若手刑事がドアを開けた。顔を出した若手刑事は、田名部の顔と手にしたものを見ると、はっとしたように顎を引いてドアを大きく開けた。

田名部が取調室に入っていく。最上も続いて、足を踏み入れた。

「松倉重生だね」

田名部は首だけ振り返った森崎の背後に立つと、感情を消した事務的な口調で松倉に声をかけた。

「業務上横領の容疑による逮捕状が出たので、今から執行する」

松倉は疲れた顔で、ぽかんと田名部を見ているだけだ。

田名部は令状に記載された被疑事実の要旨を淡々と読み上げてから、令状そのものを掲げてみせた。

「じゃあ、両手を前に出して」

松倉は何も考えられないように、言われたまま両腕を机の上に出した。

その手首に田名部が右、左と鈍い光を放つ手錠を嵌《は》めていく。

「二十一時十八分、逮捕」

田名部は自分の腕時計を一瞥《いちべつ》して言い、今度は鍵を手にして、松倉の腕から手錠を外した。

松倉は手錠を外されてもなお、両腕を机の上に突き出したまま呆然とした様子で固まっていた。

「長い一日でしたね」

沖野と橘沙穂をそれぞれの官舎の近くで降ろしたあと、最上は車を運転する長浜から、そんな言い方でねぎらいを受けた。

「まだこれからだけどな」最上は後部座席で疲れたまぶたを揉みながら言う。

「青戸警部も言ってましたけど、大きな賭けですね。明日のガサ入れで何が出てくるか……」

長浜の言葉には、先の見通しが利《き》かない不安が覗いている。彼の気持ちは最上もよく分かる。本部係の任に当たってから一年がすぎたが、それは同時に、長浜と一緒に仕事をしてきた歳月でもある。そして、その間に受け持った中で、今度ほど強引に捜査を進めた事件は一つもなかった。

直接証拠は何もない。金を借りていた事実。犯行時間帯近くに被害者宅を訪れていた事実。それだけだ。本来なら、捜査をもう一押し二押しさせて、状況証拠だけだとしても、それが誰の目にも一つの事実を指し示していると思えるまで粘るところである。

今回はそうしなかった。

松倉が犯人だという強い心証があっただけに、少々強引に事を運んだほうが、家宅捜索などで証拠も集めやすく、自供も引き出しやすいだろうと考えた。

しかし、本当にそれだけの考えだったか？

初めはそうだったかもしれない。

今では違う気もしている。

松倉が犯人でなかったら……その可能性も頭の中では無視できていないのだ。

それゆえ、強引に捜査を進めさせたと言ってもいい。

時効で裁けない犯罪者に相応の刑罰を負わせる、またとないチャンスなのである。

今度の事件。

金銭トラブルが絡んだ二名の殺害。しかも計画的犯行と見ていい。求刑は当然死刑。判決も死刑の可能性は高い。

由季の事件が法廷に持ちこまれていたら、どうだっただろうか。今ほど厳罰傾向を見せていなかった当時のことでもあり、そこまでは届かなかったかもしれない。

だが、二十三年分の利子を付ければ、過不足はない。

何としても松倉を法廷に送りたい……最上はその一心だった。

そう言えばと気づいて、最上は携帯電話を取り出した。松倉の逮捕で慌しく動いていた頃、前川直之から電話の着信が入っていたのだ。

「このへんで降ろしてくれ。ちょっと歩いて帰りたい」

環七通りを官舎近くまで来たところで、最上は車から降りた。長浜のいつもの流儀でポンと短いクラクションを挨拶代わりに鳴らして走り去っていく。それを見送りながら、最上は前川に電話をかけ直す。

「悪いな。仕事中で取れなかった」

電話がつながり、最上が言うと、〈いや、こっちこそ悪かった〉と気遣うような言葉が返ってきた。

〈由季ちゃんの事件のニュースを聞いたもんだから、びっくりしてな、思わずかけちまったんだ〉前川は言う。〈ニュースのことは知ってるよな？〉

「ああ」

〈さっき、水野さんから電話があってな、何か知らないが、お前のこと、えらく怒ってたぞ〉

「何て言ってた？」最上は微苦笑しながら訊いた。

〈いや、とにかく、最上とはもう縁を切るってな。冷たい野郎だって〉

「そうか」

〈由季ちゃんのこと、俺には関係ないなんて言いやがったと……本当か？〉

「ああ、そう言った」最上はひんやりとした風が抜ける環七通りの歩道を歩きながら言う。「お前にも言っとくよ」

〈最上……そんなこと言われても、俺は本音とは思えん〉

「俺はおやじさんの葬式にも、おかみさんの葬式にも出なかった男だ……分かるだろ」

そう言うと、前川は黙りこんでしまった。

久住夫妻が他界したと聞いたとき、自分にあったのは無力感だった。それが前川たちと一緒に悲しむ場から自分を遠ざけた。

今度はそのときとは反対だった。無力ではない。この問題はもはや、自分の手に委ねられていると言ってもいい。

しかし、それゆえにまた、前川たちと立場を一にできないのは皮肉だった。

〈水野さんは、自供した犯人が松倉っていう、当時名前が挙がってた男かどうかってことはすぐにでも調べたいって言ってた〉

「そうか」

最上がそっけない相槌を打つのにも構わず、前川は続ける。〈しかし、とっくに時効を迎えてるだけに、犯人が分かったところで空《むな》しいけどな。俺が心配なのは、水野さん、犯人を突き止めて、何かしでかさないかってことだ。あの執念だからな〉

「それはお前がいさめてやれ」

〈そうだな〉前川は素直に請け合った。〈でも、その犯人が警察にあの事件について自供したってことは、何かほかの事件で取り調べでも受けてたんじゃないかって気もするんだ〉

最上はその話には何も応えず、一方で、ふとあることを前川に訊いてみたい衝動に駆られた。

〈何かの事件を起こしてたとして、今度は正当に裁かれればいいんだがな。まあ、それくらいしか望めないってことも悔しいけどな〉

最上は一息置いてから、やはり訊いてみたい思いに抗《あらが》えず、口を開いた。

「前川、お前、国選弁護の仕事もよく受けてたよな？」

〈ああ〉前川はそう切り出した最上の問いかけに、戸惑い気味に応じた。〈今はそれほどでもないが、前はよくやってた〉

「もし、その犯人が何かの事件で捕まったとして、国選弁護が回ってきたら、お前はどうする？」

〈さすがにやるわけがない〉前川は真面目に答える。〈俺にだって、できる仕事とできない仕事がある。だいたい、今は弁護士余りだから、国選弁護の仕事だって抽選で取るくらいになってるんだ。そんなのにわざわざ並ぼうとは思わん〉

「そうか」最上は口の中に笑みを含んだ。「安心した。お前にはやっぱり、本当に救うべき人間を相手にする仕事をしてほしい」

〈最上……〉そう呼んだ前川の声音が少し変化していた。〈お前、もしかして、何か知ってるのか？〉

「何かって？」

〈その犯人のこと……もしかして、お前が検事として関わってる事件なのか？〉

「前川……馬鹿なことは訊くな」

最上は半分はぐらかすようにして、そんな言葉を返した。

〈最上……〉前川は吐息混じりの声を出した。〈そうか……いや、分かった。俺は何も

言うまい〉勝手に納得したように言う。〈この話は終わりだ〉

「そう言えば、丹野のことはどうなってる？」

前川に合わせて、最上は話を変えた。

〈そうだ、その話もしたかったんだ〉前川は意識的にか早口になり、その話題にすっかり気持ちを移したような口調で続けた。〈ここんとこ何度かあいつと連絡取って、直接会ったりもしてるんだが、だいぶ追い詰められてる様子だ〉

「精神的に弱ってるってことか？」

〈弱ってるし、実際問題、特捜に追い詰められてる。あいつ自身、逮捕が近いんじゃないかって、かなり身構えた感じになっちまってる〉

「逮捕って、まだ国会は会期中だろ。いくら特捜がえぐいったって、規正法みたいな形式犯を挙げるのに、逮捕許諾を請求してまでゴリゴリにやるとは思えん」

〈しかし前例はある〉

前川に返され、最上はうなった。

〈それに、特捜が狙う本丸は高島で、丹野はあくまでも二の丸、三の丸だ。さくっと攻め落として、本丸決戦の足がかりにしたいっていう思いがあるはずだしな。今、週刊誌にはこの問題で高島を灰色に塗りつぶそうとする記事が毎週のように出てるじゃないか。丹野の聴取の席でやり取りされた話なんかも、検察側のリークで出てきてるって話だ。

それで、高島は怪しい、ちゃんと調べろっていう空気が世の中に出来上がりつつある。おそらく、特捜の思惑通りだろう。この風向きを特捜が使わないとは思えない。国会も衆参がねじれてる上に、予算委員会でもこの問題が取り上げられて審議に支障が出る状況になりつつある。そんなときに、立政党がわざわざ逮捕許諾を退《しりぞ》けてまで怪しい身内を守ろうとするかっていうと、それも苦しいと思う。主流派には、これに乗じて、高島グループの力を一気に削ごうとする動きもあるくらいだ。丹野も同じ見方をしてる〉

獲物に狙いを付けたときの特捜検察の執拗さを知る最上にしても、それだけの状況を突きつけられれば、考えすぎだとの楽観的な言葉はとても吐けない。

「ある意味、覚悟してるってことか……」最上は呟く。

〈しかしな、覚悟というほどには、まだ腹は決まってないだろう。まあ、当然と言えば当然だけどな。曲がったことが嫌いで、清廉潔白を信条に、弁護士になったようなやつだよ。実家のお母さんは今、身体を悪くして入院してるらしい。自慢の息子が逮捕されたなんてことは、とてもじゃないが聞かせたくないに決まってる。けど一方で、高島を何とか守りたいっていうのもあいつの本心なんだ。高島も年齢的に、今度の党首選が総理を狙うラストチャンスになるだろうし、丹野は自分が捨て石になることでそれが叶うなら、叶えさせてやりたいって考えてると思う。特捜と闘って闘って、それでもいよいよ駄目だってことなら、自分一人ですべてを抱えちまうことも厭《いと》わない腹だよ。でも、そんなことが本当にできると思うか？　今でもふらふらなのに、特捜の攻め手を一人で抱えこもうなんて、無茶な話だ。とにかく、自分がどうしたいのかもあいつは分からなくなってるし、当然、どうしたらいいのかも分かるわけがない。話をするたび言うことが変わっちまう。そういう弱りっぷりを見てるとな、本当に可哀想に思えるよ。でも、俺にはどうしようもない。あいつはもう、まな板の上の鯉だ〉

無力感を悟っても、前川はそこから離れず、人を見捨てることをしない。丹野の苦しい立場を思う一方、自分とは違う前川の身の処し方に感心する思いも湧いた。

「俺も一度、声をかけてみるかな」

最上がそう口にすると、前川の声が少しだけ明るくなった。

〈そうしてくれるとありがたい。検事だからって遠慮することはないさ。あいつもきっと、最上の声を聞きたがってる〉

最上は前川との電話を切ると、通りがかったコンビニに入って缶ビールを買い、近くの歩道橋を上りながら、それをちびりと飲んだ。

歩道橋の上で欄干にもたれ、携帯電話を出した。丹野にかけてみる。

〈最上か……？〉

電話がつながり、少し驚いたような声が聞こえてきた。

「久しぶりだな、丹野」最上は学生時代と同じ、ざっくばらんな口調で話しかけた。

「お前、ずいぶん弱ってるらしいじゃないか」

その言い方から、最上が一検事として電話をかけてきたのではないということを、丹野はすぐに理解したようだった。

〈いやあ〉丹野は照れ笑いのようなものを弱々しく洩らしてから続けた。〈悪いな……こんなお尋ね者に電話するのも気が引けるだろうに〉

「何言ってんだ」

〈立場的にまずいんじゃないか？〉

「馬鹿なこと言うな。俺とお前の仲だ」

〈そうか、嬉しいな。でもびっくりしたよ〉丹野は言う。〈さっきまでちょうど、最上のことを考えてたとこだったんだ〉

「本当かよ」学生時代のときのように、最上は笑い飛ばした。

〈いや、本当だ。ほら、最上たちが住んでた寮の子――由季ちゃんの事件が報道されてただろ〉

「……ああ」

〈あれ観て、俺も何か複雑な気分になってな……最上や前川はどんな思いで、このニュースを観てるんだろうって考えてた。俺もよくお前らのとこに遊びに行って、寮のおやじさん交えて麻雀打ったりしたしな。由季ちゃんも知ってる。まだ小学生の可愛いお嬢

ちゃんだったよな。それくらいの付き合いの俺でも複雑なものがあるんだから、お前らはなおさらだろ〉

「まあな……」最上は短く応える。

〈理不尽だよな。裁かれる人間がいて、一方で、裁かれない人間がいるってのはな……でも俺は、このままじゃ終わらないって思うよ。その犯人だって、二十数年、責め苦を抱えてきたはずだ。今になって自供したってことは、多少なりともそういう気持ちがあるってことだろうからな。だから、本当に裁かれないわけじゃない。何ていうか、もっと大きなものに裁かれるんだ。決して逃げ延びられるわけじゃない。俺はそう思うな〉

感傷的に語る丹野の話を、最上は黙って聞く。

〈怖かったろうな……〉

ぽつりと丹野が言う。何を指して言っているのか最上は考え、由季のことと思い至るのに少し時間がかかった。

〈自分のじいさんやばあさんが死んでもぴんとこなかったけどな、そんな俺でも、あの女の子がって思うと、泣けてくるもんだよ。あんな歳であの世に行くのは、怖かったはずだよ。どれくらい怖かったんだろうって、しみじみ考えちまう。考えてるだけで切なくなってくるから、一つビールでも開けて、あの子に献杯しようって思ってたとこだ〉

「俺と同じだな」最上は小さく笑って言う。「俺も今、ビールを飲《や》りながらだ」

〈そうか……じゃあ、ちょっと待て〉丹野は口調を和らげ、ごそごそと物音を立てた。しばらくして、缶のプルトップを開ける音が鳴った。〈よし、献杯〉

「献杯」最上も合わせて、手にした缶ビールを掲げる。

少しの間、お互い無言になり、最上は黙々とビールを口にした。

それから呼びかける。「丹野……」

〈ん……？〉

「大丈夫か？」

〈ん……〉苦笑いのような弱々しい声が洩れる。〈大丈夫だと言えないところがつらいな〉

「特捜はきついだろ」

〈ああ、きついな。俺もかつては弁護士で食ってたんだから、法律論が絡むならそれなりの攻防ができるかと思ってたんだが、そういう話じゃない。やつらにはやつらのストーリーがあって、それを認めさせるかどうかってことがすべてなんだ。そのためには俺を徹底的に追い詰める。そして力ずくで揺さぶる。精神的にな。政治の世界で揉まれて、精神的にはタフになったつもりでいたけど、まったくの錯覚だったよ。俺は気が弱い。昔からそうだ。相手の検事もそれを見透かしてる〉

「丹野、ここだけの話で言う」最上はそう前置きして続けた。「お前は自分を守ることだけ考えろ。まともに検事の攻めを受けて何とかしようと考えてたら、必ずつぶれる。特捜もプライドが懸かってる。お前の聴取にはおそらく、あそこの中でも三本の指に入るような割り屋を当ててるはずだ。そいつはお前を崩すためだけに全力を注《そそ》いでくる。お前の話なんか聞かないし、目的をプログラミングされたロボットみたいなもんだ。そんなのを相手にして、まともなやり取りが成立するわけがない。割るっていうのは、相手を精神的に崩すってことなんだ。それをまともに受けてたら、気持ちが弱るのは当たり前だ。受け流せ。黙秘でも構わん。とにかく、自分を守れ」

〈ありがとう。検事のお前がそこまで言ってくれて……最上らしいな〉丹野は訥々《とつとつ》と言葉を返した。〈だけど、俺はある意味、自分のことは二の次だとも思ってるんだ。俺が代議士として生き延びたとしたって、そんな大したことはできない。それは自分自身がよく分かってる〉

「高島進か……義理の父親だからって、どうしてお前が犠牲にならなきゃいけないんだ。お前のほうが将来のある身だ。どれだけ偉いか知らんが、義理の息子を盾にしようとしてる時点で、高島は間違ってる。そんなのに忠誠を尽くす義理まではないはずだ」

〈別に俺は今の立場を強《し》いられてるわけじゃない〉丹野はあくまで穏やかに言う。〈義父《おやじ》は世間的には毀誉褒貶《きよほうへん》、いろいろある。それは重々承知だ。失言も多いし、敵も多い。でも、あれほど何かを期待させる人間っていうのもまれだ。惹きつけられる。俺は尚子《なおこ》と結婚するまで政治家なんてものには、まるで興味がなかった。だけど、義父と会って話をしてるうちに、そういう熱い、ダイナミックな仕事がやりたいって、すっかりかぶれちまった。

世の中、頭のいい人間はいくらでもいる。役人の世界でも法曹の世界でも、頭が切れて弁が立つだけの人間はいくらでも見てきた。でも、本当に国を動かせるのは、そういう人間じゃないんだ。度胸とか勇気とか胆力とかを持った人間だ。喧嘩ができて、決断ができて、説得ができる人間だ。そういうのはやっぱり、政界にだって何人もいやしない。

俺はな、最上、義父はその一人だと思ってる。国を動かす器がある。近くで見てて、そう思うんだ。俺がこれから三十年、どんなに研鑽《けんさん》を積もうと、あんなふうにはなれない。持って生まれたリーダーの気質だ。だからな、俺は何とか義父に、総理の仕事をやらせてみたいって思ってるんだ。確かにいろいろ、人に後ろ指を指されるようなこともやってるかもしれない。正当なやり方かどうかなんてことは気にしないところがあるからな。はたから見てても、それは危なっかしい。

でも、根っこには、この国をよくしたいっていう思いがあの人にはある。ただの政争をやりたいだけの人間じゃないんだ。それが分かるから、俺は多少の粗《あら》にも目をつぶれる。何とか守らなきゃいけないとも思わされる。器がある人間の盾になるってのも、こ

れは立派な仕事なんじゃないかって俺は自分に言い聞かせてるんだ〉

「そこまで思ってるんなら、俺が何を言っても無駄かもしれないな」最上は小さな吐息をついて言う。「でもな、特捜がターゲットにしてるのは、そのおやじさんだ。そういう大物だってことも、もちろん承知の上で戦いを挑んでる。連中も必死に立ち向かってくる。それを一人で盾になろうなんてお前が考えてるなら、俺はやっぱり心配なんだ」

〈最上、ありがとう〉丹野は言った。〈お前の気持ちは十分分かったよ。あとは自分で考える。いろいろ悩んで苦しんだのは事実だけどな、それも何だか峠を越して、お前とこうやって電話をしてても、さっぱりした気分になってきたよ。きれいごとだけじゃない世界っていうのを、お前は言わなくても分かってくれてる。嬉しいよ。たぶん、検察の世界もきれいごとだけじゃ回らないとこなのかもな〉

「まあ、否定はしないな」最上は軽口のように言う。

〈でも、最上なら大丈夫だ。お前は俺よりよっぽどタフだし、度胸も勇気も胆力もある。きれいごとだけじゃない世界でも十分喧嘩ができる〉

「おい、いつの間にか俺が励まされる話になってるじゃねえか」

最上が言い、丹野と一緒にからからと笑った。

〈ありがとな〉

丹野のそんな言葉を最後に電話は終わり、最上は缶ビールの残りを喉に流しこんだ。

丹野は高島進を守ろうとしている。もしかしたら丹野自身には、罪に問われるべき落ち度などないのかもしれない。闇献金の事実を知っていたか知らなかったか、そのぎりぎりのあたりにいて、少なくとも積極的に収支報告書への不記載を主導したという立場にはないはずだ。

政治資金規正法は政治の金の流れをクリアにするためにある重要な法律だが、問われるのは報告書に記載した数字が正しかったかどうかというような書類上の問題であり、いわゆる形式犯と言われるものである。そのためにどこかで何らかの被害が生じているとか、裏に悪質な企《たくら》みが存在しているなどのことがなくても、違反要件に該当していれば処罰の対象になりうる。

一方で、政治家本人にとっては、実質犯であろうが形式犯であろうが、起訴そのものが自身の政治家としての資格を問われることにつながり、政治生命における致命傷になりかねない。ましてや高島進は党首選を視野に置く大事な時期だけに、つまらないことで足をすくわれるわけにはいかないと考えているはずだ。

そのために、丹野が前に出ようとしている。しかし、そんなスケープゴート一人では満腹にならないほど人数をかけて立ち上がっている特捜が、あくまでも高島を仕留めようと躍起になっている。そのせめぎ合いだ。

苦しい立場に置かれているな……最上は思う。

いろいろ言ってはみたが、彼にとっての光明になったかどうかは分からない。ただ、話をしていて、さっぱりした気分になってきたとは言ってくれた。それが最上にとっても一つの救いだった。

今を生きている環境は、それぞれに違う。それは仕方がないことだ。それぞれが自分の信じる道、与えられた道を精一杯進んできた結果だ。

それでも、缶ビールを片手に、電話の向こうとこちらで昔を思うとき、それぞれのそれは似ている。丹野が自身の苦しい立場をよそに、一時、由季のことに思いを馳せてくれていたと知って、最上は嬉しかった。犯人は逃げ延びたわけではなく、もっと大きなものに裁かれるのだ……そんな丹野の言葉が心に残る。

業《ごう》だとか因果応報だとか、丹野はそういう話をしたかったのかもしれない。しかし最上には、お前がそれをできるのなら何とかしろという、背中を押す声にも聞こえた。

翌日、最上は早朝から蒲田署に入った。

松倉は昨晩の逮捕後、署の留置場に留め置かれ、今日は朝から取調室で取り調べを受けるはずだが、それは担当の森崎に任せ、最上は松倉の自宅アパートをガサ入れする捜索班に同行することにした。

青戸が率いる十名弱の捜索班員が分乗する警察車両の一台に乗せてもらい、松倉の自宅アパートに向かう。連日、松倉の同行に付いていた捜査員によれば、松倉の住まいは西蒲田にある、築三十年以上にはなる古びたアパートで、間取りは1DK。広くはないものの、部屋の中は散らかり放題のため、本格的にガサ入れしようと思えば、それなりの時間はかかるだろうということだった。

松倉はまだ、都筑夫妻の殺害事件については否認している。今後の取り調べで自白に転じる可能性は残っているが、何の攻め手もないままそれを望むのは虫がいいと言わざるをえない。

今必要なのは、松倉の口をこじ開けられるような証拠だ。例えば、凶器となった文化包丁の柄とか、夫妻の家から持ち去られた借用書とかである。

場合によっては、そこまではっきりしたものは見つからないかもしれない。捨てられていればアウトなのだ。しかし、何かしら捜査を進めるためのものを松倉の部屋から見つけ出さないといけない。

何が出てくるか……。

警察のバンから降りた最上は、これまで関わってきた捜査とはまた一味違う緊張感を胸に秘めながら松倉のアパートの前に立った。

くすんだベージュ色のモルタル塗りのアパートだった。左右にも同じようなアパートが迫っていて、日当たりがよくない。郵便受けは塗装が剝《は》がれてそこかしこに錆《さび》が浮き、いくつかのそれにはチラシが差しこまれたまま風雨にさらされている。

松倉の部屋は一階の中ほど、一〇四号室だった。大家に鍵を開けてもらい、刑事たちが連なって部屋の中へと入っていく。

最上も狭い三和土《たたき》に立つと、都筑邸での現場検証のときと同じように靴にカバーをかけ、白手袋を嵌めて部屋に上がった。

報告に上がっていた通り、部屋は雑然としていた。手前に六畳ほどのキッチンがあり、奥にも同じくらいの広さの和室がある。万年床が敷かれ、ちゃぶ台の上には空き缶が並び、使ったままの皿や、吸殻が山となった灰皿も載っている。

床には脱ぎ捨てた服のほか、包装紙や空き箱、雑誌、競馬新聞などが散らばっている。キッチン側も似たようなものだ。

捜査員の一人がシンクの前に立ち、そこにあった包丁を手に取って見ている。しかし、それほど新しい包丁ではなく、凶器とのつながりは期待できそうにない。その横ではもう一人の捜査員が屈みこんで、シンクの下の収納スペースを開けている。

和室のほうでは、押入れのふすまが外され、外に運び出されていく。部屋の中は早くも埃が舞い上がり、蛍光灯の明かりの下をゆらゆらと漂っている。

押入れにはダンボール箱が積み上がっているほか、使わなくなったと思しきビデオレコーダーや電話機、炊飯器などのガラクタが衣類と一緒に押しこめられていた。青戸は部屋の様子をざっと見て、何かを隠すとすればやはり押入れが怪しいと踏んだのか、中を慎重に覗きこみながら、部下に衣類の山を崩させている。

最上は和室の一角に膝をつき、枕や布団をめくったり、脱ぎ捨てた上着のポケットを探ったりして、事件と関係するようなものが出てこないか、ほかの刑事たちと同じように捜索作業を進めていく。現場検証のときのように傍観している手はなかった。この捜索に、今後の捜査の成否が懸かっている。

まず押入れに的を絞った捜査員たちは、三、四人がかりでダンボール箱などを下ろし、一人は押入れに上がって天袋まで覗きこんでいる。

「どうだ？」青戸が焦《じ》れるようにして訊く。

「何もありませんね。このへんは手をつけた形跡もないです」押入れに上がった捜査員が答える。

凶器が見つかるかどうかは、まさに運任せだ。すでに捨てられていても、まったくおかしくはない。後生大事に仕舞ってあるとすれば、それはおそらく、捨てる場所に困っていたというだけの理由である。

厳しいな……。

捜索開始から一時間も経たずして、最上はそんな感触を抱き始めていた。ゴミ袋を漁《あさ》っている捜査員からも、借用書の切れ端が見つかったというような報告は上がってこない。

最上は床に散らばっている紙くずを手にしては、捜査の参考にならないか吟味して部屋の端に重ねていくことを繰り返していた。そんな作業にも手応えがなく、かすかに焦りが芽生え始めていたが、ちゃぶ台の下に落ちていた小さな紙を手にし、そこに印字されている文字を見たところで息を呑んだ。

〔銀龍〕のレシートだ。

日付を見る。

四月十三日。事件があった日の三日前だ。

最上は、そのレシートに五時三十六分というレジを打った時刻も出ているのを見て、気持ちが波立つのを感じた。

あたりを見回し、同じような紙を探す。

もう一枚、すぐに見つかった。四月十八日。

そしてさらに探していると、出てきた。

四月十六日。事件の日だ。

レジを打った時刻は五時八分。

最上は自分が見ているものが信じられなかった。それこそ血の気が引くような思いだった。

松倉は事件当日、仕事が終わると〔銀龍〕で餃子とザーサイ炒《いた》めを肴《さかな》にビールを飲《や》り、五時すぎに店を出て、自転車で被害者宅に向かったと話している。そして都筑夫妻が不在だったため、いったん蒲田駅近くに戻り、そこから携帯電話で連絡を試みたものの、反応がなかったことで、自宅アパートに戻ったと……。

このレシートは、その供述の一部の正当性を裏づけている。

それと同時に、当日四時すぎに被害者宅を松倉が訪れ、四時半頃犯行に及び、そのあといったん外に出て、血の付いたスリッパを洗ってコンビニのゴミ箱に捨てるなどの証拠隠滅を図ったあと、現場に舞い戻って外から家の様子をうかがっているところを目撃され、さらには、そちらにお邪魔していいかというようなメールを送ることで、事件と無関係であるかのように見せる偽装工作を施した……そういう捜査側のストーリーに合理的な疑いを差し挟むものでもあった。

もちろん、五時すぎに松倉が〔銀龍〕にいたからといって、彼の犯行が不可能であるという証拠にはならない。本当は尾野治子が被害者宅の前で松倉を目撃した五時半以降に犯行がなされたとしてもおかしくはない。死亡推定時刻には含まれているし、四時半犯行説を支えている状況証拠——その時間に悲鳴を聞いたという証言や五時すぎのコンビニの防犯カメラの画像、そのコンビニのゴミ箱に濡れたスリッパが捨てられていたという証言——などにしても、絶対的なものは何もないのだ。

しかし捜査側は今、四時半犯行説でストーリーを組み立てている。法廷でも被告人の犯行状況を時系列で示していかなければならない。五時半以降犯行説を立証できるような材料がほかにも出てくれば話は別だが、そうでない限り、むやみにストーリーを動かすと、法廷で戦えなくなる危険性が出てくる。

今のところ、四時半犯行説の障害となるのは、このレシートだけだ。無視すればそれで済むものかもしれないが、誰かが見つけ、それをきっかけに捜査本部内の空気が変わっていき、松倉犯行説が揺らぐような事態にまで陥ると困る。

最上はさりげなく、あたりを見回した。

長浜も、沖野や沙穂も、それぞれ彼らなりに捜索に参加していて、最上には目を向けていない。

最上は事件当日のレシートを手のひらに収め、ぎゅっと握った。白手袋の中で、手が汗ばんでいる感覚がある。

それを上着のポケットに入れようとしたとき、誰かの足が目の前で止まった。

「どうですか？　何かありましたか？」

見上げると、青戸が物欲しげな目つきをして最上を見ていた。

「いや……」

思うような収穫がないことで彼も焦りを募らせているようだった。

「〔銀龍〕のレシートがあったんで、もしやと思ったんですが、犯行日のものじゃありませんでした」

「ほう」

青戸は最上の足もとに置かれたレシートを拾い上げ、それをまじまじと見る。

「これがあるってことは、探してみる価値はあるか……」

彼は独り言のようにそう言い、部下の一人に、ほかの〔銀龍〕のレシートを探すように命じた。

その様子を見ながら、最上は丸めたレシートをポケットにそっと入れた。

そうして何食わぬ顔をしつつ、捜索を続ける。

今までの自分とは違う思考と手足で動いているかのようだった。

まだ、後戻りはできるかもしれない。

しかし、そうするつもりはさらさらなかった。

「あんまり人ばかり多くても、逆に動きにくいだけだから、長浜くんと橘さんはちょっと外でアパートの周りを見てくれ」

最上は周囲に目を向けたあと、事務官の二人にそう言って、部屋の人数を減らすことにした。

ほかに何ができる……？

部屋の中を見渡しながら、最上は考える。

事件を形にして、法廷の裁判官や裁判員に見せなければならない。

実際に何があったのかということは、時として加害者本人でさえ憶えていない場合もあるが、そんなときでも、法廷には、事件を第三者の目にも見える形にして提供しなければ、相応の刑罰を求めることができない。

極端な言い方をすれば、本来の事件とは形が異なっていようと、とにかく形にしてみせることそのものに大きな意味があるのだ。

それで、刑に処されるべき人間が、処されるのであるから。

では、事件を形にする材料は、証拠は、これから出てくるのか？

出てこなかったらどうする？

それでも形にしなければいけない。

ここまで来て、松倉を逃すという選択肢はない。

最上は壁際に寄り、小さなハンガーラックにかかった松倉の上着を見た。

コンビニの防犯カメラに映っていた人影は黒っぽい上着を着ていた。

松倉の上着はベージュやグレーなどの淡い色が多いが、黒も二着ある。ダウンジャケットとフランネルのショートコートだ。

二着とも量販店で売られているようなものであり、数年は使っているような風合いである。どちらも比較的薄手で、四月の中旬あたりの寒い日なら、まだ着ていてもおかしくはない。

ダウンジャケットの縫い目からは、中の羽毛が飛び出している。

それを見つけた最上は、ほとんど無意識のうちに周りの視線を探っていた。

自分に向けられている目がないのを確認して、最上はダウンジャケットの縫い目から飛び出している羽毛をつまむ。

すっと羽毛が出た。

二つ、三つとつまみ、自分の上着のポケットに入れる。

使えるかどうかは分からない。ただ、「材料」になる可能性があるなら、手に入れておくべきだ。

「青戸さん」最上は青戸に声をかける。「確か、コンビニの防犯カメラに映ってた人間は、黒っぽい服を着てましたね」

最上の隣に来てハンガーラックに目をやった青戸は、「そうです」と返事をしながら、呑みこみよく黒の二着に手を伸ばした。

「これは押収しましょう」

そう言って、部下に指示を出した。

それからも最上は慎重に周囲の目を盗み、マッチ箱や飴の包み紙、あるいは使った形跡のある爪楊枝《つまようじ》や絆創膏《ばんそうこう》などを拾っては、自分のポケットに仕舞った。タブロイド判の競馬新聞は少し躊躇《ちゅうちょ》するほど大きかったが、事件前の一部を小さく折り畳んで上着の内ポケットに忍ばせた。中に赤ペンで書きこみもされていたことから、場合によっては「材料」になりそうな気がした。

代わりに内ポケットからはハンカチを出し、うっすらと浮いた額の汗を拭《ぬぐ》う。

「どうだ、何かあるか？」

手紙や葉書を入れた箱を見つけて、中に入っているものを一枚一枚見ている様子の沖野に訊く。

「いえ、ほとんど年賀状ですし、手紙にしても親戚なんかからの挨拶的なものだけですね。都筑夫妻とのやり取りはなさそうです」

「被害者相手じゃなくてもいい。誰かに金を無心して断られるような中身の手紙でもあれば面白いんだが」

「ここにはないですね」沖野は言う。「ここ最近、年賀状で付き合いのある相手に、そういう事実がなかったかどうか調べることはできると思いますが」

「そうだな。帳場のほうでやってもらおう」

結局、四時間近く捜索を続けたものの、事件に直接結びつくような物証は出てこなかった。凶器も、借用書も、犯行メモもない。

それでも冷蔵庫などの横領品のほか、松倉の日々の行動や交友関係、金の出入りの解明に参考になりそうな書類を中心に押収物を積み重ね、ダンボール箱にして十箱分をまとめ上げた。

「あの電子レンジと電気ストーブも、松倉の同僚に言わせると横領品らしいです」

いくぶんすっきりした部屋の中を見渡しながら、青戸が言う。

「松倉は認めてるんですか？」

「いえ、それはまだ、ぶつけてないんで」

青戸は意味深な目つきをして、そう言った。

「なるほど」

松倉が容疑を全面的に認めている横領の事件でも、まだ余罪がありそうだということであれば、勾留延長を請求するときの理由になる。身柄送検後の勾留期間は十日間。それに十日間の延長を加えて二十日間。

その間に、都筑夫妻殺害事件での再逮捕にこぎ着けられるかどうかだ。

時間は十分にある。

しかし、手持ちの札はいまだ少ない。

「お疲れ様です」

アパートを出ると、長浜と沙穂が待ち受けていて、ねぎらいの言葉をかけてきた。アパートの周りも、特に収穫はなかったようだ。

「どうでしたか？」

警察のバンに乗りこんで大きく息をつくと、長浜が逆に、中の成果を訊いてきた。

「ふむ……」最上は苦味を口調に混ぜた。「あとは取り調べに懸けるしかないな」

「そうですか」長浜は残念そうに呟いた。

「そちらの主任は誰がやられるんですか？」

助手席に乗った青戸が首を回して訊く。

最上は返事をする代わりに、ちらりと沖野を見た。

「僕にやらせてください」

最上の視線を逃さず、沖野が言った。

立場上、最上自身がやるには無理がある。

取り調べを一、二度、担当するくらいは可能だろうが、そうするつもりもなかった。

根津の事件の松倉の自白は、逮捕前の聴取ですでに聞いている。取り調べを担当するからには松倉にもう一度話させることになるだろうが、面と向かってそれを聞いたとして、平静でいられる自信もなかった。

怒りの感情はすでに充塡《じゅうてん》されている。自分がやるべきことは、個人的に松倉と対峙することではなく、彼に二十三年分の利子ともども、きつい代償を払わせることに尽きる。

「この捜査の目的は分かってるな？」

最上が念のために問うと、沖野は「もちろんです」と即答した。

「君は借用書が残っていない人物こそ疑うべきだという立場を取っていたが、今はどう考えてる？」

「そう考えていたのは確かですが、現状、その立場にこだわるだけの参考人情報や証拠が挙がっているわけではないということも、ちゃんと受け止めています。今は松倉に疑いをかけるのが妥当だと考えてますし、何とか取り調べで割ることができればと思っています」

松倉一人に捜査の手を伸ばすことには疑問の声を上げてはばからなかった沖野だが、松倉が被害者宅に行ったことを認めて以来、微妙に姿勢が変わってきた。

そしておそらく、根津の事件の自白に接したことで、考え方も変わったのだろう。いくら泣いて懺悔《ざんげ》しようと、二十三年にもわたって凶悪犯罪を隠し通し、裁かれることから逃げおおせた人間に真っすぐな目を向けることなどできはしない。

「よし、副部長に話してみよう」

最上はそんな言い方で、沖野の意気込みを買ってみせた。

10

「横領の松倉が到着したそうです」

電話を置いた沙穂が、沖野にそう伝えた。

「呼んでくれ」

沖野は沙穂にそう言うと、検事席を立ち、窓の向こうの日比谷公園を見やりながら、深呼吸を繰り返して、自分の頬を軽く張った。

形としてはささいな横領の事件だが、沖野に託されているのは、被害者二名という凶悪殺人事件の解明であり、容疑者最有力の松倉を割るという重要な役目だった。

五年目に入った検事生活の中でも、一番の大仕事になる。

最上も警察の捜査が進むごとに、今回の殺人事件にいれこんでいくのが、はたから見ていても分かった。根津の女子中学生殺害事件の松倉の自白は、そうした彼の捜査勘が強く働いた結果のようにも思えた。時効を迎えてしまっているとはいえ、迷宮入りだった事件に一つの真相を引き出してみせたのは大きな成果だ。最上や最上の意向を汲んで松倉の聴取に全力を傾けた森崎ら警察捜査陣のここぞというときに発揮される執念と、それに裏打ちされた仕事ぶりには、やはり感心させられたし、触発された。

今度は自分の番だ。

そして相手は、凶悪犯罪の事実を長年隠し通し、いくつもの嘘をつき続けてきた男だ。容赦はしない。

やがて執務室のドアが開き、松倉重生が、蒲田署の制服警察官と一緒に入ってきた。手錠と腰縄を外され、制服警察官が後ろで待機する中、松倉は沙穂に促され、取り調べ用の椅子に腰かけた。

沖野も検事席に着き、正面から松倉を見据えた。

松倉が居心地悪そうに、沖野に小さく頭を下げる。

白髪の混じった短髪は寝癖がつき、肌は粗く無精ひげが伸びている。垂れ目がちの目はまぶたが重そうで、聡明さは微塵も感じ取れない。古ぼけたシャツの上に、蒲田署の取調室でもよく見たクリーム色のブルゾンを羽織っている。

猫背になっていることもあって大きくは見えないが、顎や肩口などは骨ばっていて、それなりに頑丈そうな身体をしている。

「松倉重生だね？」

沖野が呼びかけると、松倉は丸めた背中をさらに曲げて、かすれた声で「はい」と返事をした。

「警察の取り調べでも聞いたと思うけど、あなたには黙秘権がある。それから、必要があれば、弁護士を呼ぶこともできる。いいね？」

松倉は「はい」と言いながら、二、三度うなずいてみせる。すっかり観念したような従順な態度だが、おそらくそれは、横領の容疑に対してであって、現実問題、都筑夫妻の殺害事件については、逮捕以降も否認を貫いている。

身柄が送致されてきた被疑者に対しては、検事はまず、容疑についての本人の考えを聞き、弁解録取書というのを作成する。今回の場合は、業務上横領の容疑に関して、松倉本人の思うところを問い質すわけだ。

この弁解録取書をいざ作成するに当たって、沖野が手間取るようなことは何もなかった。横領容疑については松倉が全面的に認めているからだ。

「あの、実はですね……」松倉が申し訳なさそうに言う。「テレビや冷蔵庫のほかにも、電子レンジとか、あの……」

「ああ」沖野は手を上げてさえぎる。「とりあえず、こっちが訊いてることについてだけ、答えてくれればいいから」

「あ、はい」

間抜けな気分になるが、余罪追及は勾留延長の理由として必要なので、今聞くわけにいかない。

弁解録取書をまとめ終えると、沖野は話を先に進めた。

「それであんた、警察のほうでは、時効になった根津の殺人事件について、自供したんだってね？」

「はい」松倉は肩をすぼめて頭を下げる。

「当時も警察には何回も引っ張られたんでしょ。よくまあ、知らぬ存ぜぬで通したというか、通ったというか……」

「はあ、すいません」

松倉は、それが非難を避ける最善の策だと心得ているように、何度も頭を下げる。

「ちょっとその事件について、ここでも一通り話してくれるかな」

「はあ、その、あれの最初は、ほんの出来心でやってしまったことでして……」

そう戸惑い気味に話し始めた松倉だったが、すでに一切合財吐いてしまったというさっぱりした思いがあるのか、蒲田署で見せたような涙はまるでなく、その話しぶりは饒舌とさえ言えるものだった。

「あの根津神社の門前あたりは昔、遊郭があったそうで、東大ができたことでなくなったらしいんですが、何とはなしに、そういう淫靡《いんび》っちゅうんですか、そんな空気が残ってたんですなぁ。まあ、これは私の感じ方ですがね、へへ」

「あそこの寮に高田っていう会社の同僚が住んでましてね。私は彼と仲がよくて、あの寮にもちょくちょく行くようになったんですが、あいつがまた、いけなかったんですよ。

一緒に飲んでますとね、あいつが自慢げに言うわけです。ここの管理人やってるおかみさんとできたってね。旦那はあれ、事故をやって使い物にならないから、おかみさんは欲求不満になってんだ。日頃から俺に色目使ってきやがる。だからこの前、旦那がいないときに下に行って可愛がってやったら、ひいひい言って喜んでたよ、なんてことを話して聞かせるわけですよ。今思えば、本当か嘘か分かんないような話なんですけど、聞いてるこっちはやっぱり、ムラムラしてくるじゃないですか。あのおかみさんは、ちょうど私なんかと同じくらいの歳でしたかねえ。まあ年増ですけど、むちっとして、そういう目で見るとなかなか色気があるんです。でも、ときどき遊びに行くだけの私なんかには、なかなか近づくようなチャンスっちゅうのかね、そういうのはないもんでして……」

「あの一人娘がね、目もとなんかはおかみさんに似てるとこがあったんですよ。それでいておとなしい感じの子でね。寮の前で会っても、こっちがじっと見てると、恥ずかしそうにすっと隠れちまう。それがまあ、逆にちょっとそそるっちゅうかね、おかみさんなんかよりは、こっちのほうが何とかなるんじゃないかってな気を起こさせるんですよ。もちろん、年端《としは》もいかないってことは承知ですけどね、自分の娘でもありませんから、考えてるうち、そういうことは気にならなくなっちまうんですな。女として見れば、十分、女だ。そういうふうに見えてくるもんですよ」

「根津神社を夕涼みでぶらついてましたらね、あの子が友達と、スケッチブックを膝に乗せて絵を描いてたんです。乙女稲荷を上がった丘のあたりですよ。私は池のあたりからそれを何となく見てましてね、あの子と気づいて、最初はうまく描けてるかどうか、そんなことでも訊きながら、話しかけてみようかっちゅうくらいの気持ちでした。けどそのうち、一緒にいた友達が先に帰っていきまして、あの子が一人でいるのを見てるうちに、自分の気持ちもよく分からんようになってきたんです」

「私が近くまで行っても、あの子は一生懸命絵の仕上げをしてて全然気づかないでしょう。それであたりをふっと見渡したら誰もいない。境内のほうにもいない。その上、夕方で陽も落ちかけて薄暗くなってきてる。結局、そういうのもそろって、いけない気持ちになってしまったんですね……こう後ろから抱きついて、あの子の口を押さえてね、『おとなしくしてたらすぐ終わるから』って言い聞かせて……」

「でもこれが、身体が小さい上に、やっぱり抵抗するもんですから、なかなか思うようにはいきませんで。こっちもあの子の足を押さえて強引にいこうとするんですけど、ズボンを中途半端に下げた状態だから動きにくいんですよ。硬い土の上で暴れて、向こうもすり傷作ったでしょうけど、こっちも膝とかすり剝《む》けてましたよ」

「しばらくがんばってはみたものの、気持ちがいいどころか膝が痛くてたまらないし、すっかり汗だくになって疲れてきましてね。それで境内のほうを見ると、人が歩いてる。

どうにも最後までできそうにないもんですから、そこであきらめました。あの子から離れると、さっとズボンを上げて逃げました」

「たぶん、誰にやられたかは、あの子も分かってなかったんじゃないかなと、私はそんな気でいました。案の定、三、四日経っても、警察が押しかけてくるような気配はありませんで。いや、だからと言って、調子に乗って今度は部屋に押し入ってやろうと、そう単純に考えたわけでもなかったんです。ただ、事件を起こしたあの日は無性にむしゃくしゃしてましてね、どうしてだったのかなぁ……たぶん仕事のほうでうまくいかないことがあったんだと思います。とにかく、むしゃくしゃしてたことだけは、はっきり憶えてますよ」

「何回かノックしたんですが、やっぱり高田は出かけてしまったらしくて、返事はありませんでした。そこで素直に帰ればよかったんですが、それができなかったんですね。下であの子の部屋の電気がついてたことを思い出してしまったんです。気になってたんですね。ほかの部屋はついてなくて、あの子の部屋だけついてた。両親はお出かけかと考えたら、ちょっとまたムラムラといけない気分になってしまって……」

「外に出て部屋を覗いてみたら、あの子が本を読んでる姿がカーテン越しに見えました。それで、両親がいそうにないのをもう一度確かめてから、食堂のほうに回ったんですね。部屋に通じるドアに鍵がかかってたんでノックしたら、あの子が来て開けてくれましてね。一階の部屋は下宿人が住んでるほうも明かりがなかったんで、多少の音を立てても誰かに見つかることはないなと思ってたんです」

「あの子は最初、ぽかんとした顔をしてましたけど、『おじさんのこと分かるか？』って訊いたら、一瞬で分かったみたいで顔色が変わりましたよ。私はさっと口を押さえてね、『静かに』って。あの子を抱きすくめるようにして部屋に入ったんです」

「正直、いけないことではあるけれど、今度は受け入れてくれるんじゃないかっちゅうような、虫のいい思いが頭のどこかにあったんですよね。冷静に考えれば、ありえないんでしょうが、私の中ではもう他人じゃないような感覚になってたんですよ」

「ところがあの子は、いつの間に手にしたのか、いきなりスパナを振り回してきましてね、そりゃもうびっくりしましたよ。がんと肩をたたかれて、そこで訳が分からなくなりました。裏切られた気持ちっていうんですか、頭に血が上ってしまって、この子をどうにかして押さえつけてやろうと、それだけしか考えられなくなって……」

「とにかく、目の前のことが信じられないっちゅうか、現実とは思えない気分でした。ドアノブとか触ったとこを拭いたりはしたんですけど、それもテレビドラマで観たようなことをとりあえずやったってだけで、とても冷静な頭でのことじゃあなかったんです」

「日本の警察は優秀だっていう頭があるから、いずれ捕まるんじゃないかって不安はありました。それでもあの日、あの寮では、住人の誰とも顔を合わせてない自覚もあって、それがもしかしたらっちゅう、心の支えにもなってました。あと、柏村のじいさんが、その日は一緒に飲んでたなんてアリバイを言ってくれたみたいで、それがすごく助かりましたよ。恩人だと思って、死んだあとも墓参りは欠かしてません。もしかしたら私が犯人だってことに薄々気づいてたかもしれない気はするんです。でも、ちょっと変わったとこがあって、ひょうひょうとしてるもんですから、どういうつもりで言ってくれたのかは全然分からないんですよ」

「毎日警察に呼ばれて、それは生きた心地がしませんでした。ただ、認めてしまったら人生がそこで終わると思って、何とかこらえてました。柏村のじいさんにならって、ひょうひょうと刑事さんの話をかわしたりね。私なんか、大した人生は送ってきてないんですけど、それでも毎月いくばくかのお金を稼ぎながら、好きなように生活してきましてね、そういうのが奪われてしまうのが本当に怖かったんですね」

「時効が来るまでは、首をすくめて、息をひそめて生きてるようなもんでした。アパートの部屋のドアがノックされると、警察じゃないか、とうとう逮捕状を持って押しかけてきたんじゃないかって心臓が止まるような思いを何度もしましたよ。特に時効前の一カ月くらいは、ずっとびくびくしてました。一カ月間、遠くへ旅に出ようかって思ったりね。でも、どこかで警察が張ってて、そうやって動くのを待ってるんじゃないかとか、いろんな考えが頭をぐるぐる回っておかしくなりそうでしたよ」

「法律が変わって、時効がなくなったでしょう。それを知ったとき、ああ、自分はやっぱり、悪運が強かったのかなとは思いました。大して運のいい人生は送ってないんですけど、そういうところで巡り合わせっちゅうんですかね、運みたいなのはあったのかなと……」

警視庁の森崎が聴取でかなり細かいところまで一度問い詰めた話でもあり、二十三年前の犯行でありながらも、松倉の話はするすると淀みなく彼の口をついて出てきた。ある種、今まで隠し通していた秘密をぶちまけることの快感のようなものが、彼の弁舌に浮いているようにさえ感じられた。

しかし、その言葉の端々をメモに書き取ってみれば、それだけでおぞましい犯行の一部始終が浮き彫りになる。その妙な乖離《かいり》は、虫が肌を這う不快感にも似て、沖野の気持ちをさわさわと刺激した。

「少し休憩にしよう」

十二時を三十分ほどすぎたところで昼の休憩を取り、松倉を同行室に戻した。彼はそこで支給のパンか何かを口にして、再開を待つことになる。

沖野はうんざりした思いを持て余したまま席を立つ。こんな気分ではうまい昼食にありつくことなどできそうにもないが、取り調べ中はそういうものだと割り切るしかない。

「飯に行こう」

沙穂を誘うと、彼女も物憂げな顔をしながら、小さく「はい」と返事をした。

「胸くそ悪い話だけど、あとで調書取るよ」

すでに刑事責任は問えない事件だが、重大事件には違いなく、法廷で松倉の人間性を解き明かす際の参考にはされるべきである。

「大丈夫です」沙穂は気丈に言った。

調書を取るというのは、単に取り調べで聞いた話を文書に起こすという行為だけでは語れない。被疑者が話したことを、検事が筋立てよく口頭でまとめ直し、事務官がそれを聞きながらワープロで打ち出すのだが、文章は被疑者の独白の形をとるため、調書を作成していくことは、検事はもちろん事務官も、ある意味、被疑者に乗り移って事件をそのディテールまで理解し、見つめ直すような感覚が求められる。それは特に精神的な面において、楽なことではない。

「殺しの調書を取ったことは?」

「ありませんけど……でも大丈夫です」

沙穂があくまで強気に言う裏には、松倉が語った事件への憤りがあるに違いなかった。不快さ以上に、怒りの感情が勝っているのだ。口調にもそれは表れている。

「ああいう事件をしでかして、逃げ切る人が本当にいるんですね」

庁舎地下の食堂に向かうエレベーターの中で、沙穂がぽつりと呟いた。

彼女が口にした理不尽なものに対する憤りは、もちろん、沖野の中にもあった。

昼食後に再開した取り調べで、沖野は三時間がかりの面前口授《くじゅ》により、根津の事件についての調書を作成して、松倉の署名を取った。

大きな凶悪事件を半日足らずのうちに一つの調書にまとめ上げたことで、沖野は精神的に困憊《こんぱい》し、それは沙穂も同様のようだったが、本題はこれからだとも言えた。

沙穂にいれてもらったお茶で一息つくと、沖野は気持ちを新たにして、松倉を見据えた。

「それであんた、聞くところによると、蒲田の老夫婦殺害事件のことでも、何回か警察に呼ばれて事情を訊かれてるそうだね？」

「ええ」松倉は根津の事件を語っていたときの、ある種の生気を顔色から消し、心底困惑しているように表情をゆがめてみせた。「何やら私を疑っているようなことを言われるんですが、その事件は私、何も関係ないんです」

松倉にとって譲れないラインがここにあるらしいことは分かる。しかし、それを動かさないことには何も進まない。

「ただ『関係ない』と言われたところで、『はい、そうですか』っていう話にはならないよ」沖野は冷ややかに相手を見つめながら言う。「あんた、事件があったとされる日に、被害者の家を訪れてるとこ、目撃されてるらしいじゃないか」

「それはたまたまなんです」松倉は猛然と首を振り、泣きそうな顔をしたまま、訴えかけるように身を乗り出した。「検事さん、信じてください。刑事の森崎さんに一生懸命話しても分かってくれないんです。検事さんしかいません。私は根津の事件のことを正直に打ち明けました。それは、今回の都筑さんの事件については違うと分かってほしいからです。やったことはやった、やってないことはやってないっちゅうことです。根津で過ちを犯してしまってから、私はいつ捕まるかと怯《おび》えて生きてきました。時効がすぎてからも、あんな思いをするのはもうたくさんだから、下手なことはしないようにと、そればっかりを考えて生きてきたんです。私が都筑さんたちを殺すなんて、そんなことをやるはずがありません。本当に信じてください」

松倉は、最後には手を合わせ、拝み倒すようにして、そんなことを言った。

沖野は彼の一方的な弁解を聞いていて、反感と戸惑いを同時に抱いた。

罪のない少女を殺して、あげく、捜査の手からも逃げ切った男が「信じてください」とは、何とも虫のいいことを言う。そんな話に耳を貸す必要はない。疑われて当然の人間だ。

そう思う一方で、彼の妙に真に迫った訴えかけが、沖野の斜に構えた気持ちに正面からぶつかってきた感覚もあった。根津の事件を自白したときの、両手を上げて降参するような態度から一変し、エゴを剝き出しにしながらも自分の尊厳を守ろうとするかのような彼の変わりぶりは、それをどう捉えたらいいかという迷いを生じさせるものだった。

しかし、この男は、嘘をつき通してきた人間だ。根津の事件を自白したといっても、それは時効をすぎているからであって、それまではずっと、嘘で自分を守ってきたのだ。

二十三年前に警察の追及を受けたとき、この男がどんな受け答えでそれをかわしたのかは分からないが、こんなふうに無実を訴えかけて、当時の捜査員たちを惑わせたのかもしれない。

「あんたさ」沖野はしばらくの沈黙を破って言った。「時効になった事件を今になって自白したからって、それで自分が何でも正直に話す人間だなんてこと、他人に認めてもらえると思うのか？　そんな理屈が通用するわけないだろう」

松倉は愕然《がくぜん》としたような目をして、唇を小刻みに震わせた。

「そ、そんなこと言わないでください。検事さんにまでそんなことを言われたら、私はどうしていいか分かりません。嘘じゃないんです。検事さんが言ってることは、昔、根津でそういう事件を起こしたんだから、今度の犯行もお前だろうってことじゃないですか。そんなのは無茶苦茶です」

「誰もそんなことは言ってないよ。あんたこそ、根津の件は認めるけど、今度のは認めないから、それで承知してくれって話だろ。それこそ無茶苦茶な論理だ」

「でも、私は……」

「昔、殺しをやってるから疑ってるんじゃない。あんたは被害者の都筑さんと金の貸し借りをしてて、つまり二人の間にはトラブルの火種があった。それから、犯行日の犯行時間帯あたりに都筑さんの家を訪れている。そして、家を訪れたあとから、携帯で電話をかけたりメールを送ったりと不可解な行動に出てる」

「それは全部、森崎さんに説明しました」松倉は顔中に汗を浮かべ、苦しげな声を出す。「一度、お宅に行ったけど、留守だったから携帯で連絡を取ろうとしたんです。あの日の夕方は、中華屋でビールを飲んで、都筑さんの家に行って、留守だったからまた駅のほうに戻って、携帯で連絡を取ろうとして……それだけですよ。都筑さんの家の中には一歩も入ってませんし、そもそも鍵がかかってたんで、玄関の戸も開かなかったんですから。それに、借りてたお金だって、五十万足らずですから、十分返せる額だったんです。それを無理やりにどうこうしようなんて、思うわけがありませんよ」

「五十万足らずっていうのは、現場に残ってた借用書からの額であって、本当はそれ以上の金額があったけれど、犯人がその分の借用書を抜いていったっていう可能性も十分あるじゃないか」

「そんな……」松倉は顔をゆがめたまま、首を振る。「もし抜くとしたら、全部抜くはずじゃないですか」

「俺も最初はそう思った」沖野は言う。「だけど、そうとばかりは言えない気もしてきたんだ。もちろん、焦って抜き損ねたという可能性もある。それから、わざと何枚かを残したっていうことも考えられるわけだ。犯罪慣れした狡猾な人間なら、そういうカモフラージュをしないとも限らない。逆にまったく関係ない人間の借用書を抜いておくとかな」

「恐ろしい」松倉はぶるぶると首を振り続ける。「恐ろしいことです。私には考えられません」

「そんな、自分とは違う世界の話みたいに言うなよ」沖野は彼をにらんで言った。「根津の事件で、犯行後にドアノブの指紋を拭いたりしたのは誰だった？」

「それとこれとは、まったく別の話です」

「根津の事件じゃあ、寮の住人だった学生の靴を拝借してたじゃないか。一時はその学生にも疑いがかかって、捜査は混乱した。あんたの狙い通りじゃなかったのか？」

「だ、誰かに疑いをかぶせようなんて、そんなことは考えてもいませんでしたよ。あそこにあった靴を履いてたのだって、もう使われてないと思ったからですし、あのあと捨てたのも、ただ自分に警察の目が向けられるのが怖かったからっちゅうことだけです」

「同じことじゃないか。怖い怖いって、本当に臆病な人間なら、そもそもそんな犯行なんかしでかすわけがないし、もし成り行きでそうなってしまったとしても、証拠を隠滅しようなんて思わないもんだ。もっと言えば、警察に呼ばれた時点で観念して白状するのが、普通の人間だよ。あんたは白を切って、切り通して、時効になってからもまだ白を切って、最新のＤＮＡ鑑定をちらつかされたところでようやく認めたんだろう。とんだ古狐じゃないか。自分をいかにも小心者のように見せたがってるけど、その裏にある小ずるい犯罪者気質がどうにも隠せず透けちまってるんだよ」

「根津のことは何を言われても仕方ありません。私は過ちを犯しました。悔いても消えることではないのは分かってます。けれど、今度の都筑さんの事件は本当に関係ないんです。それだけは、はっきりさせてください。真犯人が必ずいますから、捜してください」

沖野としては、めったにやらないような人格攻撃にまで踏みこんで、松倉の心を折ろうとしたつもりだった。はなから相手の人間性を否定するようなやり方がいいとは考えていない。ただ、今回に限っては強攻策が相応《ふさわ》しい気がした。捜査本部の森崎が、松倉の逃げ場をなくし心理的に追い詰めることで、根津の事件の自白を引き出したことに触発された面もある。森崎とはこれからの勾留二十日間で日にちを分け合って松倉の取り調べに当たることになるが、沖野の感覚としては競い合いと言ってもよく、何とか自分の取り調べで大きな成果を勝ち取りたい気持ちが強かった。

しかし、そんな意気込みを持って松倉を追い詰めにかかってみたところ、返ってきたのは頑《かたく》なな否認だった。かわそうとか逃げようとかいう類のものではなく、拒否反応とも言えるような取りつく島のなさを感じる。

横領の弁解録取書を取るついでに都筑夫妻の事件の自供まで取れる目論見《もくろみ》は持っていなかったが、最初に追い詰めるだけ追い詰めてみることで、何かしら取っかかりがつかめるのではないかという期待はあった。沖野としても相応の気合を入れて取り調べに臨んだわけだが、結果としては取っかかりと言えるものは何もつかめず、これは難しい仕事になるなと再認識させられた形となった。

「今日はここまでにしよう」

日が暮れたあともしばらくは粘ってみたものの、逆送の車が待っていることもあり、沖野は次回につながる手応えを感じられないまま、仕方なく取り調べを打ち切ることにした。

否認に終始した松倉も、沖野の厳しい追及は精神的に応えたのか、帰るときには疲労をにじませるようにして悄然《しょうぜん》としていた。沖野とすれば、あえて成果を探すとするなら、松倉をそれだけ参らせたというところか。しかし、そんなふうに自分を慰めても、空しさしか残らない。

「お疲れ様でした」

そう声をかけてきた沙穂の顔にも、疲れの色が覗いているように見えた。沖野が言葉も選ばず松倉を追い詰めようとする一部始終を間近で見せられていたのだから、うんざりするのも無理はない。

「お疲れ。帰っていいよ。それとも、一杯付き合うか？」

「いただきます」

沖野は冷蔵庫から缶ビールを出し、沙穂にも一本渡した。

ソファに身体を預け、ビールを一気に半分ほど喉に流しこんだ。洩れたため息は、ビールのうまさに対してではなかった。

「難しいな」

ぽつりとこぼした呟きに、向かいのソファに行儀よく座った沙穂が、「難しいですね」と応じた。

「様子見のつもりはなかったけどな」

「はい……けっこうえぐかったです」

沙穂の言葉に沖野は苦笑する。「そうだよな」

ジャブではなく、最初からパンチを振り回していった。コーナーに追い詰め、ラッシュをかけ、相手の顔をゆがませることはできたはずだった。

しかし、ふと相手の足もとを見ると、まったくぐらついていないのだ。ダウンする気配などどこにもない。

そうしているうち、こちらはすっかり打ち疲れた。

諏訪部の聴取を担当したとき、沙穂は「あとちょっとだったのに、本当に残念でした」と悔しがっていた。今日はそんな言葉も出てこない。彼女自身も、それが偽らざる感覚なのだろう。

ビールを飲み干すと、沖野は沙穂を先に帰し、自分は最上の執務室に、今日の取り調べの報告をしに行った。

「ご苦労さん」

長浜もすでに帰ったらしく、最上一人で沖野を待っていた。ここでも缶ビールを開け、沖野は最上とソファで向かい合った。

「今日のところ、蒲田の事件は否認のままでした」

「ふむ」

沖野から書類を受け取った最上は、無表情で相槌を打った。失望こそ顔に出してはいないが、かといって、しょうがないと割り切るような甘さも覗かせていない。

最上は横領容疑の弁解録取書には目もくれず、根津の事件を語った調書を険しい面持ちで読んだあと、重そうな息を鼻から抜いた。

都筑夫妻の殺害事件については、沙穂が取り調べのやり取りをメモ形式でまとめてくれていた。それを読めば、沖野がかなり厳しい調子で松倉を追及していることが分かるはずだった。

「手応えはどうだ?」

読み終わった書類をソファのかたわらに置いて、最上が訊く。

「時間はかかりそうです」沖野はそんなふうに答えた。

「チャンスは何回もないぞ」

「はい」

勾留中の取り調べは、基本、捜査本部のほうに任せることで話がついている。向こうの取り調べ担当である森崎の腕には、最上も青戸も信頼を寄せている。これからの二十日間のうち、松倉を東京地検に呼べるのは四、五回がいいところだろう。

「君に手応えがあるなら、こちらに呼ぶ回数を増やすことも考えるが」

最上はそう言って、沖野の反応をうかがうように見た。

「どちらにしろ、与えられたチャンスの中で、結果が出せるようにがんばります」

威勢のいいことを言うべきかもしれないが、無責任なことは言えない。

しばらく沖野の顔をじっと見ていた最上は小さくうなずき、取り調べメモをもう一度手に取った。

「証拠が足りないのを見透かしてる感じか?」

「そこまでこっちの出方を冷静に見極めている様子には見えませんが」沖野は小さく首をひねる。「とにかく、自分の犯行ではないの一点張りで、崩そうにも崩しようがないというのが正直なところです」

「崩しようがないというのも、結局は手札が足らないからという理由に行き着くんじゃないか。ないものをあるように見せるのも一つの手だ。実際、森崎警部補はそれで勝負に出て松倉を割ったわけだからな」

「そうですね」一応、うなずいてはみたものの、あまり気が進む話ではなかった。沖野の場合、現実にないものにはどうしても気持ちが入らない。森崎のような迫力が出せるかというと、そこまでの自信は持てない。「ただ、今日一日やった感覚で言うと、一本調子でガンガン押したところで、なかなからちがあかないような気もするんです。帳場でも森崎さんがガンガンやると思いますし、僕はちょっと戦法を変えて、次は彼の生い立ちとか日々の不満とか、そういう話をじっくり聞いてやったらどうかなと思ったんですが……」

過去に受け持った取り調べでも、一見、事件とは関係ない被疑者の苦学生時代の話を親身になって聞いてやったことで、ある種の信頼を勝ち得て、結果的には自供につながったということがあった。

勾留の二十日間、被疑者は孤独と不安に苛《さいな》まれ続ける。そんな中で自分のことを理解してくれようとする人間は特別な存在になる。自然と信頼感が芽生え、やがてそれは、この人には嘘はつけないという気持ちに変わるのだ。

やみくもにパンチを振り回すだけでは能がない。まず、相手の懐に入ること……そこに勝機があるのではとの思いで、沖野はその案を最上に投げかけてみた。

しかし、それを聞いた最上は、あからさまに冷めた目つきになり、まったく検討する価値がないことのように首を振った。

「そのほうが楽だから言ってるのか？」

「いえ、そういうわけじゃ……」

「松倉は一筋縄でいく人間じゃない」最上はほとんど沖野をにらみつけるようにして言う。「とんでもなく狡猾な男だ。ものすごく防衛本能が研《と》ぎすまされた男だ……そう思って当たらなきゃいけない。簡単には本当のことを言わないし、自分の不利になることは隠す。だからこそ、根津の事件を逃げ切ったんだ。確かにあいつは今になって根津の事件を自供した。涙を流し、頭を下げた。けれど、その姿を見て、あいつも人の心を持ってるんだなんて思ったら、その時点でやつの考えに乗せられてるってことだと気づけ。気持ちが通じ合えば本当のことを話してくれるなんて考えは捨てなきゃ駄目だ。やつは時効になった事件を吐いて、これから裁かれる事件からは徹底的に逃げようとしてる。それがどういう意味なのか、どういう人間性だとそういう態度が取れるのか……それをよく考えろ」

甘い考えを持っているつもりはなかったが、こちらのアプローチ次第では、松倉と気持ちを通わせられると思っていたのは事実だ。

しかし最上は、そういう一切の期待を捨て去れと言っているに等しかった。

あくまで苛烈に、追い詰めろということか。

厳しい人だ。

沖野は、最上の検事としての素顔を、もしかしたら初めて知ったのかもしれないと思った。

「無理なら、今のうちに言ってくれ」最上は沖野の覚悟を迫るように言った。「闘う気がないのに続けるのは最悪の選択だ。ほかの人間を探したほうがいい」

「いえ、とんでもありません」沖野は反射的に応えていた。「分かりました。いろんな方法を可能性として排除しないように考えていたつもりでしたが、結果的に松倉を楽にさせる手を選ぼうとしていたかもしれません。僕はこの事件を責任持って担当したいと思ってます。決して松倉の考えに乗せられることはありませんし、逃げ得を許す気はありません。森崎さんと競い合って、徹底的にやります。この手で割るつもりでやりますから、引き続き僕に任せてください」

最上はじっと沖野を見据えたまま、簡単には返事をくれなかった。しばらく沈黙を挿んでから、彼はようやくすっと視線を外して、缶ビールに口をつけた。

「もちろん、投げ出さない限り、君に任せる」最上は静かにそう言った。

「ありがとうございます」

冷や汗をかく思いで礼を言った沖野に、最上はちらりと尖った一瞥を向けた。

「相手の身の上話を親身になって聞いてやるなんて芸当は、もっとバッジの色が剝げかかってから覚えればいいことだ。君の売りは何だ？　がむしゃらに相手にぶつかることじゃないのか？　少なくとも、俺はそれを期待してる。若年寄みたいな検事にはなるな」

「分かりました。全力でぶつかっていきます」

難しいなどと泣き言を吐いている場合ではない。最上から下りてきた仕事では、諏訪部の聴取でも結果を出せていないのだ。あのときは最上にも余裕があり、不首尾も大目に見てもらえたが、今度の事件には、そんな情けが入る余地などどこにも見当たらない。結果が求められている。

沖野はその責任を深刻に嚙み締めた。

送検の翌日から三日間は、警視庁の森崎警部補が蒲田署で松倉の取り調べを担当した。朝の八時すぎから夜の十時すぎまで、みっちりと締め上げているらしい。

沖野は、ときには電話で、ときには蒲田署に出向いて休憩中の森崎を捉まえ、取り調べの進捗状況を確認した。

三日目になると、森崎の顔にも疲労の色が濃く浮いて見えた。

「ここだけの話ですけどね、あれは相当しぶといですよ」

森崎は、青戸や最上にはおそらく聞かせるつもりのない弱音を、同じ取り調べ担当である沖野の前ではこぼしてみせた。

「根津の事件を吐かせたときには、あと二日もあれば、今度の事件も吐かせられると思ってましたが……なかなかどうして、一筋縄じゃいきません」

彼はそう言って、小さく吐息をついた。

「新しい証拠が何か出てくれれば、また違うんでしょうが……」

「そうですよね」沖野も同意する。「帳場のほうでもいろいろ探してるようですが、これといったものは出てきてないみたいですね」

「明日は沖野検事にお願いしていいんですね？」

「もちろんです」

予定通りのことなので、そう請け合うと、森崎はほっとしたような苦笑いを浮かべた。

「こんなのが続くと、私のほうが精神的にもたなくなる。一日でもそちらでやっていただけると助かりますよ」

沖野のほうは、前回から日が空き、最上に発破をかけられたこともあって、気力は充塡されている。

「森崎さんの分まで、何とかがんばりますよ」

沖野は森崎に向けた笑みとは逆に、心の中では松倉に向ける炎を燃やし始めていた。

「横領の松倉が着いたようです」

翌朝、沙穂から松倉が押送《おうそう》されてきた報告を受けると、沖野はスーツの上着を脱ぎ、ワイシャツを腕まくりして彼を待ち構えた。

「おはようございます」

やがて執務室にやってきた松倉は、まず沖野に一礼し、付き添いの警官から手錠と腰縄を解いてもらうと、取り調べ用の机の前に立った。

しかし、松倉はすぐには座ろうとせず、沖野の背後を惚《ほう》けたように見ている。

窓に覗く日比谷公園の緑やビル群の佇《たたず》まいを見ているらしかった。そのわずかなひとき気持ちが癒されたような、そんな息遣いも彼の口から洩れた気がした。

そういう彼の姿を見て、逆に沖野は一瞬のうちに感情が激した。この男は森崎の厳しい取り調べから解き放たれ、心が休まる思いで今ここにいるのだ。

なめられている。

「おい！　座りたくないなら、座らなくていいぞ！」

沖野はそう声を上げて立ち上がった。ネクタイを外し、机の上に放る。

「あ……すいません」

「座るな！」

頭を下げて座ろうとする松倉を制し、沖野は執務机を回りこんだ。おろおろしている松倉を立たせたまま、取り調べ用の机と椅子を壁際に引っ張っていく。

「ここだ、ここに座れ！」

壁に向かって松倉を座らせ、沖野も自分の椅子を持ってきて、彼の隣に腰かけた。

「手は膝の上に置け！　背筋を伸ばせ！　まっすぐ前を見ろ！」

沖野は、都筑夫妻刺殺事件を報じた新聞の社会面を何紙か広げ、松倉の目の前の壁にテープで貼りつけた。

「自分のしでかしたことを喋んないうちは、シャバの景色を眺めるなんてぜいたくは望むんじゃねえぞ！」

松倉の耳もとで、がなり立てるように言う。

「わ、私は何もしてませんから」

松倉が震える声ながら、はっきりと口にした。

「お前、これを見ても同じことが言えるのか？」沖野は、都筑夫妻の遺体の顔写真を、新聞に並べて貼りつけた。「この人たちはちゃんと知ってるぞ。自分が誰に殺されたのか？　この無念の顔をよく見ろ！　目を見開いてちゃんと見ろ！」

「私じゃありません……」

松倉は苦しげに顔をゆがめ、首を振る。

「いつまでそうやって、白を切るつもりだ、この野郎！」沖野は松倉の横顔に唾を浴びせる勢いで罵声を飛ばした。「おい、人殺し！　強姦魔！」

ぎょっとしたように松倉が沖野を見る。

「何だ？　何か間違ってるか？　その通りだろ？　人殺し！　強姦魔！　どっちが望みだ？　どっちでも好きなほうで呼んでやるぞ！」

松倉は目に涙を浮かべ、はあはあと荒い息を立てている。

「どっちだって訊いてんだろ、こら！　殺人鬼！　何人、手にかけりゃ気が済むんだ？　お前みたいなけだものが生きてるせいで、どれだけ犠牲者が生まれなきゃいけねえんだよ？　白を切れば、また逃げられると思ってんのか？　馬鹿野郎！　もう時効はねえぞ！　徹底的に追い詰めてやるからな！」

「検事さん、違います！」松倉は涙をこぼしながら、反論に声を張った。「私は昔に過ちを犯したことを十分悔いてますから……いつ捕まるかびくびくしながら生きることにはもう懲《こ》りてますから……私がやるはずはないんです」

「お前、そんな馬鹿げた論理が通用すると本気で思ってんのか？　時効になった事件を吐いたくらいで、みそぎを済ませたつもりか？　裁きがあろうとあるまいと、お前が人殺しで強姦魔なのは変わらねえぞ！　十分悔いてるだと？　ふざけんな！　昔の事件のことを喋れば、警察の目が逸れて、今度の事件のことはごまかせるとでも思ったんだろ？　逃げ回ってるうちに真人間になっただと？　誰がそんな言い分、信じると思ってんだ？　お前しかやるやつはいねえんだよ！　不審人物の中に一人だけ、人殺しで強姦魔の野郎がいるんだぞ！　誰が怪しいのか誰だって分かる話じゃねえか！」

「私は！」松倉は膝に置いたこぶしを上げ、机の上に振り下ろした。「絶対やってないんです！　何で分かってくれないんですか？」

「何だ、おい？」沖野はさらに声を荒らげる。「キレてんのか？　お前はこれくらい言われただけでキレんのか？　そうやって都筑さんの前でもキレて、お前はどうしたんだ？　おい、言ってみろよ、人殺し！　包丁出してどうしたんだ？　言えよ、おい？」

松倉は「ああ」と悲痛な声を上げ、身をよじるようにしながら手で耳を覆った。

「耳をふさぐんじゃねえ！　誰がそんなことしていいって言った？　ちゃんと聞け、こら！　なめてんじゃねえぞ、こら！」

沖野はたがが外れたように松倉を罵倒し続けた。

「亡くなった都筑さんの怨念が俺に乗り移ってんだよ！　人を殺しておいて逃げようっ

たってそうはいかねえぞってな！　なあ、都筑さんが言ってるぞ！　お前が俺を殺したんだろってよ！　早く認めろよ！」

「こっちが何の根拠もなしにお前を疑ってると思ってんのか？　お前がいくら否認しようと、裁判やりゃあ、もうこっちが勝つくらいの手はそろってるぞ！　このまま否認してたら、裁判での印象は最悪だな！　情状酌量も何もあったもんじゃねえ！　自分で厳罰を呼びこんでるようなもんだ！　二人殺した事件の厳罰って分かるか？　情状酌量で無期懲役だ！　酌量の余地なしとなれば、どうなるか分かるよな？」

「おい、いい加減にしろよ！　俺は人殺しと同じ空気吸って、反吐《へど》が出る思いでやってんだよ！　ちょっとは俺の身になれよ！　早く喋って、俺を解放してくれよ！」

「お前の話を信じる人間なんか、この世の中に一人もいないんだぞ！　都筑さんの競馬仲間だって、みんなお前が怪しいって言ってんだ！　誰がお前を信じてくれるんだよ？　言ってみろよ！　別れた奥さんか？　とうの昔に別れてんのに、信じてくれるわけなんてねえよな？　根津の事件で適当な証言ぶっこいたじいさんくらいか？　でも、そのじいさんだって、とっくに死んでんだろ？　だから、もういないんだよ、一人も！」

もはや、法という剣を持って悪人の面を一刀両断にするなどという理想からは、かけ離れた光景の中に沖野はいた。ただひたすら、礫《つぶて》となるような言葉を拾い集め、それをがむしゃらに投げつけているだけだった。そうして松倉の自尊心をつぶし、孤独感を煽《あお》り、絶望の淵に追いこんで心を折ることだけに専念した。

ほとんど狂気と紙一重の覚悟をもって罵声を浴びせ続けただけあって、それなりに松倉にダメージを与えた手応えはあった。震える身体や涙やうめき声にそれは見て取れた。しかし逆に言えば、一日悪魔のように罵詈雑言《ばりぞうごん》の限りを尽くした成果はそれだけのものだった。松倉が多少寝苦しい夜をすごそうと、沖野としては空しさ以外の何も、自分の中に残りはしなかった。

自供の言葉の欠片《かけら》も出てこないまま、松倉は夜を迎えて蒲田署の留置場に戻っていった。

松倉がいなくなると、沖野は執務机の前に自分の椅子を戻し、へたりこむように座って、机の上に突っ伏した。無理に自身の興奮を煽った反動が、全身から力を奪い取っていた。

「メモ、これでいいですか?」

沙穂が顔色をうかがうように沖野を見ながら、紙を差し出してくる。重い首を上げて、ざっと見ると、今日一日の罵詈雑言の中から、多少なりとも論理的に聞こえるような言葉がいくぶんマイルドな言い回しに直されて、書き連ねられていた。

「何勝手に規制かけてんだよ。こんな言い方じゃなかっただろ。人殺しとか強姦魔とか、俺が口にした言葉、全部書けばいいんだよ。どれだけ厳しく追及したかってことが、ちゃんと最上さんにも伝わんなきゃいけないんだからよ」

「はい、すみません」

沙穂がメモを引っこめて、新しく書き直そうとする。その様子を見ているうち、沖野はいっそう空しい気分に陥った。最上に自分の必死な姿勢が伝わろうが伝わるまいが、松倉から何の供述も引き出せなかったことには変わりがないのだ。

「冗談だよ」沖野はため息混じりに言った。「それでいいよ。口にしたこと全部書いてたら、人に見せられるようなメモにならなくなっちまう」

「いいんですか?」沙穂が静かに訊く。

「ああ、どっちにしろ、割れませんでしたって頭を下げるのは一緒なんだ」

沙穂から再度メモを受け取った沖野は、「お疲れ」と彼女に声をかけて最上の執務室に向かった。

最上は執務机に座ったまま沖野を迎え、ねぎらいの言葉を省《はぶ》いて、沖野が差し出した取り調べメモに目を落とした。

「申し訳ありません」

最上がそれを読み終わる頃、沖野は喉が荒れた声で言い、頭を下げた。

「まだ、がんばれるか?」

最上が目を細めるようにして、沖野の顔を見る。

「もちろんです」

反射的にそう答えはしたが、自分の心情とはずいぶん隔たりがある気もした。

「森崎警部補もいろいろやってはいるようだが、正直、手詰まり感もあるらしい。君がやれるなら、もう少しこっちの回数を多くしてもいいと思ってる」

「お任せください。精一杯がんばります」

沖野は自分の口から出てくる言葉を、どこか遠くから聞いているような気持ちでいた。


二日を空けて、松倉がまた、沖野の執務室に送られてきた。

松倉は前回この部屋を訪れたときのような落ち着いた表情はしていなかった。くぼんだ目を忙《せわ》しなく左右に走らせ、頬も緊張から強張っているようだった。

しかし、ひどい顔つきをしているという点では、沖野も人のことを言えない自覚はあった。この三晩ほどはまったく寝つけず、睡眠導入剤を口に放りこんで、ようやく朝方の二、三時間、うとうとするだけということが続いていた。

目は充血していないのが不思議なほど重く、荒れた肌はあちこちでぴりぴりとした痛みを放っている。

だが、そんな疲労感も、取り調べが始まれば、無理に増幅させた興奮の裏へと追いやられていく。

「こうやって見ると、やっぱり、悪人らしい面してやがんな！　鏡見てみろよ、こら！　人を殺めた人間の面がどんなもんか、自分で確かめてみろよ！　鏡に映った顔に向かって、都筑夫妻をめった刺しにした人間は誰なのか、問いかけてみろよ！」

「だから、家に上がったんだろうがよ！　そこはもう認めろよ！『はい』って言えばいいんだよ！　簡単だろ？　お前がそうやって苦しい顔してんのは、やってるのにやってないって言わなきゃいけないからだろ？　無理やり嘘ついて、何とか逃げようとするから、つらいんだろ？」

「お前の母親が生きてたら、俺は言ってやりたいよ！　あんたは何て罪深いことをしたんだと！　こんな鬼畜をこの世に産み落として、そのせいで罪のない人たちが犠牲になって、いったい何てことしてくれたんだと！　お前の母親が泣いて土下座して謝ったとしても、それだけは言わなきゃ気が済まねえよ！」

「お前の人生に、何をそんな守んなきゃいけないものがあるんだよ？　酒飲んで馬券買って風俗行って、そんな生活だらだら続けて、あと何年かすりゃ働き口もなくなって、役所の世話になって、汚い布団の中で動けなくなって終わりだろ？　何なんだよ、そのくそみてえな人生はよ？　俺がお前なら、そんな人生、さっさと見切りつけるぞ！　牢獄の中で被害者の冥福を祈って、ひたすら読経でも捧げてたほうが、よっぽど人間らしい生き方だろ？　違うかよ？」

数々の痛罵を浴びた松倉が何の新しい言葉も残さず連れられていき、狂乱の一日が終わりを告げると、沖野は反動で押し寄せてくる強烈な疲れの前に、なす術《すべ》もなくへたりこむ。

もはや何をやったところで、松倉を割るイメージは描けなくなっていた。どうせ割れないだろうと思いながら、それでも、それをやるのが自分の役目だという理由だけで、一生懸命、罵声を絞り出している。興奮も怒りも、生の感情だけではそうそう持続させることはできない。それを何とか成立させているのは、知謀なのか狂気なのか、沖野は自分でもよく分からなかった。

重い息をつき、首を上げると、沙穂がこちらを見つめている目に当たった。

眼鏡の奥に覗くその瞳にあるのは、軽蔑のようでもあり、憐《あわ》れみのようでもあった。

沖野は深く考える気力もなく、ただ、何かの感情を乗せたその視線をぼんやりと受け止める。

「さすがの君も、こんなのに付き合わされると、胸くその悪さが顔に出るんだな……まあ、当然だよな」

沖野が言うと、沙穂は少し哀しげな顔つきになった。

「私は検事の身体が心配です」

「俺の身体?」情け深い言葉を聞き、沖野は弱々しくも失笑する。「俺の身体なんてどうってことないさ。適当に声張り上げて悪態ついてりゃいいんだから、楽なもんだよ。ストレス解消にだってなる」

椅子の背もたれにだらしなく身体を預け、足を机の上に載せる。そんな沖野の様子を、沙穂はやはりじっと見ている。

「私、思うんですけど」沙穂は胸に留めていたことを打ち明けるように言った。「あの人、本当に犯人なんでしょうか。直接証拠が何もないことが引っかかるのはもちろんなんですけど、取り調べのやり取りを聞いてても、犯行の核心に迫るような話に対して、あまりにも手応えがなさすぎるっていうか……」

「そういう話はいいよ」

沖野は沙穂の言葉をさえぎって言った。

「はい……すみません」

沙穂はもう少し話を続けたそうに口を動かしかけたが、結局、謝っただけで口をつぐんだ。

沖野にしても、疑問に思わないことはない。しかし、それはなるべく意識から遠ざけている。そんな疑問を意識の真ん中に置いてしまえば、たちまち取り調べの担当などは務まらなくなってしまう。捜査に消極的と見なされ、主任検事を外されるだけのことだ。

「お疲れ」

沙穂から取り調べメモを受け取った沖野は、彼女を帰したあと、重い足取りで最上の執務室を訪ねた。

回を重ねているので、取り調べの成果は沖野の顔を一瞥すれば分かるのかもしれない。最上は沖野に無駄な問いかけをすることもなく、メモに目を走らせている間も表情は変わらなかった。

「副部長ともいろいろ打ち合わせをしてるが、今のままだと、殺しで再逮捕に持っていくのは難しくなるかもしれない」

焦りこそ感じさせないものの、最上の口調には深刻さが十二分ににじんでいた。

「正直に言えば、今頃、松倉も厳しい取り調べに降参しているだろうという見込みを逮捕前には持ってた」

「申し訳ありません」

沖野は頭を下げたが、最上はそれには反応しなかった。

「今となれば、けっこうな賭けに出たものだと気づくが、そうであっても、俺は引き返すつもりはない」

悲壮な決意を吐露したようにも聞こえるが、それよりはずいぶん肝の据わった言葉として耳に届いた。

「責任は俺が取る。だから、君は何も気にすることはない。精一杯やってくれ。勝機はえてして、万策尽きたと思ったときに初めて見えてくるものだ」

それだけ自分に託してくれているのだと思うと、沖野は忸怩《じくじ》たるものを感じる。

やらなければと思う。

「はい、がんばります」

やるしかないのだ。

11

「ふむ……」

最上の報告を聞いた副部長の脇坂達也が、執務机の向こうで困惑気味にうなる。

「どうも、この件は、君にしては珍しく策を早まった感があるな」

「まだ十分時間はあります。相手は二十三年前も警察の追及から逃げ切った男ですし、最初から簡単な目算は立てていません。勝負はこれからです」

「このままだと、とても再逮捕のゴーサインは出せんぞ。状況証拠さえ不十分だ。犯行時間帯に被害者宅を訪れていたというだけではな。動機も固めないと……借金絡みはいいとして、具体的に何が引き金になったかってことだ。トラブルの火種があったことも周囲の証言から集めておく必要があるだろうしな」

「それは今、帳場のほうでやっています」

「ふむ……」脇坂はセルロイドの眼鏡を外して、目頭を揉んだ。「とにかく、自供か直接証拠……特に凶器だな……そのどちらかが出ないと、ちょっと難しいな」

凶器の包丁の柄は、松倉の勤め先や最寄りの公園などを含めて、捜査本部が捜索範囲を広げているが、まだ出てこない。

「スリッパがコンビニのゴミ箱に捨てられた可能性が高いってことだったよな」

「はい」

「そのときに、一緒に包丁も捨てたってことはないのか？」

「それはおそらくないと思ってます。コンビニの店員も危険物や不審物が捨てられてないかどうかはチェックしているそうなので、包丁も刃が一部付いてますし、そういうのが入っていれば気づいたはずだと言ってます」

「何とかそれが出てくればいいし、無理だとしても、どこかで彼が包丁を買ったという証拠が出てくるだけでも違うんだが……」

その調べも捜査本部で進めているが、思うような結果は出ていない。

「それもなしでは、ちょっと厳しいぞ」脇坂は言う。「もちろん、これからの捜査にもよるが、最上、いったん引くのも手だからな」

「現場の心証は、松倉の犯行でほとんど固まっています」

「それは分かるが、だから押し切っていいとは言えない。今なら傷も浅い。深追いして結果的に取り逃がしたら、目も当てられん」脇坂は因果を含めるための間を置いてから最上を見た。「君もおそらく、来年には平検事に別れを告げることになるだろう。そういう大事な時期に、キャリアに味噌をつける真似をする必要はない。慎重にも慎重を期して事に当たるくらいでちょうどいい」

東京地検刑事部の筆頭副部長で、彼自身も次の異動では部長職への昇進が確実だと目されている男だけに、処世訓を織りこんだその言葉には説得力がある。

しかし、この事件に限れば、彼の言葉に心から従う気持ちは、最上は持っていなかった。天秤にかけるだけの重さが自分のキャリアにあるとしても、天秤にかける気がなければ、それで済む話だ。

「副部長の憂慮は肝に銘じておきます。その上で何とか突破口を見出して、松倉の再逮捕につなげたいと思います」

最上はそんな言葉を残して、副部長室を辞した。

松倉はどんなことをしてでも再逮捕に持っていかなければならないし、殺人罪で法廷に送らなければならない。もちろん、法廷に送る以上は、有罪を勝ち取れるだけの証拠固めをしておかなければならない。

どんなことをしてでも……。

最上はその点において、すでに本来の検事としての職務から、片足を踏み外してしまっているとも言えた。

そして、このままの状況が続くなら、両足を踏み外さざるをえなくなるという予感もある。

松倉の取り調べは難航している。沖野には事あるごとに発破をかけているが、勾留中に自供を引き出せる保証はどこにもないのが現状だ。

自供が引き出せなければ、証拠を積み上げるしかないが……。

自分の執務室に戻ると、長浜がメモを寄越してきた。

「弁護士の加納《かのう》先生から電話がありまして、折り返し電話をいただけないかと」

「誰？」

「当番弁護士で、例の松倉と接見したそうです」

勾留中で起訴前の被疑者が、弁護士に何かを相談したいものの頼むつてがない場合、弁護士会は当番弁護士制度により弁護士を送ってくる。

「ちょっと調べてみましたが、ヤメ検の方ですね」

長浜のメモには加納弁護士のプロフィールが書かれてあった。現在、六十歳で司法修習は最上の九期上。検事は十年前に辞めている。

松倉の件と聞いて、構える気持ちもあったが、ヤメ検なら難しい話にはならないだろうと思い、最上は受話器を取った。

「もしもし、加納先生ですか？　私、東京地検の最上と申します。初めまして」

〈ああ、最上さん、すいませんね、お電話いただいて。なかなか捉まらんというもんだから〉

向こうの口調からも、敵意はまったく感じ取れない。

「いえ、こちらこそ、電話が取れずに申し訳ありませんでした。何か、松倉の件でということですが……」

〈そうなんですよ。当番で接見しましてね。本人が泣きながら言うんですが、とにかく、身に覚えがないのに認めろ認めろの一点張りで、しかも一日中、ひどい言葉で罵られて、苦しくて仕方がないってなことでね〉

「それは警察じゃなくて、うちの取り調べですか？」

〈ええ、私も耳を疑ったんだけど、検事の取り調べのほうがひどいと〉

加納の緊張感のない言い方も手伝い、最上は小さな笑いを噛み殺した。

〈それでちょっとそちらの事務局に確かめたら、何でも主任はA庁らしいですな〉

「はい」

〈だからまあ、加減を知らないのかなとは思ったんだけど、とにかく一応、申し入れはしておこうということでね〉

「それはそれは、お手数おかけしました。確かに主任はA庁の元気な男でしてね、多少がんばりすぎの嫌いはあるかもしれません。ただ、本来は礼儀正しい人間ですし、モラルは十分わきまえてるはずですから、ことさら問題になるような行為はしてないと思います。蹴った殴ったという話ではないわけですよね？」

〈そういう話ではないですな〉

「松倉はほかの事件との関わりもありましてね、取り調べが厳しくなるのはやむをえない部分もあるんです。加納先生なら、こちらのそのへんの事情は、十分察していただけると思いますが」

〈ははは、まあ、だいたいそんなところだろうとは思ったけれど、訴えを聞いた以上、ほっとくわけにもいかないもんだからね〉

「申し入れは確かに承っておきます」最上はそう応えてから、さりげなく訊いた。「松倉は、ほかに何か言ってましたか？」

〈とにかく、まったく身に覚えがない事件をやったように言われて、頭がおかしくなりそうだって言ってますよ。かなり弱ってるね。まあ、話を聞いてるとね、確かにこいつ、本当に関係しとるんかいなと首をひねりたくなるところはあるんだよね。だからこれね、当たりくじなのかどうかは、慎重に見極める必要があるんじゃないのかな。いや、私はただの当番で、彼の肩を持ついわれはないし、検察OBとして、老婆心で言ってるわけ

だけどね〉

「そうですか。ご意見は参考にさせていただきます」

最上は重ねて礼を言い、電話を切った。

沖野に追及の手を緩めろなどという指示を出すつもりは毛頭なかった。

松倉はかなり弱っている。

今の話から見えてきた一つの現実だ。

弱っているということは、遠からず割れる可能性があるということでもある。

しかし松倉はいまだ、真犯人としての揺るぎない心証をつかませてはくれない。

これも一方の現実である。

脇坂副部長には、現場の心証は固まっていると伝えているが、口で言うほどには強いものではない。最上はそう感じている。最上自身も、松倉が犯人であってほしいとの思いで見通しのいくらかをごまかしている自覚がなくはない。

つまり、現時点では、捜査の流れがどちらに傾くか、まだ分からないということだ。

それでも最上は、松倉が弱っているとの話に、勝ち目を見出したい気持ちがあった。

その夜、仕事を終えて官舎に戻ると、真っ暗な部屋が最上を待っていた。

妻の朱美は、日中、韓国旅行へと旅立っていった。もちろん、最上は見送りにも行っていない。「行ってきます」という彼女からのメールが携帯電話に届いたから、事故に気をつけるようにとの当たり障りのない返信を送っておいただけだ。テーブルの上には旅程表が、買い置きのレトルト食品と一緒に載っていたが、最上は一瞥しただけで手にも取らなかった。

奈々子は相変わらず、夜のバイトで家を空けている。

最上は部屋着に着替えると、書斎に入り、机の引き出しを開けた。

紙包みを取り出し、机の上でそれを開く。

松倉の部屋を家宅捜索したときに、ひそかに持ち出した品々。ほとんどゴミとしか言いようがないものばかりだが、使いようによっては宝のような輝きを放つのではないか……そんな期待をこめて、この数日、何か妙案はないかと頭をひねってきた。

ただ、考えたところで、やはり使い方は限られてくる。

現場あるいは現場近辺に、遺留品として置いておくということだ。そうして、何か見落としがあるかもしれないなどと理由をつけ、再度の鑑識捜査を行うよう水を向ければいい。

今のところ、松倉の足取りは、被害者宅の玄関前までは裏づけが取れている。しかし、玄関前まで来ていたのだから、家の中にも入っていたはずだという論理の飛躍は認められない。玄関には鍵がかかっていた。犯行可能性の壁がここにある。

家の中まで入ってしまえば、その壁が取り払われたも同然なのだが、それを証明するには、松倉があの日、確かに家の中に入ったという物証が必要となるわけだ。

いや、家の中でなくてもいい。

犯人は庭から回って逃げたとされている。

庭先に松倉とつながる何かが落ちていれば、これも犯行可能性の壁を取り払う物証となりうる。事件に関係のない赤の他人が、そんなところでうろちょろしているのは理屈に合わないからだ。

庭先であれば、最上が一人で行って、仕掛けておくこともできる。

意味があるなら、やる覚悟はできている。

しかし、仕掛けるにしても、慎重に考えなければならない。

松倉の部屋から拾ってきた中で、一番使えそうなのは絆創膏だ。血が付着しているから、DNA鑑定をすれば一発で松倉のものだと分かる。庭先に落ちていても、逃走の過程で身体から剝がれ落ちてしまったという見立ては、不自然ではないだろう。

爪楊枝もおそらく、松倉のDNAの検出が期待できる良質なブツになりそうだが、庭先で松倉がそれを落とすのに相応しいものであるとは言いがたい。競馬新聞は論外だ。

飴の包み紙も、松倉のきれいな指紋が採れる保証はない。

ダウンジャケットの羽毛は、最初、面白い気はした。その気になって、繊維業界の検査協会に匿名で問い合わせてもみたのだが、結果としては、一本の羽毛が、特定のジャケットから抜けたものであるという証明は限りなく不可能に近いとの回答が返ってきた。一着のジャケットには不特定多数の水鳥の羽毛が使われている上、そもそも二、三本の羽毛ではDNA鑑定の検体としても用をなさないという。羽毛の形状から、ダックかグースかというような区別はつくようだが、それでジャケットまで特定できることにはならない。

しかし……と最上は考える。

ダウンジャケットなら、必ず羽毛が飛び出しているわけではない。生地の織りや縫製の目が粗いタイプにときどき見られる。最上も若い頃に安物のダウンジャケットを着ていたときには、羽毛が出てくることがたまにあった。

松倉のダウンジャケットは、そういう意味では特徴的である。あちこちから羽毛が顔を出していた。都筑夫妻や第一発見者の原田夫妻の手持ちにそのようなダウン物がないとなれば、決め手とはならなくても、相応の疑いを松倉に向けさせる物証にはなるのではないか。

決め手は絆創膏に任せればいい。絆創膏を鑑識に見つけさせるためにも、再度の遺留品捜索を促す口実がいる。羽毛はその点でも使い勝手がいい。

最上は頭の中で組み立てた論理が一応の形をなすと判断すると、紙包みの中から、絆創膏と三本の羽毛をピンセットでつまみ、封筒に入れた。

翌朝、五時すぎに目を覚ました最上は、静かなキッチンで簡素な朝食を済ませ、いつもより二時間近く早く身支度を整えた。玄関に脱ぎ捨ててあるブーツを見て、奈々子が帰ってきていることを知るが、どうせ寝入りばなだろうと、声をかけることもしなかった。

官舎を出て、環七通りでタクシーを拾う。大田区の六郷に向かう。

第一京浜沿いでタクシーを降り、そこから京急高架沿いの都筑夫妻の家まで歩いた。時折勤め人の乗る自転車や車とすれ違ったが、都筑夫妻の家の前の路地には人影はなかった。

主をなくした家は、現場検証で多くの捜査員が出入りしていたときの物々しさは跡形もなく消え去っていて、早くも朽ち始めのような寂れをその佇まいに覗かせている。

最上は路地の左右をさりげなく確認してから、門扉《もんぴ》のない駐車場に身体をすべりこませた。そのまま都筑和直の愛車の横をすり抜け、松の木やつつじの植えこみの間を抜けて、裏庭に回りこんだ。

束の間、植えこみの陰で庭の様子をうかがったが、人の目はどこにもないようだった。

縁側のサッシには、千葉に嫁いだ娘か、あるいは晃子の妹夫婦がそうしたのだろう、雨戸が引いてあった。

家の中の様子は分からない。誰もいないとは思うが、それでも最上は慎重に庭先へと出た。

どこに何を置くか……逃走経路と風の動きを確かめながら考える。

白手袋を嵌め、封筒から羽毛を出す。ピンセットでつまみ、小さなウッドテラスの木の合わせ目に差しこんだ。すぐに目につく場所ではない。しかし、よく見ると、存在を主張するように羽毛が微風に揺れている。

悪くない。

もう一つは、庭の隅の吹き溜まりにある落ち葉に絡みつくような形にしてくっつけてみた。

あと一つ。

サッシの雨戸を少しずらしてみる。

中は暗い。

サッシの隙間から、部屋の中に滑りこませられないだろうか。

ピンセットで送りこむと、ある程度はいい感じで入っていくが、途中で引っかかってしまう。

何度か試みたもののうまくいかず、最上はあきらめた。この一本はサッシの桟《さん》に引っかけて、雨戸を閉め直した。

絆創膏は植えこみの下のほうの枝に引っかけた。逃げる際に足が枝に引っかかって絆創膏が取れたとも考えられるし、何より、枝にまぎれて、最初の鑑識捜査では見つからなかったとしても不自然ではない場所だ。

仕掛け終えると、白手袋で首筋の汗を拭い、注意深く路地に出た。そこからはもう、振り返ることなく歩き、第一京浜でタクシーを拾った。


昼をすぎてから、最上は沖野らを伴って、蒲田署に向かった。松倉の勾留は九日目に入っている。十日間の延長請求は規定路線であったが、取り調べにもそのほかの捜査にも進展がない中、捜査幹部と今後の方針をすり合わせる時間は必要だった。

最上と一緒に車の後部座席に収まっていた沖野は、取り調べが始まってから日に日に顔つきが変わってきていた。ついこの前まではあったはずの、若者らしい、くるくると動くような目の光が鈍り、表情からも柔らかさが一切消えている。それだけ取り調べに自分のすべてを注ぎこんでいる証だとも言えた。

「そう言えば、昨日、松倉と接見した当番弁護士が申し入れをしてきた」

「何でしょう?」

そう訊いた沖野の表情は、心当たりがありすぎて、開き直るしかないものに見えた。

「いや、大したことじゃない。要は松倉が弱音を吐いてるってことだ。俺には、この調子でやれと言われてるように聞こえたな」

「弱音を吐くくらいなら、さっさと犯行そのものを吐いてほしいですね」沖野は憎々しげにそんなことを言った。「当番弁護士を呼ぶなんて、相変わらず小賢しい男だ」

当初は二十日間のうち、沖野の取り調べは四、五回程度だと考えていたが、ここのところは捜査本部の森崎とペースを分け合っている。沖野が口にたがわぬ熱意で取り調べに当たり、松倉本人にかなりのプレッシャーを与えているのが分かってきて、捜査本部内でも沖野の取り調べの馬力を評価する声が出てきているようだった。

彼の取り調べは若さに任せた尖鋭的なもので、たぶんに危うさをはらんでいるようだが、今の時点ではそれに期待したい思いが最上にもあった。彼自身も、最上の期待感をすくい取っての奮闘であろうから、その意味でも期待をかけてやらないわけにはいかない。

蒲田警察署に着くと、長浜が建物前の駐車場に車を停め、最上たちは降りた。そこから、警察署の正面玄関をくぐったところで、玄関ロビーの片隅に立つ中年の男と目が合った。

その男が大学の先輩である水野比佐夫だと気づくのに一、二秒かかった。水野も同様だったと見え、携帯電話でどこかと連絡を取っていた彼は、そうと気づいた瞬間から絶句したように、ただ最上を見ていた。

長浜や沖野らに囲まれていた最上は、水野に声をかけるタイミングもつかめないまま、彼の横を通りすぎる。そうか、やはり居ても立ってもいられなくなり、取材に来ているんだな……そんなことを思っただけだった。

水野も、声をかけてはこなかった。

先日、電話で縁を切ったばかりだからか。

それとも……。

最上が蒲田署に来ていることで、彼なりに今回の事情を察したのかもしれない……そんな気がした。

捜査本部では田名部管理官と青戸係長が最上たちを出迎え、会議室の隣の応接室で現状報告を含めた打ち合わせが行われた。

最上が松倉の勾留を十日間延長請求する予定に変わりがないことを告げ、警察側からも異論は出なかった。ただ、捜査が行き詰まっていることは明らかであるだけに、その後の見通しの話になると、それぞれの口は自然と重くなるようだった。

「仮にこのままですと、そちらの再逮捕の見解はどうなりますか？」田名部が最上に問いかける。

「何とか力ずくでも持っていきたいところですが、このままだと厳しいかもしれません」最上は言う。「今のところ、うちの副部長は消極的です」

田名部はそんな言葉を聞いてもあきらめ切れないような渋い顔をしてうなっているが、一方で青戸は、今の状況であれば無理もないと言いたげに小さくうなずいている。

「沖野検事は松倉を何回か取り調べて、どういう手応えを持ってますか？」

青戸が積極的に沖野の意見を聞こうとすることなど、松倉を逮捕するまではなかった。沖野の取り調べの厳しさが彼らの耳にも入っているということの現われに違いなかった。

「松倉はとにかく、一筋縄ではいかない男です」沖野が答える。「こちらの攻撃が応えてるように見えて、実は全然応えてなかったりする。自分の土俵際もちゃんと心得ていて、それ以上は絶対に退がろうとしない。ぶつけた言葉が効いてるのか効いてないのかも分からず、途方に暮れる気になったりもします。でも、私は何とかこの勾留中に割るつもりでやってますし、割れると思ってやってます」

沖野の話は根拠こそ見えないものの、それが逆に鬼気迫る決意表明のように聞こえ、青戸はしばらくその意気込みを尊重するように無言でうなずいていた。

しかし、彼はそうしたのち、冷静に口を開いた。

「森崎も、松倉が一筋縄ではいかない男だという点では、同様のことを言ってます。彼もがんばってはいるが、なかなか結果が出ずに途方に暮れている。

それからもう一つ、彼はこうも言っている……根津の事件について松倉に揺さぶりをかけたときは、松倉が自供を始める前から、これは確実に関わっている、押せば喋りそうだという感触が確かにあった。しかし、今度の刺殺事件の話になると、その感触がてんでつかめないと。根津の事件では通じたやり方が通じない。こいつが本ボシに違いないと心に決めて挑んでも、その手応えがなくてぞっとするとまで言うんですな。沖野検事は、そういう森崎の感覚は分かりますか?」

「分かります」沖野は言う。「松倉は時にどうしようもなく愚鈍に見え、時にとんでもなく狡猾に見えます。感情を表に出してさめざめと泣いたかと思えば、こっちが何を言おうとぼんやりしたまま反応しないこともある。どこをどう攻めたら効くのか、私も手探りでやっています」

沖野の答えに対して、青戸はさらに問いを重ねる。

「その、つかみどころがない、手応えがないという感覚が、沖野検事の中で、もしかしたら松倉は本ボシじゃあないのではないかというような心証につながることはありませんか?」

その問いかけに対しては、沖野はしばらく何も答えなかった。

「いや、というのもね」青戸は補足するように言う。「森崎がそんなようなことを言うんですな。彼もいろいろ迷いが出てきてる。そんなことはないと言ってやるのは簡単ですが、松倉と何十時間も顔を合わせている彼の心証の変化というのも、貴重な捜査情報の一つではないかと思うんですよ。もちろん、そのことだけで捜査方針を変えるべきだとは思ってません。ただね、捜査が膠着《こうちゃく》しているのも事実なだけに、いろんな可能性を頭に入れておかなきゃならない。まだ時間はありますから、波紋が起こるのを承知で、私はこの話を一度俎上《そじょう》に載せてみようと思ったんです」

「私には分かりません」沖野が慎重な口ぶりで言った。「雑念が入ってしまうと、追及の手がどうしても鈍ってしまう。迷いが出るようなときは、私は松倉を、二十三年間、凶悪犯罪を隠し通してきた男だと考えて、自分を戒《いまし》めることにしています」

「なるほど……確かに、そこは忘れてはいけない点ですな」青戸は言い、最上を見た。「最上検事はどうお考えですか？」

「青戸さんが注意喚起されたことは、これから何らかの決定をするまで、頭に置いておく必要はあるでしょう」最上は言う。「ただ私は、この捜査が膠着している裏には、物証の少なさが影響している……ほとんどそれがすべてだと言ってもいいと思っています」

「それもそうでしょうな」

青戸が言い、田名部も言葉を添えた。「何かが出てくれば、捜査も大きく動くでしょうが、出てこないから困っている。これればかりはどうしようもない」

「私は、遺留品捜査などは、しつこく繰り返してもいいんじゃないかと思っています」

最上は言った。「鑑識活動は、事件発生直後において最大限の成果を上げるものでしょうが、見方を変えると、また違ったものが見えてくるということがあります。今日、ここに来るときに松倉の部屋をガサ入れしたときのことを思い出してたんですが、彼の上着にダウンジャケットがあった。黒の薄いダウンジャケットで、四月でも十分着れるようなやつです。犯行時に着ていた可能性も高いと思って、青戸さんに押収してもらいました」

青戸に目で問いかけると、彼は憶えているというように、小さくうなずいてみせた。

「あのダウンジャケットなんですが、ところどころ、縫い目から羽毛が飛び出しているのが見えました。それを思い出して、ふと気になりました。つまり、もしかしたら現場に、羽毛の一つや二つ、落ちていなかったかと……」

そう言ってまた、最上は問いの視線を青戸に投げかけた。

「いや、鑑識からそういうものを採取したという報告は上がってませんな」青戸は言う。

最上は小さくうなずいた。「しかし、犯人がダウンジャケットを着ていて、羽毛が落ちているかもしれないという目で現場の居間なり廊下なり庭先なりを捜していたら、もしかしたらそれがどこかに引っかかっているのを見つけていたかもしれない。いや、今からでも、見つけられるかもしれない……私が言いたいのは、そういうことです」

「なるほど」青戸は思案顔でうなる。「まあ、付近の公園や松倉の勤め先などでは凶器の捜索を続けてますし、現場の遺留品捜査をもう一度というのもやぶさかではありませんが……ただ、羽毛が一つ二つ出てきたところで、それが松倉のものと言えるかどうか……」

「まあでも、やってみる価値はあるかもしれませんね」返事を引き取るようにして田名部が言った。

「松倉の生活習慣なんかも、ガサ入れをして初めて分かった部分がありますからね。煙草を吸う。ガムを噛む。あるいは、鼻炎の薬を飲んでるとか。そういうのが分かっていれば、煙草の吸殻や噛みかけのガム、洟をかんだティッシュペーパーなんかにちゃんと目がいく。もしかしたら、初動の鑑識捜査では見逃していたものがあるかもしれません」

「分かりました。それは早急に対応しましょう」青戸はそう請け合い、手帳に書きこんでから、少し身を乗り出すようにして話を続けた。「それで、それとはまた別のあれなんですがね、ちょっと気になる話が出てきたもので、一応、そちらの耳にも入れておいたほうがいいかと……」

思わせぶりな青戸の切り出し方に、最上は軽く眉をひそめて、その先を促した。

「いえ、この事件に本当に関係あるかどうかは分かりません。酒場での話ですしね」青戸はそう断りを入れて続ける。「実はですね、昨日、窃盗容疑でこちらの刑事課がしょっ引いた男がいるんですが、その男を取り調べていたら、ひょんな話が出てきたんですよ。すなわちですね、先日——刺殺事件のあとのことです——その男が京急蒲田の駅前にある焼き鳥屋のカウンターで、ある男と隣り合わせになって一緒に飲んだらしいんです。その窃盗容疑の男にとっては初めての店だったそうですが、相手の男はその店の常連らしくて、店の主人とも顔見知りのようだったと話してます。

で、その相手の男は相当上機嫌に酔っ払ってたようで、いろいろ自慢話なんかもするわけなんですが、板前をやってた腕を自慢してたと思ったら、いつの間にかワル自慢になってて、『気に食わないやつは、人間でもブスブスやっちゃうからな』なんてことを冗談めいた調子で口にし始めたらしいんです。そんな話もどんどん転がっていって、『この前、六郷であった事件、憶えてるか』なんて、その相手が言う。窃盗容疑の男は新聞も何も見てなかったもんですから、分からないまま話を聞いてたそうですが、どうもその相手の男がその事件に関わってるとしか思えない、そう匂わせるような話し方で、酒場で聞くにしても、ずいぶん悪趣味な話だったと言ってるということです」

板前をやっていた……この事件の参考人でそんな人物がいたような気がし、最上は青戸の含みのある視線を受け止めながら、記憶をたどった。

「その相手の男ですがね、名前は訊かなかったそうですが、焼き鳥屋の主人は『弓ちゃん』と呼んでたってことですよ」

そうだ、弓岡嗣郎……借用書は残っていない人物でありながら、被害者の都筑和直とは競馬仲間で知られ、仕事中にも競馬中継にうつつを抜かしていたことなどから板前をクビになったという男だ。

「おそらく弓岡嗣郎のことだと思われますが……どうですか？　ちょっと気になりませんか？」青戸がぎょろりと最上を見つめる。「帳場にはこういう眉唾な話がよく転がりこんできますけどね、この話は妙につじつまが合ってる気がするんです。弓岡という名前もね、ちょっと興味深い」

最上の隣に座っている沖野が、弓岡の名前が出て、にわかに落ち着きのない素振りを見せ始めた。喉を鳴らしながら湯呑みに手を伸ばし、最上と青戸双方の顔色をうかがうように、さかんにちらちらと視線を動かしている。

「確かに」最上はざわつきかけている気持ちを隠して、冷静に返した。「ただやはり、酒場での話ですからね、どこまでまともに捉えたらいいかという問題はあるかもしれません……たとえ、その相手の男が弓岡であったとしても」

「もちろん」青戸は呑みこみよく言う。「自分の友人が殺人事件に巻きこまれたことをアレンジして、自分がさも、それをやったかのように語る。相手はたまたま隣に居合わせた見知らぬ男で、自分自身も酔っ払ってるもんだから、ついつい思わせぶりな口を利いてしまう……まあ、ありえることですな。悪趣味ではありますが」

最上がそれに対する言葉を選んでいると、青戸がその意をすくったように、「ただ、気にはなる」と言い、目配せしてみせた。

「ええ」最上はうなずいた。「その窃盗容疑の男の送検はいつですか？」

「明日です」

沖野に任せるべきかとは思ったが、彼は松倉の取り調べに集中させておきたかった。

「分かりました。そのときに私のほうでも一度事情を聞いてみましょう」

「そうですね。そうしてください」

「それと、弓岡の関係資料をこちらにも回してください」

「分かりました。至急手配します」

そう言って青戸は手帳にペンを走らせた。


打ち合わせを済ませて、蒲田署を出る。

水野はもう、ロビーにも建物の外にもいなかった。

風が出てきている。橘沙穂の黒髪をもてあそぶようにして吹き抜けていく。

今朝、都筑邸の庭先で遺留品を仕掛けていたときは、ほとんど無風に近かったが……。

あれはどうなっているだろう。

気にはなるものの、あとはもう、どうすることもできない。鑑識の再捜査で見つかることを祈るだけだ。

「弓岡の話は、どう捉えたらいいんでしょう？」

車に乗りこむと、後部座席で隣に座った沖野がぽつりと自問自答するように言った。その横顔には、動揺と苦悩の色が覗いている。

「まだ何が分かったわけでもない。ほとんどガセと変わらない未確認情報に一喜一憂してもしょうがない」

沖野はもともと、弓岡のような、現場に借用書を残していない人物こそ怪しむべきだと主張していた男だ。しかし今は、自説を捨てて、松倉を割るべく躍起になっている。そんなところに、弓岡が捜査線上に浮上してくるとなると、動揺するなというほうが無理だろう。

「その窃盗容疑の男に話を聞いたら、君にも報告するよ。明日はまた、君の担当の日なんだから、余計なことは考えずにやってくれ」

最上の言葉に、沖野は感情を殺したような声で、「分かりました」と応じた。

翌朝……今にも雨が降りそうな鈍色《にびいろ》の空が官舎の窓から見えた。

最上は朝刊を取ってくると、低めの温度でアメリカン風味にいれたコーヒーを飲みながら、新聞に目を落とした。自分が担当している事件に関する記事はないかと社会面をまず開こうとして、一面にある目次に目が留まった。

「特捜部、丹野議員の逮捕許諾請求へ」という一文だった。

三面に記事が出ている。海洋土木会社による高島グループの政治団体への闇献金問題で、丹野が収支報告書不記載処理の決定に関与した容疑が固まったとし、東京地検特捜部は国会会期中ながら丹野の逮捕に踏み切るべく、許諾請求を一両日中にも行う方針を固めた模様だと書かれている。

にわかには信じがたいが、新聞が大きく報じている以上、その可能性は高いと思わなければならない。

もちろん、ターゲットが丹野だけならば、特捜部もこれほど強引な出方はしまい。彼らの狙いは高島進である。しかし、丹野も自らの政治生命を懸けて高島を守ろうとしている。その構図が、このような厳しい形で戦いの火ぶたが切られるという道につながってしまっているのだ。

最上としてはもう、事態の行方を見守ることしかできない。

一つため息をついて、新聞を閉じた。

この日、午後に入り、最上の執務室に矢口昌広《やぐちまさひろ》という男が連れられてきた。弓岡嗣郎と見られる相手と焼き鳥屋で飲んだ人物である。

矢口は三十八歳で妻も子どももいるようだが、手癖が悪く、窃盗の前科があり、今回も置き引きの現行犯で捕まった。その容疑での弁解録取書はほかの検事が取っており、それが終わったらこちらに連れてきてくれと頼んであった。

最上は矢口を取り調べ用の椅子に座らせ、早速本題に入った。

「蒲田署の取り調べで、六郷の夫婦刺殺事件の話を焼き鳥屋で聞いたと言ったそうだね。私も検事として、あの事件を担当していてね、その話を詳しく聞かせてほしいんだ」

最上がそう水を向けると、矢口は自分の事件とは関係ないということでほっとしたのか、肩を軽くすくめて口を開いた。

「焼き鳥屋の大将は、『弓ちゃん』って呼んでましたよ。六十近くかな、角刈りでね、気さくだし笑うと一見人懐っこそうなんだけど、まあ、酒飲んで目が据わってたってのもあるのか、ちょっと怖いようにも見えましたね」

「この男か？」

最上は午前中に蒲田署から送られてきた弓岡嗣郎の資料から、写真を抜いて、矢口に見せた。

「そうです」

蒲田署でも確認したのか、彼は一瞥しただけでそれを認めた。

「刺殺事件のことは何て？」

「いや、最初はあの人、つまみの蘊蓄《うんちく》なんか垂れてて、よく聞いたら板前やってたって言うから、感心してたんですよ。それが、実は競馬のやりすぎで店をクビになったなんてことだから、案外しょうもないおっさんだなって笑っててね。それからお互い酔っ払ってるから、話があっちゃこっちゃいくんですが、どういうきっかけだったかな……確か、包丁の切れ味の話なんかをしたあとだと思いますけど、あの人が『六郷の事件、知ってるか？』って訊くんです。俺は蒲田のほうにはちょくちょく遊びには出てきますけど、もともとは世田谷の人間ですし、じいさんばあさんが刺し殺されたなんて事件、興味もないんで、憶えてなかったんですよ。そしたら、けっこう詳しく説明してくれましてね、そのじいさんばあさんがどういう人間かなんてこともえらく詳しいんで、何でかって訊いたら、実は知り合いだって言うんですよ。知り合いが被害に遭った話にしては、深刻さがないっていうかね、楽しげとまでは言いませんけど、どことなく興に乗ってるような話しぶりじゃないですか。そんな見てきたように話して、おっさんがやったんじゃないだろうなって冗談で言ったら、にやっと笑って、『何で分かった？』なんて俺の腹を刃物で突く真似をするんですよ。それが何か妙に薄気味悪くてね」

「君の話だと、弓岡は冗談で言ってるようにも聞こえるが、そうじゃないのか？」最上は慎重に訊く。

「いや、もちろん酒場での話ですから、そりゃ、深刻に『俺がやったんだ』なんて言い方はしないでしょうよ。でも、その目を見ながら話を聞いてたら、こいつ、ちょっと普通じゃねえなって感じるわけですよ。俺も何だかんだ、やばい人間をこれまで見てきてますけど、そういう人間特有のイッちゃってる感じがあったんですよね」

しかしそれは、この男の心証であって、それ以上のものでなければ眉唾として聞くしかないだろう……そう思っていると、矢口は思い出したように話を継いだ。

「そうそう、その前に包丁の話をしてたこともあって、彼が言うわけですよ。安物の包丁の何が駄目かって、人一人刺したら、もうそれで使い物にならなくなって、無理に使うと簡単にぱきんと折れちまうところだって。だからお前も、二人以上刺そうと思ったら、包丁はいいのを使えよとか、背中は筋が硬くてすぐに刃が傷むから、まずは腹からぶすっといけとか、訳の分かんないこと言うわけですよ。さすがに気味が悪いでしょ」

最上は言葉を失ったまま、矢口を見ていた。

都筑夫妻の刺殺事件で、凶器の包丁の刃が折れているという事実は、報道されていない。

「それから、こうも言ってましたね。あの夫婦が死んで喜んでるやつはけっこういるんだって。どうしてかっていうと、旦那のほうから金を借りてるやつが何人もいて、そいつらはもう返さなくていいから、喜んでるはずなんだって。それで俺が、『おっさんはどうなの？』って訊いたら、だから俺もこうやって気兼ねなく飲みに来れるんだよって、ニヤリと笑うわけですよ。俺が奢るから、もう一軒行こうなんて誘われもしましたけど、まあ、適当に口実つけて断りましたよ」

たまたま隣り合った相手を驚かせたいがために、知り合いが殺された事件を、さも自分の仕業かのように思わせぶりに語ってみせた……という見立ては、どうにも苦しいと言えた。

弓岡が犯人であったほうが、それらの話の説明もつきやすい。

青戸がこれまでの捜査の流れを止めるようにして、この話をねじこんできたのにもうなずける。

最上は矢口を帰したあとも、呆然として、執務机の前から動けずにいた。

机の上の電話が鳴り、しかし、最上は考え事をしたまま、それを取らなかった。長浜が代わりに取り、やはり最上宛ての電話だったらしく、それを回してきた。

「青戸警部からです」

受話器を取ると、〈お忙しいところ失礼します〉という低い声が届いた。

〈実は昼前から、鑑識の人間中心に十人ほど集めて、例の被害者宅の再捜索なんですが、家の一階部分や裏庭、あるいはガレージなんかを徹底的にやりまして……〉

「はい、それで……？」最上はかすかに上ずった声で先を促した。

〈残念ながら、これというものは出てきませんでした。やっぱり、初動でかなり念入りに捜しましたからね。違う日でと言ったところで、難しい部分はありますわな〉

最上は思わず、奥歯をぎりりと噛んだ。昨日の風を恨みたい気分だった。絆創膏までどこかに飛ばされてしまったか。いや、もしかしたら、まだあるのかもしれない。しかし、植えこみをよく捜せば、絆創膏が見つかるはずだと、この口で言うわけにはいかないのだから、どうしようもない。

風が松倉に向かって吹いている。決して正義ばかりを助けるわけではない気まぐれな風が、二十三年前とは違い、今回はつむじを曲げることなく馬鹿正直に吹いている。

〈例の窃盗容疑の男、そちらに行ったと思いますが、話は聞きましたか？〉

「ええ……聞きました」

〈どうでした？〉

「かなり気になる話ですね」

〈ですよね〉青戸はそう相槌を打ってから訊いてきた。〈どうしましょうか？　本気で探ろうとするなら、捜査態勢もそちらにシフトさせるような話になりますけど〉

「管理官も異論はなさそうですか？」

〈おそらく田名部としては複雑な心境でしょうけど、事実や情報が指し示す方向に背を向けられないのは、彼も承知していると思いますよ〉

「なるほど……ではまた、明日打ち合わせにうかがいます。突っこんだ話はそこでやりましょう」

〈分かりました〉

田名部の意向を気にするような言い方をしながら、その実、最上自身に気持ちの区切りがつかないのだった。返事を明日に先送りして、青戸との電話を切った。

しかし、これ以上、松倉を強引に追い詰めていく方向には捜査を進められないことは明らかだ。

終わったな……最上はそう認めるしかなかった。

水野や前川、丹野ら、北豊寮にゆかりのある旧友の顔が脳裏に浮かぶ。元気な頃の久住夫妻と、何より由季の幼い笑顔も……。

彼らの無念を晴らしたかった。運命のいたずらで自分に回ってきた仕事だ。ほかの誰にもできない。誰に頼まれたわけでもないが、やり遂げなければならない仕事だと思った。自分には関係ないことだと嘯きながらも、執念を心の中で沸騰させ、二十三年逃げ延びた男を必ず仕留めてみせるつもりだった。

そのためには、禁断の領域へ両足を踏み入れることも厭わなかった。

けれど、風はこちらに吹かなかった。

無力感を嚙み締めながら、最上は席を立ち、ぼんやりと窓の外を眺める。

捜査方針が変わることで、沖野はほっとするだろうか。あの若い検事は、結果を出そうと少なからず無理をしていた。その点だけはよかったかもしれない。

黒塗りの車が検察庁から何台も忙しなく出ていく。

「あっ」事務官席でパソコンを開いていた長浜から声が洩れた。「特捜部も大変ですね……」

「どうした？」

最上は現実に引き戻され、長浜に声をかけた。丹野のことを思い出していた。何か動きがあったか？　議員逮捕の許諾決議は可決されたのか？　それとも否決されたのか？

「例の闇献金問題の丹野議員が自殺したそうです」

不意に鼓膜が張り、不快な耳鳴りが最上の頭をしびれさせた。

長浜はパソコンを指差したまま、見入っている。ネットのニュースサイトに配信された記事だ。最上はそれを一瞥すると、力の入らない足で応接ソファの前まで歩いていき、壁際に置かれた小さな液晶テレビのスイッチを入れた。

〈午後一時頃、赤坂の衆議院議員宿舎で……〉

〈紐のようなものを首にかけた状態でぐったりしている丹野議員を秘書が発見し……〉

〈搬送先の病院で死亡が確認されました……〉

〈部屋からは複数の遺書が見つかっており、警察では自殺と見て……〉

〈病院には丹野議員の義理の父でもある高島進前外務大臣らが駆けつけ……〉

〈丹野議員は海洋土木会社からの闇献金問題で……〉

アナウンサーが淀みなく読み上げるニュースが、ほとんどぶつ切りの言葉となって、最上の耳に飛びこんでくる。全部を咀嚼《そしゃく》できるほどには、頭が回ってくれない。

ただ、本当に丹野が死んでしまったことだけは分かった。

「検事、携帯電話が……」

長浜の声に、最上は振り返る。執務机に置いてあった最上の携帯電話が鳴っているらしい。机に戻ってみると、前川の名が液晶画面に出ていた。

〈も、最上ぃ……〉

携帯電話を耳に当てるなり、前川の涙声が聞こえてきた。

〈丹野が、丹野が……〉

「ああ、今、テレビで観てる」最上は虚脱した声を返した。

〈いいやつだったのに……〉前川は嗚咽《おえつ》を洩らしながら言う。〈信じられるか？　もうこの世にあいつがいないなんて……〉

そうだよな。

信じられないよな……。

最上はそんな言葉を口にする代わりに、携帯電話を机に置き、両手で顔を覆った。

「テレビ、消しましょうか?」

ニュースが終わり、テレビの画面はドラマに変わっていた。最上は執務席に戻り、ただ放心していた。

長浜はテレビを消すと、事務官席に戻りかけ、最上に同情するような視線を向けた。

「丹野議員も市ヶ谷大法学部卒……ご学友だったんですね」

「ああ、一緒に司法試験の勉強をした仲だ」

「そうですか……お察しします」

そう口にしたきり、長浜は事務官席で静かになった。

最上は一人、ため息をつく。

あれだけ勉学に励み、世の中をよくしようという志に満ちていた男が、五十の手前で自らこの世から去ってしまうことの空しさに、心底やり切れない思いだった。

これからいくらでも、世のための仕事ができただろうに。

丹野自身が選んだことなのだから仕方がないなどと自分に言い聞かせてみても、それで納得できるような大人の感情だけを持っているわけではなかった。

丹野にしても、本当はもっと生きたかったに違いないのだ。

いろいろ悩み抜いた末に、こういう選択しかないという結論になったのだろう。

丹野はもう生きていない。

彼が生きられなかった今このときを、自分は生きている。

これからもずっと。

由季のことを考えたときにも抱いたそんな感傷が、最上の心を締めつける。

自分は丹野と比べて、何を成し遂げられるわけでもない。それでも、彼が生きられなかったこの先を生きていこうとしている。

そこに意味はあるのだろうか。

それを自分で見出さなければならないということか。

心の底に沈んだものが、落ち着きなく揺れている。何かが自分に突きつけられている。

それに応えようとする衝動を、最上は意識する。

自分にしかできないこと。

不意に……。

今まで頭の隅にさえなかったことが思い浮かんでしまった。

あまりに大それたことだった。

反射的に首を振る。

だがそれは、あっという間に無視できない大きさまで膨張していった。

いったんは道を踏み外した身だ。そう考えれば、まだ自分にできることは残されているのだと思える。

最上は捜査本部から送られてきた弓岡嗣郎に関する資料を机の上に広げてみる。

弓岡の携帯電話番号が記されている。被害者の都筑和直とは、事件前日に通話をした記録が残されている。次の日に被害者宅を訪れた犯人の行動として考えれば、しかるべき記録だとも言えるが、それはどうでもいい。

最上は、自分の頭の中に浮かんだプランを練ってみる。

それだけのことを本当にできるのか……途方もない覚悟がいり、綱渡りで勝算もない。しかし、最上は思う。松倉が都筑夫妻を殺したのなら、その罪をかぶるのは当たり前のことだ。

そうではなく、やってもいない罪をかぶせることにこそ――それも己の罪過を上回る今回の事件のような罪をかぶせることにこそ――断罪を逃れた松倉に下される天誅《てんちゅう》として、大きな意味が出てくるのではないか。

やるべきだ……本能がそんな答えを出した。

電話が鳴り、その音が最上を思考の世界から引き戻した。

「沖野検事が、今日の取り調べの報告にうかがいたいとのことですが」

電話を取った長浜がそう用件を伝えてきたのに構わず、最上は弓岡の携帯電話番号をメモ用紙に書き写し、席を立った。

「ちょっと出かける。君がメモを受け取っといてくれ」

今日の取り調べにも進展はなかっただろう。松倉は犯人ではないのだ。それでもがんばって松倉を追い詰めようとしたに違いない沖野にはねぎらいの言葉をかけるべきだろうが、今は先にやることがある。

最上は庁舎から出ると、目の前の通りに架かっている歩道橋を上って、日比谷公園側に渡った。そして、歩道橋の下にある公衆電話ボックスに入った。

百円玉を何枚か電話機の上に置き、一つ大きな息をつく。受話器を取って弓岡の携帯電話番号をプッシュする。

呼び出し音をじりじりとした思いで聞く。やがて留守番電話サービスにつながり、最上は舌打ちしながら電話を切った。

もう一度……呼吸を整え、かけ直す。

出ろ……そう念じながら呼び出し音を聞いていると、今度はつながった。

〈もしもし?〉怪訝そうな男の声が聞こえる。

「もしもし……弓岡嗣郎だな?」最上は落ち着いた声を作って語りかける。

〈そうだけど……誰だ?〉

「名前は言えないが、お前の味方だ」最上は言う。「いいか、今から重要な話をするから、よく聞くんだ」

〈何だ、お前は？〉警戒するような声で弓岡が問いかけてくる。

「よく聞け……都筑夫妻が殺された件で、警察がお前に目をつけた」

〈何だと……？〉

「京急蒲田駅近くの焼き鳥屋で、隣り合った男に事件の話をしただろ。しらばっくれても駄目だ。警察はつかんでる」

〈お、お前は誰なんだ？〉弓岡の声音に動揺の色がにじんでいる。

「捜査関係者の一人だ。だが、お前に捕まられると困る。しばらく行方をくらませていてほしいんだ」

〈どういうことだ、いったい……？〉

「詳しい説明をしてる暇はない。とにかくお前は、明日の朝には手荷物をまとめて、今住んでるアパートから出なきゃいけない。それ以上もたもたしてたら、警察にマークされる。今のうちだ」

〈待てよ……いきなり電話してきて、明日の朝って馬鹿な〉

「いいか、お前に選択の余地はないんだ。これは捕まったら死刑になる事件だぞ。お前はうまく逃げた気になってたかもしれんが、このままなら確実に捕まる。だが、こっちにはほかの人間に疑いをかけてる者も少しだけいる。松倉重生は知ってるか？　最初はやつに疑いがかかってた。それが、お前の話が出てきて、捜査方針が急転換しつつある。

だからな、お前はしばらく姿を隠していれば、助かる可能性があるんだ。分かるな？」

かすかな息遣いを残して、弓岡は沈黙した。

通話時間が残り一分を切ったことを、電話機の液晶表示が告げる。

「弓岡」最上は百円玉を追加投入しながら、呼びかける。

〈聞いてる〉

弓岡はぶっきらぼうに言い、また黙りこんだ。

話を信じるべきかどうか、考えているのか。

焦《じ》れる思いを抑え、最上はただ、受話器を握る手に力を入れる。

〈しかし……〉弓岡がようやく口を開いた。〈姿を隠せって、いったいどこに行けばいいんだ？　思いつかねえぞ〉

最上は詰めていた息を吐き、携帯電話のカレンダーを出した。それを見ながら話を進める。

「大丈夫だ。とりあえず、明日と明後日は自分で宿を取れ。それくらいの金はあるだろ。箱根がいい。偽名で取れ。日曜になったら俺が行く。潜伏する場所に当てがあるから、そこに連れてってやる。当面の生活に必要な金も融通してやる。だから、何も心配するな。

ただし、今から言うことに気をつけろ。まず、荷物は必要最小限にしろ。それから、都筑夫妻の事件に関係するものはアパートに置いていくな。犯行時に着てた服、履いてた靴、靴下、みんな持ってけ。犯人だと分かるようなものを絶対残していくな。現場で履いてたスリッパはコンビニのゴミ箱に捨てたな？」

弓岡から、〈うっ〉という返事とも驚きともつかない声が洩れた。

「凶器はどうした？」

〈どうしたって……〉

「刃の折れた包丁があるだろ。どこに捨てた？」

〈いや、どこも何も……〉弓岡は言葉を濁している。

「どうした、酔っ払ってるときは、ぽろぽろ余分なことを言うくせに……まだ持ってるのか、どこかに捨てたのか、教えてくれ」

〈……ある〉弓岡はぼそりと言った。

「ある？　まだ持ってるのか？」最上は大きな光明が見えた気がした。「よし、それなら都合がいい。それがあれば、松倉に疑いをかけられる」

〈捨てようとしたが、どこに捨てたらいいか迷ってな〉

最上の反応にほっとしたのか、弓岡はそんなことを言った。

「お前はついてる。その折れた包丁もちゃんと持ってこい。それから借用書や借金の帳簿はどうした？」

〈破って、可燃ゴミに出した〉弓岡は開き直ったように答える。

「部屋にはもうないな？」

〈ない。とっくに出してる〉

「ならいい。犯行メモや包丁を買ったレシートも部屋には置いておくな」

〈ない。レシートも捨てた〉

「よし……それから、行方をくらませることは、周りの誰にも言うな。明日以降、携帯電話の電源は切れ。夕方からの五時、七時、九時。この奇数時間の前後五分ずつ——五時なら四時五十五分から五時五分までだ——その時間だけは携帯電話の電源を入れろ。連絡するときは、その時間に公衆電話からかける。分かったな？」

〈連絡がつかなくなったら、調布にいる姉貴が変に騒ぐかもしれない〉

「大阪あたりにいい仕事があって、出稼ぎに行くとでも言っておけばいい」

〈本当にあんたを信じていいのか？〉弓岡は心の片隅に残っている疑心を覗かせるように言った。

「お前にこうやって電話してる時点で、俺自身も危ない橋を渡ってるんだ。それを承知でやってるってことを分かってくれ。やる以上はお前を追ってる警察内部の連中を完全に出し抜かなきゃいけない」

〈分かった〉弓岡は腹を決めたように言った。〈迷ってても始まらねえしな。追われて

んなら、逃げるしかねえな〉
「よし、また連絡する」
最上はそう言って、電話を切った。

「弓岡を洗う人員はもちろん、それなりに割くべきでしょうが、松倉の証拠固めにかけていた人員も一定数は残すべきだと思います。今の時点ではまだ、弓岡に絞ってしまうような思い切った捜査方針の転換は考えなくてもいいでしょう……そう思います」

翌日、午後になって沖野らと蒲田署を訪問した最上は、青戸や田名部らと臨んだ打ち合わせの席で、今後の捜査方針についてそんな考えを述べた。

顎を引いて意外そうに最上を見たのは青戸だった。

「両にらみでいくということですか？」

「そうです」最上は言った。「まだ松倉の疑いが晴れたわけではない以上、捜査の手を緩めてもいいとは思いません」

ちらりと隣を見ると、沖野も驚きの目をして最上を見ていた。

「弓岡については、最上検事も矢口の話を聞いて、それなりの心証を持ったと思いますが……」

青戸が慎重に、最上の真意を測るように水を向けてきた。

「もちろん」最上はそれに応じる。「大いに気になるということは、昨日も申し上げました。ただ、その話が酒場での酔っ払った人間同士の間で交わされたものだという側面には、気をつけておく必要があると思います」

「安い包丁で人を刺すと刃が折れると、そう弓岡が話したってことも、彼からは聞きましたか？」

「ええ、聞きました」最上は飄然《ひょうぜん》として答えた。「注目すべき証言だと思います。ただ、都筑夫妻の奥さんのほうを包丁で刺したら刃が折れたと言ってるわけではありません。そうである以上、まだ今の時点で弓岡を犯人と断定するのは早いと考えます。弓岡と松倉、両者を重参として調べを進めるのが適当かと」

弓岡が行方不明だと判明したときに、捜査本部が向けるべき矛先を見失ってもらっては困る。やはり松倉を挙げようという流れを今の時点で切らないようにしておきたい。

青戸が困惑気味に鼻から息を抜き、田名部のほうをちらりと見た。その田名部が口を開く。

「私も捜査対象を松倉から弓岡に移すというのは、個人的には残念な思いがあります。ただ、浮かび上がった証言を検討すると、そうするのもやむをえないと思いますし、弓岡については今のところ、アリバイを含めて、事件との関係性の調べには、ほとんど手をつけていません。これから人手もいる。青戸の意見は妥当なものと考えて、私も了承しています。もし検事が私の何かしらの思いを忖度《そんたく》しようとしているなら、それには及ばないと申し上げておきます」

「管理官の無念をことさら忖度しているわけではありません」最上は言う。「ただ、我々は過去から学ばなければならない。もし、松倉が事件に関係していたら、彼を二度にわたって取り逃がすことになってしまう。それは許されません。青戸さんの意見は私も妥当だと思います。しかし、例えばですが、松倉が弓岡の共犯者であるという可能性もなくはない。松倉を捜査の対象から外すのは危険です。捜査本部の負担になるということであれば、勾留延長後の松倉の取り調べは沖野に担当させましょう。それでどうですか?」

「なるほど、確かにまだ結論を出すのは早いかもしれませんね」田名部がうなりながら言い、青戸を見た。「検事もこうおっしゃってることだし、その線でどうだろうか?」

青戸は軽く肩をすくめ、「了解しました」と言った。

「もちろん、松倉を捜査対象に残すことで、弓岡に向ける手がおろそかになってはいけません。優先すべきは弓岡であるという点は、私も同意見だと申し上げておきます」

弓岡に逃げられる彼らに恨まれないよう、最上はそう言い添えておいた。

「ご心配なく。そこはわきまえておりますので」青戸はそう応えた。

蒲田署から引き上げるとき、沖野は最上の隣で陰鬱《いんうつ》な横顔を見せていた。

「また、頼むぞ」

最上が声をかけると、彼は冴えない表情で「はい」と返すのがやっとのようだった。

弓岡の件について、最上は彼に予断を持たせることを言ったつもりはないが、昨日、松倉の取り調べメモを持ってきた際、長浜から矢口の証言の詳細を聞いたのかもしれない。松倉の取り調べが行き詰まっている状態でそれを聞けば、ある種、緊張の糸が切れるような精神状態になってもおかしくはない。そこでまた松倉の取り調べを一手に任されても、気持ちの切り替えが利かないのが正直なところだろう。

しかし、頭の中でそう理解しても、彼を思いやるまでの余裕は最上にもなかった。

沖野には、やってもらわなければならない。


その夜、最上は、三田にある丹野家の菩提寺で営まれた丹野の通夜に参列した。

寺の外ではカメラが列をなしている物々しい光景が広がっていたが、いわゆる密葬のため、世間を賑わせた闇献金問題の当事者の通夜がそこで執り行われるとは思えないほど、本堂あたりはひっそりとしていた。

本来ならば最上も参列を遠慮すべきだったのかもしれないが、前川が夫人と連絡を取り、ぜひ参列してくださいとの返事をもらったということで、仕事を終えてからネクタイをシルバーグレーのものに替えて駆けつけたのだった。

本堂の入口近くに前川直之と小池孝昭が立っていた。

「よう」

「おう」

顔を合わせてもそれぞれに言葉がなく、誰からともなくため息が洩れた。

「お前、そのバッジは外しとけ。遺族に逆恨みされても知らねえぞ」

小池が煙草の灰を携帯灰皿に落としながら、最上の襟もとの秋霜烈日の検察官バッジを目で指して言った。

「誰もそんなの気にしないよ」

前川はそう言ったが、最上は小池に言われた通り、バッジを外すことにした。検事としてここに来ているわけでもない。

「丹野に会ってやれ」

前川に促され、本堂に上がると、お互いの結婚式で顔を合わせたきりの丹野夫人に悔やみの言葉をかけた。かたわらには、身体より一回り大きい学生服に身を包んだ男の子が座っているのが余計に痛々しく思える。まだ中学生になったばかりのはずだ。将来、仮に政治家を志した場合に選挙で名前を憶えてもらいやすいよう、シンプルな名前にしなさいと義父・高島進に言われ、正《ただし》という名前にしたと丹野が言っていた。しかし、この正少年は将来、政治家を志すのだろうか……最上はそんなことを思わずにいられなかった。

丹野は棺の中で眠っていた。首には由季と同じように、白いスカーフが巻かれていた。

「丹野……」

どんな言葉をかけても、彼にはもう届かないのだ。

「この前、電話で話したときには、最上から連絡があって嬉しかったよって言ってたんだけどな」前川が切なそうに言う。

あれは、ついこの間のことだった。かつて同じ教室で机を並べた二人が、生きている環境は違えど、あの時間だけはまた同じ空気を共有していた。人生を交錯させていた。

それが今は、一方の人生が終わってしまい、どうやっても交錯させられなくなってしまった。丹野は過去にしかいない人間になってしまった。

しかし……最上は思う。

丹野の死は、喪失感や感傷的な気持ちをかき立てるだけの出来事ではない。

丹野はその死でもって、最上に、お前はこれからどう生きるのだと問いかけている。

丹野自身が生きられなかったこれからの時間を使い、社会的成功や守るべき体裁などというものにはとらわれない何かであって、最上にしかできないことをやるべきだと言っている。

最上は丹野の死に顔を見ながら、自分が受け取ったものが錯覚でないことを確かめ、誓いを新たにした。人間、死んでしまえば、すべてが終わる。そのときになって、やっておけばよかったと後悔しても始まらない。罪を背負ってでも、それをやり遂げたことで思い残すことがなくなれば、丹野より生きた意味があったと自分でも思えるはずだ。

読経が始まる直前になって、高島進が姿を見せた。丹野の実父は、息子が馬鹿な真似をしてしまったとでもいうように、身体を縮め、申し訳なさそうに挨拶している。体調を崩して入院していたという実母は、憔悴《しょうすい》し切った顔でハンカチを握り締めている。

高島も沈痛な表情は崩さないが、遺族席に着いて背筋を伸ばし瞑目する姿には、大物政治家としての威厳を損なわない注意深さが見て取れる。

丹野の死は高島にも大きな影を落とすだろうが、実質的にダメージを受けたのは東京地検特捜部のほうだ。闇献金受け渡しの真相を知る重要人物がこの世から去り、特捜部は高島を訴追する足がかりを失った。強引な捜査運びに対して死という強烈な拒絶反応を返された以上、地検内外で捜査の妥当性を問う声も上がってくる。この事件の捜査は結果的に腰砕けに終わらざるをえないだろう。

時間が経てば、ついえたと思われた力もまたよみがえるのが政治の世界の理《ことわり》だ。結果的に、次の立政党の党首選に高島が名乗りを上げ、それに勝つ芽が出てきた。それこそが、丹野が自分の命に代えて守ったものだ。最上にその価値は測れない。価値観は人それぞれだ。最上にも、最上自身の価値観がある。

「どこか寄ってくか?」

通夜の式がしめやかなまま終わると、本堂を出たところで前川が去りがたそうに声をかけてきた。

「悪いが今日は帰る」最上は言い、小池を見た。「今日くらい仕事はいいだろ。お前が付き合ってやれ」

「何だお前、自分を棚に上げて」小池はそう言いながらも、拒否はしなかった。「まあいい。戻ったところで仕事になりそうにもないしな」

また落ち着いた頃に会おうという適当な挨拶を交わして前川たちと別れた最上は、タクシーを捉まえ、六本木まで乗った。六本木の交差点近くで降りたあと、一人の男に電話をかけて、今から会いたいのだがと居場所を訊いた。

六本木で飲み歩くことなどまったくないので、電話で聞いた店までたどり着くのには若干苦労した。携帯電話の地図で確かめながら、ネオンの下で外国人や若者たちがたむろしている界隈を歩き、やがて一軒のバーをビルの地下に見つけた。

テーブル席に一組、カウンターに二、三人の客がいる。ジャズが流れていて、人の話し声はひそひそとしか聞こえない。ビリヤード台がフロアに置かれているが、遊んでいる者はいなかった。

目当ての人間はカウンターで一人、飲んでいた。細身の身体をダブルのスーツに包んでいる。直に顔を合わせたのは、もう十六、七年前になるが、雰囲気は変わっていない。

「この前は会えなくて残念だった」最上は彼の隣に座って言った。「元気そうで何よりだ」

諏訪部利成は最上を物珍しそうに見つめたまま、グラスを傾ける。

「あれはあれで楽しかったよ」諏訪部は無表情で応える。「あのお兄ちゃんは元気かい？」

「ああ、がんばってる」

最上は言い、バーテンダーにビールを頼んだ。

「中崎も結局、共同正犯で立てられた。北島と同様、きつい実刑を食らうのは間違いない」

「その報告にわざわざ来たわけじゃねえよな」諏訪部が横目で牽制するように最上を見る。

「頼みごとがあって来た」

「またこの前みたいな話じゃねえだろうな。俺は、人は売らないってこと、いい加減、分かってもらいたいぜ」

「分かってるとも。だから頼みに来たんだ」

「今度は何の事件だ？」

「事件か……それはこれから起こる」

最上の答えに、諏訪部は眉をひそめる。

最上はバーテンダーからハイネケンの瓶とグラスを受け取ると、後ろのテーブルに顎を向けた。

「向こうで話そう」

空いているテーブル席に移り、ビールをグラスに注いで、渇いた喉に流しこんだ。諏訪部がゆっくりと最上の向かいに座る。

その彼の訝《いぶか》しげな視線を受け止めながら、最上は彼に顔を寄せた。

「拳銃を用立ててほしい」

諏訪部はすっと顔を引き、ただ最上を見る。

「何の冗談だ？」

ようやく彼は、面白くなさそうな口調でそう言った。

「親友の通夜に行ってきた帰りに、冗談でそんなことは言わない」

「ギャング映画を観た帰りの間違いじゃねえか？」諏訪部はそうするしかないとでもいうように、頰をゆがめて冷ややかに笑った。

「金もちゃんと持ってきてる」最上は上着の胸ポケットのあたりをたたいた。「いくらするのか分からんが、とりあえず五十万持ってきた」

「何の罠《わな》だ？」

諏訪部は目を細めて最上を見つめる。

「罠なんてない。検事にそんな仕事はない。お前にとって、今夜の客がたまたま検事だったというだけのことだ」

「どうやら本気だな……こりゃ、驚いた」

諏訪部はじっと最上をにらむようにしていたが、いろんな疑念を外して、ようやくこの状況を受け入れたらしかった。

「その親友とやらの死と関係あるのか？　復讐のドンパチでもするつもりかい？」

「そんな単純な話じゃない。そいつの死とは関係ない。ただ、そいつが死んで、お前のところに行くことを決めた」

諏訪部は上目遣いに最上を見る。

「相手は一人か？」

「そうだ」

「ふむ……いくらハジキを持ってても、素人が複数人を相手にするのは簡単じゃない。だが、相手が一人で、極めて短時間に片をつけるなら、ハジキを使うのはもっとも賢明なやり方だ。刺したり絞めたりっていうのは、何が起こるか分からんからな」

諏訪部はそんなことを呟きながら、自分の上着をゆっくりと脱いだ。

「つまり、あんたがそこまで考えてここに来てるとするなら、俺としては、正解だとしか言いようがない。この内ポケットに持ってきた金を入れろ」

最上は封筒に入れた五十万円を、渡された上着の内ポケットに滑りこませて諏訪部に戻した。

諏訪部はそれにゆっくりと袖を通し、内ポケットの厚みを確かめるように、手で胸のあたりを触った。

「それで足りるか？」最上は訊く。

「十分だ」諏訪部はそう言って続けた。「いついる？」

「できれば明日中」

「利き手は右か？　見せてみろ」

最上は右手を前に出し、手のひらを広げてみせた。

「マカロフがいいだろう。その手なら、大きすぎず、小さすぎずだ。使い勝手も悪くない。本気で使う気があるなら、サイレンサー付きも用意できるが？」

最上はうなずく。

「弾は何発いる？」

「二、三発あればいい」

「どっちにしろ、ハジキなんてもんは、撃てば撃つほど当たらなくなる。無心で撃つ最初の一、二発が勝負だ。マガジンには三発入れておく。捨てるなら、弾を使い切ってから捨てろ。未使用なら引き取れるが、使ったハジキは引き取れねえ。山に埋めるか、海に沈めるかだ」

「分かった」

「安全装置を外して、引き金を引けば、それで弾が出る。また引き金を引けば、二発目が出る。全部の弾が出れば、銃身を覆ってるスライドが後ろに退がる。それで終了だ」

諏訪部は手つきを加えながら、低い声で説明する。

「重要なのは安全装置を外すことだ。分かってても、いざとなると頭が真っ白になる。安全装置をそのままにして、一生懸命引き金を引こうとしてるうちに反撃される馬鹿がやくざでもいる。銃のグリップを握って親指を伸ばしたところにあるレバーが安全装置だ。マカロフはアップポジションでロック。この状態で渡す。撃つときは、そのレバーをダウンポジションに下げる。ダウンで撃つ……いいか、それを忘れるな」

「分かった」

「検察庁に持っていこうか？」諏訪部が眉を動かして言う。

「それは少し困るな」

最上が一笑に付すと、諏訪部も爽《さわ》やかさのない笑みで応じた。

「検察庁前の日比谷公園に黄色いテントが出てる。念のため、万国旗を出しとく。中にいるやつから明日の午後、受け取れ」

諏訪部は財布から名刺大の紙を引き抜くと、ペンででたらめの模様を書いてからそれを二つに破った。

「引換券だ。テントの男に渡せ」

最上は破った半分を受け取ると、グラスにビールを注いで、喉に流しこんだ。

「しかし……」諏訪部が苦笑しながら首を振る。「検事の客とはな」

「初めてか」最上は冗談を吹っかけるように言った。

「弁護士なら三人ほどいたがな」

「弁護士は検事の十数倍はいるから、もっといてもいいはずだ」

「それだけ検事のほうが悪いってことだな」

諏訪部はそう言って、愉快そうに笑った。


土曜日の昼すぎ、最上はスーツにかばんを手にした格好で、地検には登庁せず、霞ケ関の駅を出てから日比谷公園に向かって歩いた。

通りから観察すると、公園の一角にホームレスのテントがいくつか並んでいる。その中に黄色いテントがあるのを見つけ、最上は公園に入る。

週末の公園には散策する人々の姿も目につくが、テントが並んでいるあたりは人影もない。

黄色いテントには万国旗が引っかけられていた。最上は何気なく車通りのほうをうかがってから、テントをたたいた。

中から垢《あか》だらけの真っ黒な顔を覗かせた男は、砂埃にまみれた灰色の髪をだらしなく伸ばしていて、社会とは何の接点もない人間にしか見えなかった。

最上はその男に無言で〝引換券〟を渡す。

男は最上をちらりと見ると、自分が持っていた〝引換券〟の片っ方を懐から出して、それに合わせた。

そして、いったんテントの中にもぐり直し、大き目の書類封筒を手にして出てきた。受け取ると、鉄の塊らしい、ずしりとした重量感が手に伝わってきた。最上はそれをかばんに突っこんで公園をあとにする。

帰りはタクシーを使うことにした。適当に停めたタクシーに乗り、官舎に戻る。

長浜には土日に休むことを告げている。最上が出ないなら、長浜も仕事には出てこない。沖野にも連休を言い渡しておいた。ここは一息置いて松倉に考えさせるのも手だと。沖野にはいい休養になるだろう。実際、彼はそれを聞いてほっとした顔をしていた。

表の仕事の流れをひとまず切った一方で、最上はこの土日、裏の仕事に専念するつもりだった。

官舎に戻った最上は書斎にこもり、かばんから書類封筒を取り出した。封を解くと、中から緩衝シートに包まれたマカロフが出てきた。銃口に円筒状のサイレンサーが付いている。

安全装置の上げ下げを確認し、実際に構えて重量感を手に馴染ませる。一通りやって気が済むと、手持ちの巾着袋《きんちゃくぶくろ》に入れ替え、リュックサックに突っこんだ。ブルーシートに軍手、タオル、梱包用テープ、LEDのランタン、サファリハット、サングラスなど、午前中に渋谷の雑貨屋を回って買い集めてきたものも、リュックサックに詰める。

地味な色の綿シャツと綿パンに着替え、フード付きの薄いブルゾンを羽織る。書斎を出ると、キッチンでは起きがけの奈々子がトーストにハムと玉子焼きを挟んで食べていた。

「父さんは明日まで、友達とキャンプに行ってくる。明日も帰りは遅くなると思うから、お前は何か適当に食べてなさい」

「珍しい」

奈々子はそんなことをぽつりと言いながら、最上がテーブルに食費を置くのを見ている。

「じゃあ、私もどっか行こうかな」

母親が韓国旅行、父親がキャンプで不在となれば、自分も適当に羽目を外したくなるというのも分からないではない。昼夜逆転したような生活といい、相変わらず足もとが定まらないような毎日を送っている彼女には小言の一つも向けるべきなのだろうが、今の最上にその資格があるとも思えなかった。

「冗談よ」最上がじっと見ているのをどう取ったのか、奈々子はそんなふうに言って肩をすくめた。「別に行きたいとこもないし、おとなしくしてるから心配しないで」

「いや」最上は鼻から息を抜いて言う。「何かやりたいならやればいい。お前だって、いつまでも子どもじゃない。自分でちゃんと考えてやることなら、父さんだっていちいちうるさくは言わないさ」

きょとんとしている彼女を尻目に、最上はリュックサックを担ぎ、「ただ、身体には気をつけろよ」と言い残して家を出た。

品川まで出て、新幹線で小田原に向かった。

小田原には叔父の清二《せいじ》が住んでいる。叔母はすでに他界し、最上と同年代の息子は埼玉で所帯を持っているため、七十七歳で一人暮らしをしている。ただ、小さな畑は今も手を入れており、特に大きな病気もないということだから、物静かな男ではあるが、元気は元気だ。

そのつてに加え、最上は新任明け時代に静岡地検の沼津支部に勤めていたことがあり、箱根付近には多少の土地勘があった。弓岡に箱根への潜伏を勧めた理由はそれだ。

小田原に着いた最上は、駅ビルの食料品専門店街でいくつか果物を買い、タクシーを拾って西に向かった。

叔父の家は無理もないが、玄関前にも雑草が伸びていて、男やもめの寂しい暮らしぶりが外からもうかがえた。ただ、四、五年前、叔母が亡くなった折に訪れたとき、物置を兼ねたガレージに農工具と一緒に収まっていたバンは健在だった。昨晩、電話した際に、友人とキャンプに行くので、日曜まで車を貸してほしいと頼んである。

最上は叔父に顔を見せる前に、ガレージを覗いて、使えそうなものがあるか物色した。鍬《くわ》でもいいが、持っていくなら、やはりシャベルだろうか……奥にそれが立てかけてあるのを見て、最上は目をつけた。

玄関に回ろうと思ったが、裏のほうで水を使う音がしているのでガレージを回りこんでみると、叔父が畑仕事に使うかごを洗っていた。

「叔父さん、久しぶりだ」

「おお、毅か……」叔父は水を止めて緩慢に立ち上がる。「よく来たな」

「悪いね、急な頼みで」

「いやあ、構わんよ。俺も最近はめったに運転しなくなってな。別に運転できないわけじゃないんだが、医者ができるだけ歩いたほうがいいって言うしな。いや、医者っていいっても、大した病気じゃないんだ。まあ、かかりつけで血圧なんかを診てもらってるだけだ」

「うん、元気そうだ」

「たいていのとこは自転車で済むしな。急ぐのか？　お茶くらいは飲んでいくだろ？」

「ああ、ちょっと上がらせてもらおうか」

家に上がり、仏壇に果物を供えて手を合わせていると、叔父が台所でお茶をいれ、危なっかしい手つきで運んできた。

「ああ、もらうよ」

こたつ台に置く前に受け取り、熱いそれをすすった。

「義一《ぎいち》さんは元気か？」

叔父は自身の実兄となる最上の父の近況を訊く。

父は母が他界して以来、札幌の老人ホームに入っていて、札幌市内で生活している最上の弟夫婦が一応の面倒を見るような形になっている。最上が父の様子を目にするのは、正月に帰郷するときくらいだ。

「まあ、元気と言えるほどには元気じゃないが、のんびりとはやってるみたいだ」

かたわらにマカロフの入ったリュックサックを置きながら、しみじみとした調子で叔父と家族の話をするというのは、何とも違和感のあることだった。

「向こうでちょっと力仕事があるから、シャベルを一つ借りていってもいいかな?」

一服を済ませると、最上は叔父から車の鍵を借り、リュックを肩にかけながら、さりげなく訊いた。

「ああ、何でも持っていけ」

叔父に見送られて外に出る。

「毅」叔父が呼んだ。「羽を伸ばすときは、ちゃんと伸ばせ」

「ん……?」

「厳しい仕事か知らんが、お前の顔には険が染みついちまっとる。休みのときまでそんな顔をしとっちゃあ、楽しいことも逃げていくぞ」

最上は無理に笑ってみせた。

「分かった。楽しんでくるよ」

ガレージに回って、シャベルをバンのラゲッジに積み、エンジンをかけた。

叔父に手を上げ、軽くクラクションを鳴らして車を出した。

ガソリンスタンドでタンクを満タンにしたあと、最上は丹沢湖から山中湖にかけての山道を、地図を見ながら当てもなく走り回った。時計は五時を回っていたが、暗くなるまでにはまだ時間があった。山道では時折車を停めて、人通りや車通りの有無をチェックしたり、草いきれのする藪《やぶ》の中に分け入ったりしてみた。

暗くなってもしばらくはそうやって走り、別荘地ではランタン片手に散策し、明かりもついていなければ手入れもされていない別荘を見て回った。

夜が深まると、御殿場の道の駅に入って、手洗いで洗顔し、牛丼を腹に収めてまた車に戻った。

シートを倒して目を閉じる。

そのまま、夢うつつを行き来しながら、朝が来るのを待った。

翌朝、仮眠を取った道の駅で朝食をしたためた最上は、山中湖周辺に絞って、昨日の夕方と同じように、別荘地を車で流した。そうやって二、三の別荘に目星をつけ、それらの付近を歩いたあと、山あいの奥まったところに建つ小さな一軒の前で車を停め、二時間ほどじっとしてみた。

その間、一台の車も前の道を通ることがなく、犬の散歩をする人影さえ皆無だった。

最上はこの無人の別荘に決め、リュックとシャベルを手にバンを降りた。

別荘の裏手に回り、なだらかな下り勾配になっている林に入る。適当なところでリュックを置き、軍手を嵌めて、シャベルの先を地面に入れた。

それから二時間ほどかけて、約一メートル四方の穴を五十センチくらいの深さまで掘った。途中からは汗だくになり、タオルで額を拭いながらの作業となった。慣れない力仕事に、ようやく満足いく穴が掘れた頃には、身体がくたくたになっていた。

車に戻り、無人の別荘を離れる。御殿場の道の駅まで戻ってきて、携帯電話のアラームをセットすると、シートを倒した。たちまち前夜よりも深い眠りが最上を襲った。

アラームが鳴ったのは四時半だった。日曜の夕方、道の駅の駐車場は七割が埋まり、行楽帰りの客で賑わいを見せていた。

最上はトイレに行き、顔を洗い、食堂でラーメンを頼んで手早く夕飯を済ませた。売店でペットボトルの飲み物やパンを適当に買いこんでバンの後部座席に積んだ。時計を見ると、五時を指していた。

公衆電話から弓岡に電話をかけると、すぐにつながった。

「弓岡か？」

〈そうだ〉待ち構えていたように彼は答えた。

「特に異常はないな？」

〈大丈夫だ。のんびり温泉に浸かってただけだ〉

「こっちも整った。迎えに行くがどこにいる？」

湯本にいるという弓岡を迎えに、最上は道の駅から車を出し、国道138号から1号に出合う峠道をひた走った。やがて峠道は温泉街の雰囲気を持つ街道に景色を変え、その先に箱根湯本の駅があった。

最上はサファリハットにサングラスをかけてハンドルを握っている。弓岡にはその格好を目印として教えている。

駅前に広がるバスやタクシーの乗降場に車を乗り入れると、歩道にしゃがんで煙草をふかしている男が目についた。この行楽地にあって異質な目つきの悪さが遠目からも見て取れる。捜査本部から回ってきた資料にあった写真の男だった。

車を降りて、彼のもとに歩いていく。

「弓岡だな？」

最上がそう口を開く頃には、彼も立ち上がっていた。「そうだ」

コンビニの防犯カメラに映っていた上着だろうか、黒のブルゾンを羽織っている。背丈はそれほどない反面、ビール腹のせいか胸が反り、板前向きの苦み走った面構えと相まって、妙なふてぶてしさを発している。今さらどう思っても仕方ないが、この男が取調室に座っているのを隣室から見たら、やはり何か感じたかもしれないなと思った。

「よし、行こう」

バンに戻り、後部座席のドアを開けてやる。

弓岡は促されるまま、抱えたボストンバッグと一緒に後部座席に収まった。

「まったく、温泉宿も、三日もいりゃあ、やることとなくて嫌んなるぜ」

運転席に戻った最上が車を走らせるなり、弓岡は愚痴っぽく喋り始めた。

「いい骨休めになっただろ」最上は応じる。

「もうちっといい旅館にでも泊まれりゃあ、リッチな気分にもなれただろうけど、あいにく手持ちの金が足りなくて、取れたのは三流旅館もいいとこだ。湯はともかくよ、飯は冷えてて、ろくに食ってないうちからさっさと片づけようとするし、よっぽど騒ぎ立ててやろうかと思ったけど、まあ、こっちも目立っちゃいけない身だから、何とかこらえたけどな。当座の生活資金は本当にもらえるんだろうな？　俺はもう、いくらも持っちゃいないぜ」

「ちゃんと持ってきてるから、それは心配しなくていい」

「だいたい、どれくらい隠れてりゃいいんだ？」

「裁判が進むまでだ……まあ、一年は見といたほうがいいな」

「一年？」弓岡は嫌気をあらわにして言った。「たまんねえな」

「捕まることを思えば、どうってことないだろ」最上は言った。「一、二カ月経ったあたりで大阪か博多あたりに送ってやる。そこで普通に暮らせばいい。警察沙汰はご法度だけどな」

「そっちで動いてるのは、あんたのほかに何人かいるのか？」

「ああ」最上は適当に答える。「俺だけじゃ、こんなことはできない」

「そうだよな」弓岡は相槌を打ち、ふっと小さな笑い声を洩らした。「しかし、松っちゃんが代わりに捕まるんだろ。まあ、そんなに深く知ってるわけじゃないから、悪いなとしか思わねえけど、松っちゃんも大した災難だな。あの人、何か警察の恨みを買うような真似でもしたのか？」

「松倉は昔、殺しをやってるんだ。それで捕まらなかった」

「ほう……それ、もしかして、新聞に載ってたやつかい？　女子中学生の、時効になったっていう」

「そうだ」

「そういうことか」弓岡は一人で納得し、うなり声を上げている。「それであんたたちは、その昔の事件の捜査にも関わってたとか、そういうあれでか？」

弓岡は呑みこみよくそう気を回してみせてから、「いや」と苦笑気味に言葉を継いだ。「別にあんたたちの素性をいろいろ知りたいわけじゃない。これからだって、人に喋ったりはしないよ」

「殺しのような罪を犯した以上、やつは罰せられなきゃいけない。落とし前はつけてもらうってことだ」

「なるほどねえ」弓岡は感嘆混じりの息を吐いた。「それで俺が助かるっていうのは、まあ、それだけついてたってことだろうな。競馬で当たらねえ分、運があったってこった……ふふ。しかし、警察っていうのはこうまでしてでも、狙ったやつを捕まえたいわけか。おっかないもんだな。いやまあ、俺にとっちゃあ、ありがたいことだけどな」

「あんたの協力がなきゃできないことだよ」最上は言う。

街並みが後ろに遠ざかり、深緑の木々が景色の大部分を占める峠道に入ると、最上は速度を落とし、駐車スペースのある路肩にバンを寄せて停めた。

「ちょっと確認しておきたい」最上は後部座席に首を回して訊く。「凶器の包丁はちゃんと持ってきたか？」

「ああ、持ってきた」

「見せてくれ」

最上が言うと、弓岡はボストンバッグから新聞紙で包んだものを取り出した。受け取って、中を確かめる。

刃の欠けた包丁がそこに収まっていた。

「よし、これがあれば何とかなる」

最上は本音をそのまま口にして、新聞紙に包み直したそれを助手席に置いたリュックサックに入れた。

「捨てにくくて、困ってたんだよな」弓岡が言う。「それが役に立つんならラッキーだ。松っちゃんのアパートに置いて、『あったぞ』ってやるのか。神の手ってやつだな」

「余計なことは考えなくていい」

最上が言うと、弓岡は短い首をすくめた。「確かに……俺には関係ないな」

「そこにあるパンや飲み物は適当に口にしてくれ」

「ああ、ありがとよ」

弓岡は袋の中を漁《あさ》って、緑茶のペットボトルを手に取った。

「もう一つ訊いておきたいんだが」最上は話を続けた。「事件のいきさつだ。どうしてあんなことになったのか、それを教えてほしい」

「ああ」弓岡は緑茶を口に含んでから、仕方なさそうに話し始めた。「今思えば、俺もどうかしてたんだが、とある競馬情報会社に引っかかっちまってな、都筑のじいさんとは関係ない、岡田《おかだ》っていう競馬仲間の紹介だったんだよ。その岡田の話じゃ、とにかく当たるってことなんだが、払う情報料によって情報を出すアナリストが変わるんだ。絶対当たるなんて言ったってな、世の中、そんなにおいしい話はないことくらい俺にも分かってる。だけど、そこはアナリスト同士が競い合ってて、情報の的中率によって序列が決まってるっていうのが売りになってるんだ。最下位ランクのアナリストだと、一万円くらいの情報料を取ってそこそこの的中率ってとこだが、カリスマと呼ばれるトップのアナリストになると、持ってる情報も質が違う。厩舎間の闇協定や騎手同士の八百長なんかのネタも握ってるってことで、ここぞというときに出してくる万馬券クラスの情報には百万円くらいの値段が付いてくる。それを払っても当たり馬券で三百万くらい取れりゃあ、万々歳って寸法だ。

俺も前に一度、たちの悪い情報会社に引っかかって痛い思いをしてたから、岡田の紹介にも最初は眉唾だったんだよ。でも、一般の人間じゃ絶対手に入らないネタが集まってるなんて言われると、やっぱり気にはなるわな。だから、ちょこちょこっと下位ランクのネタを買って、まあ当たったり当たらなかったりだけど、営業マンの人当たりはいいし、変に強引なセールスもかけてこないから、情報会社としては優良なんだろうなと思ってたわけだ。

それがあるとき、岡田から万馬券を取ったってな、写メが送られてきたんだ。写真付きだから嘘じゃねえ。しかし、今から考えたら、岡田はあの情報会社とつながってたとしか思えねえから、あいつが本当に取った馬券かどうか怪しいけどな。とにかく俺も、こりゃすごいと浮き足立ったわけよ。

それで、その情報会社の営業マンを電話で捉まえて訊いたら、何でも、カリスマの情報ってのは一本につき五人の客にしか売らないってことらしい。あんまりたくさんの人間が買っちまうと、オッズがおかしなことになるからな。的中率は九割五分だという。十割と言わないとこが嫌らしいじゃねえか。けど、前のめりになってる連中には十割と同じだよ。

まあ、簡単には買えないっていうから、そういうもんかと思って、その電話はそれで終わったんだが、しばらく経って、その営業マンから電話があったんだ。カリスマの情報が出たんだが、買い手に登録してた客が情報料を出せずに泣く泣くキャンセルしたと。ついては今だったら、弓岡さんに購入権を回せるがどうかとな。

俺はそれに飛びついた。今買わなかったら、おそらく購入権はもう回ってこなくなると思ったからな。だが、手もとに百万なんて金があるわけじゃない。都筑のじいさんにはそれまでもけっこう借りてたが、何とか適当に嘘言って、五十万借りた。前に俺がほかの情報会社にカモられたの知ってるから、そういう話をすれば反対するに決まってんだ。それから闇金にも二十万借りた。四、五十の手持ちはあったから、そこから三十万出して、情報会社に突っこんだ。

そうやってメールで送られてきたカリスマの情報っていうのが、またそれっぽくてな。一部の厩舎と馬主が組んで、ある暴力団の親分の出所祝いに儲けてもらおうと万馬券を出す裏約束が交わされたってんだ。レースが近づくと、具体的に連単の数字も届いた。百二十倍くらいのオッズで、俺は三万買った。都筑のじいさんへの借金が百三十万、闇金への借金が二十万、当たればそれを返して、当分遊んで暮らして、その次のカリスマの情報も買える。そんな皮算用までしちまってな。

ところがっていうか、いざレースが来たら、カリスマの予想が大外れときた。当然俺は営業マンにどうなってんだと怒りの電話をかけたんだが、やつが言うには、勝つはずの馬が体調不良で全然走れなかったもんだから、ほかが一生懸命合わせようとしても全然打ち合わせたようなレースにならなかったらしいと。出所した親分もご機嫌斜めで、競馬界の裏じゃ、誰かの指が飛ぶんじゃないかと噂になってるらしいと……そんなことをもっともらしく言いやがるわけだ。それで、お詫びのしるしと言っては何だが、次のカリスマの情報はVIP価格の八十万で優先的に回したいと申し出てきた。

俺もいい加減頭に血が上ってたんだが、やつの話を信じることにした。いや、頭に血が上ってたからこそ、ここまで来たらあとには引けねえって気になってたんだろうな。とにかく八十万だ。当ては都筑のじいさんしかいねえ。電話で拝み倒したんだが、この前五十万借りたばかりなのに、また八十万とは何だと、そりゃまあ、当然そう言うわな。話してるうちに情報会社に手をつけてることもばれちまって、貸した分を返さねえうちは、これ以上貸さねえって言われちまった。

けど、そう言われたところで、俺も引き下がれねえ。そんときの俺はもう、闇金にまで借りてる以上、強盗をやってでも金を作るって決めてたんだ。だから包丁も買った。金がないから、二千円の安い包丁だったけどな。そのせいでぽきりと折れちまった。いや、最初はじいさんたちをぶっ刺すとまでは考えてなかったんだぜ。土下座して頼もうと思ってたんだ。それで駄目だったら、包丁を出して、ここで腹を切ると言う。そこまでやれば何とかなるだろうと思ったんだ。

それで電話した次の日、じいさんのとこに行ったわけだ。いきなり押しかけたもんだから、じいさんも不機嫌だったけど、俺は借りてた金をまず五万返すって言ったんだよ。それでまあ、誠意を見せようってことだ。

それから改めて、八十万借りたいって切り出した。土下座もした。だが結局、けんもほろろだ。お前は賭け事に向いてない。足を洗って地道に働いて残りを返せって偉そうなこと言いやがってな。そりゃもう、人間のくずを相手にするような言い方だ。腹切りの真似までしようと考えてたのに、俺はそれで頭の線が切れちまった。包丁出して、なめんじゃねえぞってな。じいさんも、刺せるもんなら刺してみろって態度だ。あれも馬鹿だぜ。本気かどうかも分からねえんだ。だあって突っこんで、ぶすぶすっと刺してやったら、やっと、本気だったのかって顔しやがった。ばあさんもわあわあ言いながら逃げてくから、それまた追いかけて、ぶすぶすっと刺してやったよ。ばあさんがどっと倒れてから自分の手もとを見たら、包丁の刃がほとんどなくなってんだ。何だこれって、しばらくはどうなったのか分かんなかったくらいだ。それだけ無我夢中だったんだよな」

弓岡はそこまで話すと、ペットボトルに口をつけ、荒い鼻息を立てた。

「それからどうした？」最上は先を促した。「借用書を抜いたり、スリッパをコンビニのゴミ箱に捨てたりしただろ」

「ああ」弓岡は自嘲めいた笑みを口もとに浮かべて、再び話し始めた。「殺しちまったもんはしょうがねえ。あとは証拠隠滅をがんばるしかねえじゃねえか。自分が触れたようなとこ拭いてよ、借用書も自分のを探して抜いたさ。それから金庫と鍵をタンスに仕舞ってな、ついでにほかの引き出し覗いたら、金も見つけたからもらっといた。五十万くらいあったな。それで闇金に金返して、結局、カリスマの情報は買えなかったけど、まあ、借金はチャラになったんだし、何よりあれだけのことやっちまうと、さすがにぐったりきて、競馬なんかどうでもよくなっちまうよ。

あとそう、スリッパな。あれは血が付いてたし、残してったら、そこから俺の汗や何かが出てきて証拠にされるんじゃないかとか考えたわけだ。それで、そのまま履いて逃げようって決めてな、庭に出たところで、自分の靴を持っていかなきゃって思い出したんだけどよ……戻って、靴取って、庭から逃げて……いろいろ冷静に考えてるつもりが、やっぱりけっこう焦ってんだよな。スリッパも靴と履き替えちまったら、あとは邪魔なだけで、早くどっかに捨てたいっていう思いだけだよ。とりあえず自販機でペットボトルの水を何本か買って、多摩川の土手の誰もいないとこでせっせと血を洗い流したよ。それで通りがかったコンビニのゴミ箱に放りこんで、とりあえずはほっとした。包丁も一緒に捨てようかと思ったけど、それは慎重に考えたほうがいいなと思い直して、アパートまで持って帰ったんだ。

でもまあ、行き当たりばったりの割には、うまく立ち回ったんじゃねえかなって、一晩経ったら思えてきてよ。思い返しても証拠になるようなものは残してねえし、実際、事件がニュースになっても警察は来ねえ。俺も元来楽天的なもんだから、こりゃ大丈夫だなって油断しかかってたんだ。それで思わず、焼き鳥屋で飲んだときに、口が滑っちまった」

「二人の血は、スリッパに付いただけか？　靴下やそのジャンパーには？」

「靴下には付いてなかったな。そんなにびゅっと血が飛び出すような刺し方じゃなかったから、返り血も浴びてねえよ。まあ、手には付いちまったし、これの袖口にも付いたけど、あそこの台所で洗って、アパートに帰ってからも散々洗ったから大丈夫だ」

それだけ洗ったなら、ルミノール反応くらいは出るかもしれないが、そこから被害者のＤＮＡを検出するのは難しいだろう。

包丁を回収すれば、弓岡の身の回りから犯行を裏づける物証はもう出ないと考えてよさそうだ。

「犯行メモや日記の類はないな？」

「そんな几帳面な人間じゃねえよ」

「焼き鳥屋で隣り合った男のほかに、犯行を匂わせるようなことを言った相手はいるか？」

「それはないが、都筑のじいさんの友達で入江圭三っておっさんから電話があって、事件の関係でうちにも警察が来たし、関口は任意で引っ張られたらしいけど、あんたは大丈夫かって訊かれたな。どうやら、都筑のじいさんに金を借りてた連中を洗ってるようだって聞かされて、俺が、圭三さんも借金がチャラになってほっとしてる場合じゃねぇななんて軽口飛ばしたら、あんたも借りてなかったかって訊かれちまってよ、じいさんから何聞いてたか分かんないし、全然借りてないなんて言ったら、逆に怪しまれるような気もして、まあ俺もちょっとは借りてたけどっていう感じで答えたんだよ。だけど、あとから考えたら、借用書は抜いたんだし、借りてたけど全部返したって答えたほうがよかったなって、それはちょっと思ったんだよな」

「それは大丈夫だろう」最上は応えた。「都筑さんは、四、五万の貸し借りなら借用書を作らなかったって話だ。矛盾はない」

「そうか、じゃあ心配はいらねぇな」

「お姉さんには連絡したのか？」

「ああ、大阪で仕事してくるって言っといたから、そっちも心配ない」

弓岡は安心し切ったように言い、菓子パンの袋を開けて口に放りこむ。

「よし、あとは任せろ」

最上もそう言って、車を車線に戻した。

山中湖の別荘地に入る頃には、日も暮れかかり、左右を木々に挟まれた林道では、ライトをつけたほうがいい頃合になっていた。

しかし、最上はスモールライトもつけないまま、車を走らせる。

最後の関門は、昼に訪れた別荘やその近くに人がいないかどうか。

それだけは神に祈るしかない。

日曜の夕方だ。都会の人間はもう帰っている。ましてや、昼間から人影のなかった場所だ。

大丈夫だ。

最上は記憶を慎重に確かめながら、目当ての別荘に通じている小道にハンドルを切る。

道沿いに次々現れる別荘には、明かりも、停まっている車もない。

「こんな辺鄙《へんぴ》なとこに隠れなきゃいけねえのか」弓岡が後ろからうんざりしたような声を出す。「食料はここにある分だけじゃないだろうな？」

「中に用意してある」最上は緊張を隠しながら、適当に答える。

曲がりくねった道を奥に進み、やがて昼間の別荘が見えてきた。

やはり、人影はない。

そこを通りすぎ、その奥にある別荘にも人がいる気配がないのを確認して、最上は車を止めた。

今度はゆっくりバックする。

「どうした？」

不思議そうに問う弓岡に、最上は「行きすぎた」とだけ答える。

昼間の別荘の前までバックで戻ってきて、雑草の茂ったエントランスに乗り入れ、コテージの横に停める。

「何だよ、幽霊屋敷みたいなとこだな」

弓岡が車窓から建物を仰ぎ見て顔をしかめている。

「中は片づいてる」

最上はそう言い繕いながら、助手席のリュックを手に取り、車のドアを開ける。

「こっちだ」

「え？」

車を降りてコテージの裏手に誘おうとすると、玄関に向かって歩きかけていた弓岡は、訝しげな目を最上に向けて足を止めた。

「そこからは入れない。裏から入るんだ」

さりげなく振る舞っているつもりだが、弓岡からどう見えているのかは分からない。

ただ、最上自身は、どこかおかしいように見えても仕方がない精神状態ではあった。心臓が早鐘を打っている。自分の人生において、まさかするはずはないと思っていたことを、これからしようとしているのだから無理もなかった。

弓岡は立ち止まったまま、最上を見ている。

最上はあえて余計な説明はせず、さっさと裏手のほうに歩いていくことで、弓岡を誘いこむことにした。

日が落ちて、薄暗さが増してきている。闇が降りないうちにけりをつけなければならない。

コテージの裏に回る。テラスに面した窓は雨戸で閉ざされている。不自然この上ないが仕方ない。

付いてこい。

ウッドテラスに上る階段の前で待っていると、弓岡が何やら警戒するような足取りでゆっくり裏に回ってきた。

もっと近くに来い。

最上は弓岡の動きを背中で感じ取りながら、階段を上る。暗くて足もとが覚束《おぼつか》ない。

「どう見ても、空き別荘を勝手に拝借するって体《てい》だな」弓岡が後ろから呆れ加減の声を出す。「電気や水道は通ってるんだろうな」

「大丈夫だ。心配するな」

そう答えた最上の声は、自分でも分かるほど上ずっている。構わず、ウッドテラスに上り、リュックサックを置く。屈みこんで、リュックサックの口を広げ、鍵でも探しているような格好で手を突っこむ。

暗くて、リュックサックの中がよく見えない。

心臓がさらに暴れ出している。

「こんな暗くなってんのに、サングラスかけたまんまじゃ、何も見えないだろ」

手間取っている素ぶりの最上を見て、弓岡が笑いを含んだような声をかけてきた。

最上は言われて気づき、サングラスを取る。視界がふっと明るくなった。まだ十分、周りが見える時間だ。

「ふっふっ、格好つけたって、見えなきゃしょうがねえよな」弓岡が失笑混じりに言う。

自分がいかに冷静でなくなっているかを否応なく意識させられ、最上も弓岡に釣られるようにして口もとが緩んだ。苦笑したまま、弓岡のほうをちらりと振り返る。

弓岡は階段の二、三段あたりまで上ってきていた。

それを見て、最上は笑みを消した。今だと本能が告げた。マカロフを巾着袋から抜き、身体ごと弓岡のほうに向き直った。

「何だ……？」

銃口を向けられた弓岡の動きが止まり、その表情が凍った。

距離にして二メートルほど。十分近いはずだが、標的としての弓岡は、狙いを定めてみると、意外なほどに小さかった。

「馬鹿なことはよせ……」

弓岡がかすれた声を絞り出す。

最上はマカロフを胸の前に突き出したまま、小さく首を振る。

「二人も殺めてる以上、お前も相応に罰せられるべきだ」

言いながら、最上は一歩距離を詰める。テラスの縁に足がかかった。これ以上は階段に足を取られる。

撃てという号令が脳内を駆けめぐり、引き金にかけた指がそれに応えようとする。

それと同時に、諏訪部の忠告が頭によみがえってきた。

安全装置。

危うく忘れるところだった。親指を伸ばす。レバーを下げて解除する。

その一瞬の隙に弓岡が動いた。階段を上り、最上に飛びかかろうとする。

最上が引き金を引くのと、弓岡が階段の段差に足を引っかけて転ぶのが同時だった。

目の前で乾いた銃声が上がる。薬莢《やっきょう》が飛び、発砲の反動で手がしびれ、思考も働かなくなった。

弓岡に当たったのかどうか、それが分からない。

弓岡が何かを叫びながら身体を起こした。

やはり当たっていない。

最上は銃を下げ、再び狙いを定めて引き金を引いた。

銃声とともに、弓岡の肩が弾かれたように揺れ、彼は階段から転げ落ちていった。

最上はゆっくりと階段を下りる。

弓岡は階段の下でうめき声を立てている。

その足もとに立ち、最上は弓岡の左胸に狙いをつける。

顔は見なかった。

引き金を引くと、弓岡の身体がびくんと動いた。銃声は一瞬にして林に吸いこまれていき、あたりに静けさが戻ったときには、弓岡の身体は、ただそこにあるだけのものになっていた。

まだ終わってはいない。

戻れなくなっただけだ。

最上はスライドが退がったマカロフを地面に置くと、テラスにリュックサックを取りに戻り、軍手を嵌めて弓岡の身体を林に引きずりこんだ。ブルーシートに載せて移動させようなどと思っていたが、いざとなると、そんな悠長なことは言っていられない。

昼間に掘った穴の近くまで引きずっていき、人の気配を気にしながら、忍び足で車へと戻る。ラゲッジからシャベルを取り出し、再び林に引き返した。

　LEDランタンをつけ、弓岡の身体を折って穴に入れる。免許証など身元が分かるものは抜いておこうかとも思っていたが、それをやるなら、指紋や歯型なども照合できないように、遺体を破壊するべきである。そこまでやろうとは思えず、持ち物はそのままにしておくことにした。

　しばらくの間、見つからなければいい。

　できれば一年以上。

　微弱電波が捉えられないように、携帯電話のSIMカードをばらして、弓岡のポケットに戻す。ボストンバッグの中も一通りチェックし、蒲田の事件に関するものがないかどうか確かめたあと、穴に入れた。

　ランタンを手にして、コテージの前に置いたマカロフを取りに行く。薬莢も探したが、すっかり闇が降りた中ではなかなか見つからない。ようやく二つ見つけたところで、あとの一つはあきらめた。

　車からペットボトルの水を取ってきて、マカロフの外面を洗い流し、軍手でこすって指紋を拭き取る。そのマカロフと薬莢は、弓岡のバッグに突っこんだ。

　あとは土をかぶせるだけだ。

シャベルで土の山をすくい、穴に入れていく。弓岡の身体にもかけ、ボストンバッグにもかけ、すべてが土に埋まるよう、一心不乱にシャベルを動かす。

あと少し。

弓岡の身体が見えなくなると、足で踏み固めながら土を盛っていく。ぐにゃっとした踏み心地に辟易しながら、踏んで踏んで固めていく。

弓岡の身体が見えなくなっても、自分のやったことが記憶から薄れていくわけではなかった。夢中でマカロフの引き金を引いたときの感触は、まだ手のひらに生々しく残っている。シャベルを動かして、それを意識しないようにしているだけだ。

二人もの命を奪った凶悪犯だ。

松倉を裁くためだからといって、この男を逃していいわけはない。

罰せられるべき男なのだ。

そんなことを繰り返し意識しながら、土を盛り、踏み固める。

けれど……。

自分も今、この弓岡や松倉と同じ罪人となった。

この俺は誰に罰せられるのだろうか。

（下巻につづく）

この物語はフィクションであり、実在の人物・団体とは一切関係ありません。

単行本　二〇一三年九月　文藝春秋刊
（文庫化にあたり、上下二分冊としました）

DTP制作　萩原印刷

文春文庫

検《けん》察《さつ》側《がわ》の罪《ざい》人《にん》　上

定価はカバーに表示してあります

2017年2月10日　第1刷
2017年11月20日　第8刷

著　者　雫《しずく》井《い》脩《しゅう》介《すけ》

発行者　飯窪成幸
発行所　株式会社 文藝春秋

東京都千代田区紀尾井町 3-23　〒102-8008
TEL 03・3265・1211㈹
文藝春秋ホームページ　http://www.bunshun.co.jp

落丁、乱丁本は、お手数ですが小社製作部宛お送り下さい。送料小社負担でお取替致します。

印刷・凸版印刷　製本・加藤製本

Printed in Japan
ISBN978-4-16-790784-6

（　）内は解説者。品切の節はご容赦下さい。

赤川次郎
幽霊晩餐会
殺人予告を受けたシェフが催す豪華晩餐会の招待を受けた宇野警部と夕子。フルコースに隠された味な仕掛けから犯人を暴く表題作他、ユーモアあふれる全七編。シリーズ第二十二弾。
あ-1-36

赤川次郎
マリオネットの罠
私はガラスの人形と呼ばれていた——。森の館に幽閉された美少女、都会の空白に起こる連続殺人。複雑に絡み合った人間の欲望を鮮やかに描いた、赤川次郎の処女長篇。（権田萬治）
あ-1-27

赤川次郎
充ち足りた悪漢たち
つぶらな瞳、あどけない顔、可愛くて無邪気な子供たち。しかし彼らには大人に見せないコワイ素顔があるのです。屈託なき悪辣ぶりを描くチビッ子版ピカレスク、全6篇。（権田萬治）
あ-1-37

明野照葉
輪（RINKAI）廻
義母との確執で離婚した香苗は、娘とともに実母のもとに帰る。やがて愛娘の体には痣や瘤ができ始める。「累《かさね》」の恐怖を織り込んだ明野ホラーの原点。第七回松本清張賞受賞作。（髙山文彦）
あ-42-1

明野照葉
愛しいひと
一流企業勤務の夫が失踪した。事件に巻き込まれたのか？　他に女がいるのか？　苦悩する妻は家庭を守るために立ち上がる。心理サスペンスの気鋭が〝家族の病魔〟を抉る。（大矢博子）
あ-42-5

我孫子武丸
弥勒《みろく》の掌《て》
妻を殺され汚職の疑いをかけられた刑事と、失踪した妻を捜し宗教団体に接触する高校教師。二つの事件は錯綜し、やがて驚愕の真相が明らかになる！　これぞ新本格の進化型。（巽　昌章）
あ-46-1

愛川　晶《あきら》
六月六日生まれの天使
記憶喪失の女と前向性健忘の男が、ベッドの中で出会った。二人の奇妙な同居生活の行方は？　究極の恋愛と究極のミステリが合体。あなたはこの仕掛けを見抜けますか？（大矢博子）
あ-47-1

（　）内は解説者。品切の節はご容赦下さい。

愛川　晶
神楽坂謎ばなし
出版社勤務の希美子は仕事で大失敗、同時に恋人も失う。どん底の彼女がひょんなことから寄席の席亭代理に。お仕事小説兼本格ミステリのハイブリッド新シリーズ。（柳家小せん）
あ-47-3

愛川　晶
高座の上の密室
華麗な手妻を披露する美貌の母娘の悩み。超難度の技を繰り出す太神楽界の御曹司の不可解な行動。寄席「神楽坂倶楽部」で出来する怪事件に新米席亭代理・希美子が挑む。（杉江松恋）
あ-47-4

有栖川有栖
火村英生に捧げる犯罪
臨床犯罪学者・火村英生のもとに送られてきた犯罪予告めいたファックス。術策の小さな綻びから犯罪が露呈する表題作他、哀切でエレガントな珠玉の作品が並ぶ人気シリーズ。（柄刀　一）
あ-59-1

有栖川有栖
菩提樹荘の殺人
少年犯罪、お笑い芸人の野望、学生時代の火村英生の名推理、アンチエイジングのカリスマの怪事件とアリスの悲恋。「若さ」をモチーフにした人気シリーズ作品集。（円堂都司昭）
あ-59-2

青柳碧人
西川麻子は地理が好き。
「世界一長い駅名とは」「世界初の国旗は？」などなど、世界地理のトリビアで難事件を見事解決。地理マニア西川麻子の事件簿。読めば地理の楽しさを学べる勉強系ユーモアミステリー。
あ-67-1

石田衣良
ブルータワー
悪性脳腫瘍で死を宣告された男が二百年後の世界に意識だけスリップ。そこは殺人ウイルスが蔓延し、人々はタワーに閉じ込められた世界。明日をつかむため男の闘いが始まる。（香山二三郎）
い-47-16

池井戸　潤
株価暴落
連続爆破事件に襲われた巨大スーパーの緊急追加支援要請を巡って白水銀行審査部の板東は企画部の二戸と対立する。日本経済の闇と向き合うバンカー達を描く傑作金融ミステリー。
い-64-1